宋如珊　主編

現當代華文文學研究叢書

學科互涉與文學研究方法論革命

馮黎明　著

秀威資訊・台北

目次

導言　人文科學方法論與知識的學科化問題

跟本體論、價值論、存在論等一樣，方法論在人文科學知識體系中占據著極為重要的位置。如果說任何知識都是某種特定方法實踐的產物，那麼方法論作為關於方法的理論反思則體現出人文科學的一種自覺。事實上方法論的自覺是近代思想的重要成果，古典時代僅有亞里斯多德在方法論問題上做出過思考，而近代以來尤其是現代思想文化中，方法論幾乎成為每一位思想家都必須付出智力的論題。在比如維特根斯坦、伽達默爾、德里達等學者的論著中，方法本身呈現為一種思想，甚至構成知識生產的核心機制。即使是保羅・法伊阿本德的「反對方法」一說，仍可以視作後現代主義的方法論。在二十世紀的文學理論中，我們可以清晰地看到哲學史上各種方法論的深刻影響，諸如實證、批判、分析、闡釋、描述等等，在文學研究領域裡隨處可見。

一、本體論時代的方法論

古典時代的思想大都屬於本體論範疇，即那時思想文化的核心主題是宇宙的本質屬性問題，思想者們要從事的基本工作是為人類生活世界的全部現象尋找共同的「本因」。古典時代的本體論不同於現代學科分類意義上的「類本質」，即解釋同類事物共同的存在特性的本體論。古典時代的本體論是一種總體性思想，它以本質主義的思維方式為生活世界設定終極的決定性力量，用至高無上的「一」來統攝形而下的「多」，從而建立起整一性的意義闡釋體系。

古典本體論思想包括三種基本形態：其一是超驗性的神學一元論，其二是形式化的邏各斯中心主義，其三是在場形而上學。當然這三種宇宙本體之間又呈現出家族類似的關係。

超驗性神學一元論集中體現為各種一神教神學哲學，其中尤其是以猶太教、基督教最為典型。一神教宇宙觀念認定世界源於超驗神的意志，因而大地上紛紜複雜的現象內在地趨向於一個統一意志，即給予現象以存在性的神。神創造了世界並統一了世界，世間萬物存在的意義均在於它們分享、折射、領悟、承受著神的旨意。大多數一神教的神其實來自於特定民族的文明史，而並非思想家們的發明。作為民族文化精神之匯集的神學一元論，就其生成的方法而言，它是非自覺性的，因為它來自於生存經驗的歷史積澱而非方法論意義上的歸納推理論證。但是這種本體的生成過程中仍有某種「方法」在發生作用，它預設一個超驗的人格神來建立總體性和同一性的意義原則。預設、總體性、同一性、超驗性便成為超驗神學一元論的方法論特徵。就此而言，古典時代的一元論神學乃是本質主義思維方式的源頭。

形式化的邏各斯中心主義常常與多神教有關聯。多神教宇宙觀在提供總體性意義方面缺乏力量，因此古典思想便滋生出一種在諸神之間構建統一結構的衝動。在亞歷山大的斐洛把邏各斯與基督教神學的上帝聯繫起來之前，希臘哲學家手中的邏各斯就是世間萬物共同的構成方式。自從赫拉克利特把這個詞（λόγος）引入哲學之中，在諸神之間找不到統一意志的希臘思想家們似乎發現了一個能夠提供同一性真理的東西。邏各斯類似於中國古代哲學家們談論的「道」，具有宇宙本體的性質但又不是超驗的人格神。

邏各斯一詞原本與言語、語法有關，因此它更多地顯現為一種形式化的結構，當然是一種普遍性的結構形式。對於多神教的希臘來說，沒有任何一個神能夠像猶太教的耶和華一樣為全部存在提供一元化的本體論依據，因此邏各斯這種結構形態的所謂普遍規律就被寄託以總體性和同一性的意義生產職能。相比起神學本體論，邏各斯中心主義更靠近理性，於是也較多地體現出方法論的自覺，因為作為結構形態的邏各斯只規定了思想的架構而不規定思想的內涵，這種架構有著較為明顯的應用性功能。在亞里斯多德那裡，邏各斯演變為邏輯，這就說明邏各斯本身具有規定思維程式的方法論意義。但是正如海德格爾、德里達等現代思想家曾論述的那樣，西方形而上學的根源在於邏各斯中心主義，因為它奠定了西方思想關於存在的基本理解。由此觀之，邏各斯的本體論功能仍然強大。

所謂在場形而上學，意即一種以在場事物為普遍規定性來解釋全部存在的思維方式。如果說一神教的上帝意志和邏各斯中心主義的邏各斯都帶有強烈的超驗色彩因而屬於觀念對存在的本體論規定，那麼諸如泰勒斯的「水」、老子的「道」，以及中國哲學中的「氣」等等，都是用某種在場事物充當全部存在的本因。當古典思想家們認定某一實體性物質具有創造一切事物的功能並將其視作宇宙本體時，紛紜蕪雜的現象便被統攝為具有總體性和同一性的存在，而諸如「水」、「道」、「氣」一類在場事物也上升為一種形而上學的意義規定性。在場形而上學的根本在於開創出一種把形而上學的本體論注入實在的思維傳統，這一思維傳統引導後來的思想家們總是希望在個別現象中找出超越個別性的普遍規定性。這裡就見出了一種方法論，即所謂「透過現象看本質」的思維方式。相比較西方哲學，中國的在場形而上學更多關注的是人類的倫理規範，所以中國古典的本體論哲學最後都走向了理學這種倫理學的本體論。

古典本體論哲學在方法論上處於不自覺狀態，但是這種不自覺狀態下的思維仍透露出一些方法的特點。首先，古典本體論哲學是一種總體性宇宙論。這一哲學觀念要用「一」來規定「多」，其要旨在於設定一個一元化的本體來解釋整個宇宙。其次，古典本體論哲學用先驗預設的方法來構造那決定芸芸眾生的最高的存在。在缺乏嚴謹的邏輯規範和科學認知手段的時代，古典哲學家們以一種自由聯想的方式製造了上帝、道、邏各斯、氣等等並遵之為宇宙的本源。再次，古典本體論哲學是一種因果決定論的思想，這一思想在本體和現象之間設定了必然性的因果關係。後來的哲學認可本質決定現象，其根源即在於古典本體論。黑格爾在《哲學史講演錄》中總結古典哲學時說：「哲學的目的就在於認識這唯一的真理，而同時把它當作源泉，一切其他事物，自然的一切規律，生活和意義的一切現象，都只是從這源泉裡流出，它們只是它的反映——或者把所有這些規律和現象，依照著表面上似乎相反的路線，引回到那唯一的源泉，但為的是根據它來把握它們，這就是說，認識它們是從它派生出來的。」[1]雖然在黑格爾的時代西方哲學已經發生認識論轉向，但是古典本體論哲學在思維方式上的影響仍然持續存在著，黑格爾本人就未能完全擺脫總體性、同一性以及本質主義。

在古典本體論哲學中，亞里斯多德是一個特殊的人物。身處古典哲學殿堂的亞里斯多德實際上在竭力保持與古典本體論哲學的超驗性、預設性和總體性的距離，他把本體論從一元論、宇宙論和決定論拉回生活世界，提出了一種存在本體論，這是一種由事物的類特性歸納出存在的普遍性的方法。亞里斯多德走出了柏拉圖理念論的範式，致力於在現象自身中理解其存在。關於「第一哲學」即形而上學，他寫道：「有一門學問研究『作為是的是』，研究那些自身依存於它的東西。」[2]這種「是」是分類意義上的「是」而

1 [德]黑格爾，賀麟、王太慶譯，《哲學史講演錄》（第一卷）（北京：商務印書館，一九五九年），頁二四。
2 [古希臘]亞里斯多德，吳壽彭譯，《形而上學》（北京：商務印書館，一九五九年），頁五六。

非「一切」意義上的「是」。通過修辭學、邏輯學、倫理學、物理學、政治學、詩學，他對生活世界的諸現象進行了類似於現代學科分類的考察，希望找到這些現象自身的屬性，同時在《形而上學》、《工具論》、《範疇篇》中他又在普遍性層面上敘述了現象存在的諸種共同的規定性，這種本體論在方法論上就不同於超驗本體論。亞里斯多德的邏輯學總結了「歸納」、「演繹」兩種基本的論證方式，其實就是他的存在本體論哲學的思維方法，即，從諸現象中歸納出現象自身的存在屬性，又由這基本屬性的規定演繹出個別現象的存在特質。亞里斯多德只是將歸納、演繹放在邏輯層面討論，其實作為方法它們已經超出了邏輯學範圍，我們可以將其視為他的存在本體論的方法論實踐。

古典本體論哲學是在前學科的知識整一性時代形成的，因此它必然要以關於統一宇宙的總體性理解為最高真理，這也決定了古典本體論哲學在方法論上缺乏一種分析意義上的自覺。古典哲學家對他們的宇宙本體秉持著一種信仰，信仰是不需要論證的，當然也不需要方法。

二、認識論時代的方法論

文藝復興之後，神學意識形態統治的衰落使得古典本體論哲學逐漸讓位於建立在個人主體性基礎之上的認識論哲學。

認識論哲學將古典本體論哲學關於終極真理的追問轉換成關於人類如何認識真理的追問。認識論轉向摧毀了古典本體論哲學的統一宇宙論，它把人與自然區分為兩個世界並在此前提下討論人對自然的認知如何可能的問題。在從笛卡爾到康得的一系列認識論反思中，作為主體的人從物質世界分離出來成為從外部觀看、言說世界的知識活動的主體，因而哲學的主題必然由何為真理轉向我們關於真理的認知如何可能的問題。該問題不僅指向我們的先天稟賦，進而更是指向我們以何種方法獲得關於外部世界知識的反思，於是認識論轉向必然地激發了真正意義上的方法論自覺。

知識的確定性是所有認識論哲學共同的思想訴求，因為無論理性主義還是經驗主義都把確定性知識的獲得視為對真理的掌握。事實上這一點正是上帝死了之後人類重建存在的合法性的需要所致——他們需要一個確定性的生存世界。而如何獲得關於外部世界的確定性知識，這一問題註定成為認識論哲學進行方法論反思的學理中軸線。

就像所有現代思想都或多或少承續著大陸理性主義和英國經驗主義兩大哲學潮流對立的故事一樣，理性主義和經驗主義在方法論上的探討也可以視作現代思想的方法論訴求的起源。我們在十六至十八世紀的歐洲哲學中可以清楚地看到兩種有著共同的知識確定性價值觀同時又相互對立的方法論，即大陸理性主義的「反思－演繹」方法和英國經驗主義的「實證－歸納」方法。

笛卡爾哲學是近代方法論自覺的開端，在《探索真理的指導原則》和《第一哲學沉思錄》等著作中，笛卡爾對理性主義認識論的方法論問題進行了深入思考。作為理性主義者，笛卡爾特別推崇數學方法；他似乎繼承了畢達哥拉斯學派的觀念，但是當年的本體論現在演變成了方法論，數量關係由宇宙的構成原則變成了認知宇宙的手段和路徑。笛卡爾將數學視為一切學科知識的起源，視作通往其他科學的道路。作為一種認知方法，數學能夠賦予現象世界以自明性，使之被理性準確地掌握。在《方法談》中他寫道：「我所說的方法，是指確定的、容易掌握的原則，凡是準確遵行這些原則的人，今後再也不會把謬誤當作真理，再也不會徒勞無功瞎幹一通而消耗心智，只會逐步使其學識增長不已，從而達到真正認識心智所能認識的一切事物。」[3]那麼這些原則有何樣的內涵呢？笛卡爾具體地陳述了四大方法論規定：

第一條是：絕不把任何我沒有明確地認識其為真的東西當作真的東西加以接受，也就是說，小心避免倉促的判斷和偏見，只把那些十分清楚地呈現在我的心智之前，使我根本無法懷疑的東西放進我的判斷之中。

第二條是：把我所考察的每一個難題，都盡可能地分成細小的部分，直到可以而且適於加以圓滿解決的程度為止。

第三條是：按照次序引導我的思想，以便從最簡單、最容易認識的對象開始，一點一點上升到對複雜對象的認識，即便是那些彼此間並沒有自然的先後次序的對象，我也給它們設定一個次序。

最後一條是：把一切情形儘量完全列舉出來，儘量普遍地加以審視，使我們確信毫無遺漏。[4]

這四條原則要達成一種「自明性」的知識學境界，而達成那境界的根本在於從數學公理這一先驗的天賦觀念出發去將全部現象整合為一個有序化的邏輯結構。對於笛卡爾來說，真正的知識是簡約、自明、包容的，因為它來自於先驗我思的天賦觀念，數學公理就是這樣的觀念。由此我們看到，許多年後的現象學很好地繼承了笛卡爾的理性主義，其「還原」和「意向性」等概念都建立在笛卡爾哲學的前提之下。另

3　[法]笛卡爾，宮震湖譯，《探索真理的指導原則》（北京：商務印書館，一九九一年），頁一四。
4　北京大學哲學系外國哲學史教研室編譯，《西方哲學原著選讀》（上）（北京：商務印書館，一九八一年），頁三六四。

一位理性主義者斯賓諾莎延續笛卡爾的方法論提出從「真觀念」出發的演繹推理法，這一方法的基本範式即歐氏幾何的公理推論。理性主義者大都強調發自先驗理性的公理推論，他們認為只有建立在先驗理性的公理基礎之上的關於事物的知識才是確定的。萊布尼茲說：「……也有兩種真理：推理的真理和事實的真理。推理的真理是必然的，它的反面是不可能的；事實的真理是偶然的，它的反面是可能的。當一個真理是必然的時候，我們可以用分析法找出它的理由來，把它歸結為更單純的觀念和真理，一直到原始的真理。」[5]很顯然他以「推理的真理」為真正的真理，因為推理的真理來自於「原始的真理」，即理性的先驗公理。理性主義者依據他們對先驗的自明性觀念的崇信論證出一種「自明性原則+演繹」的方法。這一方法主張人類理性所先驗地規定的天賦觀念，即那些終極性的、不證自明的原則，並且強調全部知識都來自於自明性原則的演繹。

大陸理性主義的方法論的直接體現乃是德國古典哲學的所謂「思辨」。大多數思辨哲學家都致力於尋找那不證自明的先驗原則，諸如黑格爾的絕對心靈、費希特的絕對自我等等。他們視這種先驗性的演繹形態為生活世界的真正內涵。思辨哲學的基本思想程式是，首先確定先驗理性的內涵，然後由之演繹實在事物的表象形態和歷史。

在主客體二分的思想語境中，大陸理性主義哲學力圖通過設定生成於主體的終極性原則來為主體的認知活動提供確定性支點和程式，而另一種認識論哲學潮流即英國經驗主義哲學則希圖在客觀實證中建立知識的確定性。

---

5 北京大學哲學系外國哲學史教研室編譯，《西方哲學原著選讀》（上）（北京：商務印書館，一九八一年），頁四八二。

經驗主義哲學主張知識來源於我們對外部事物的感覺經驗，這直接導致了實證主義知識論的形成。經驗主義哲學的開創者法蘭西斯・培根認為科學的主要任務在於發現自然規律，這跟理性主義者熱衷於尋找先驗理性迥然相異。在方法論問題上，培根以為觀察、實驗、歸納才是科學知識得以形成的真正機制。他具體地論述了歸納法的原則和操作步驟，而且指出亞里斯多德歸納法的缺陷。出於對感覺經驗的肯定，培根在他的歸納法三步驟中最重要的第二步中放入所謂「三表法」，即「存在表」、「差異表」和「程度表」；培根認為，三表法能夠把散亂的經驗材料有序化。培根方法論的核心就是通過感覺經驗發現現象的客觀性質，這一點在後來的經驗主義者手中被強化為一種實證主義的知識論。

到洛克那裡，感覺經驗在認知中的首要性位置得到明確的肯定，同時他提出一種激進的「白板說」來批駁大陸理性主義者對先驗理性的信仰。洛克認為：「我們全部知識是建立在經驗上面的；知識歸根到底都是導源於經驗的。」[6]這種對感覺經驗的知識功能的推崇為知識的實證化以至於為實驗科學都提供了思想基礎。但洛克不像他的前輩培根那樣思考感覺經驗上升為知識的方法，而是把興趣放在「天賦人權」這類政治哲學觀念上。

在認定實證性的感覺經驗為知識的來源這一點上，休謨跟洛克是一樣的，《人性論》這部書的副標題就是「在精神科學中採用實驗推理方法的一個嘗試」。但是休謨比洛克更為清醒地意識到知識生成的複雜性，儘管他堅定地維護感覺經驗的首要性而且明確地反對思辨方法，但是他也注意到「知識」與「信念」的差異，注意到除了關於「實際的事情」的純客觀知識以外還存在著關於「觀念的關係」的抽象證明的

6 北京大學哲學系外國哲學史教研室編譯，《西方哲學原著選讀》（上）（北京：商務印書館，一九八一年），頁四五〇。

知識——比如幾何學、數學。這其中最重要的是休謨關於「是」與「應當」即涉及「知識」與「信念」的區分，這一區分直接影響到康得把合概念性的知識與合目的性的價值劃分為兩個領域。但是休謨雖然意識到自然科學和精神科學有所區別，卻仍然堅持把他兼顧經驗與邏輯、實驗與推理的方法用於精神科學。其實精神科學的對象與「信念」有著千絲萬縷的聯繫，而按照休謨自己的思路，從「是」中引不出「應當」來，因此在精神科學中推行實驗推理方法是否恰當的確是個問題。休謨的實驗推理方法在遭遇有關信念問題時必然生出許多迷惑。

康得說休謨使他從獨斷論的迷夢中驚醒過來，這主要就是指休謨關於因果律和信念論的反思使他意識到信念並非建立在因果必然性基礎之上。被稱做哲學領域裡的「哥白尼式革命」的康得思想，其核心在於所謂「先驗邏輯」方法。康得並未否定客觀事物在知識活動中的存在，但是他視為「物自體」的物質現象是一種無法自我呈現其意義的東西。知識意味著存在之意義的呈現，這一呈現須由主體的先驗邏輯賦予物自體方可實現。康得寫道：「自然界的最高立法必須在我們心中，即在我們的理智中，而且我們必須不是通過檢驗，在自然界裡去尋求自然界的普遍法則；而是反過來，根據自然界的普遍的合乎法則性，在存在於我們的感性和理智裡的經驗的可能性的條件中去尋求自然界。」[7]這也就是說，關於自然界普遍法則的認識並不是自然物的自我呈現，而是主體的理智對自然物的投射使然，因此「純粹自然科學如何可能」的問題只能在我們的先驗理性中才能找到答案。對於康得而言，所謂自然哲學是不存在的，哲學的主要任務在於反思我們的理性。既然人關於自然法則的知識來自於主體的先驗理性，那麼理性主體的自我反思則成

[7] [德]康得，龐景仁譯，《未來形而上學導論》（北京：商務印書館，一九七八年），頁九二。

為揭示知識生成機制的唯一途徑。康得哲學由此走向了「反思」（他稱為「批判」）的哲學；他的「三大批判」都指向人自身的先驗性，探討先驗邏輯的形態和構成方式。這種主體以自身為對象的反躬自省式的思維方式（反思）乃是康得先驗哲學必然選擇的方法。

關於康得哲學的方法論問題的另一個重要方面在於他的「分析」方法。康得在對範疇、概念、品質、因果等進行形式層面的敘述時運用的是「分析」方法。羅素說：「分析可以定義作是對一個既定複合體的構成成分及聯繫方式的發現。」[8]康得正是在這個意義上運用分析方法的，比如他依據先天綜合判斷原則對形式邏輯的判斷進行「量」、「質」、「關係」、「樣態」四組十二種形式的分類陳述。康得的分析方法的重要意義還在於：當他將人的先驗性分解為純粹理性、實踐理性和判斷力三個部分並分別描述各部分活動的諸項規定性時，一種與知識的學科化進程相吻合的思維方式初現端倪。康得將合概念性、合目的性與形式遊戲分別歸入主體活動的三大領域，讓我們看到了自然科學、倫理信念和審美體驗三種主體活動的差異性。人們從這裡獲得啟迪，意識到古典時代的宇宙整一性的知識論實際上是建立在獨斷論之上的，而十九世紀中逐步形成的自然科學和實證方法的知識學霸權，同樣是一種獨斷論。

相比康得，黑格爾哲學顯示出濃郁的「哲學王」的意味。黑格爾並不滿足於康得那種單純的主體性的自我反思，他要言說的是全部生活世界及其歷史。黑格爾力圖建立一個完整而龐大的生活世界譜系圖，一個由心靈、實在、時間、空間等複雜地聯繫起來的大同世界。黑格爾聲稱：「關於理念或絕對的科學，本質上應是一個體系，因為真理是具體的，它必定是在自身中展開其自身，而且是必定聯繫在一起和保持在

8 轉引自尼古拉斯・布寧、余紀元編著，《西方哲學英漢對照辭典》（北京：人民出版社，二〇〇一年），頁四二。

一起的統一體，換言之，真理就是全體。全體的自由性，與各個環節的必然性，只有通過對各個環節加以區別和規定才有可能。」[9]人類解放和個性解放都是現代性工程的設計專案，但是黑格爾更關心前者而康得更關心後者，所以黑格爾哲學是一種總體性思想，它將生活世界和人類歷史安裝在絕對心靈與實在之間的所謂辯證關係這一主軸之上，構成一部按照總體性原則運轉的宏大機器。就方法論而言，黑格爾最為關注的是怎樣將構成生活世界的各個部分以及構成世界歷史的各個階段以一種「普遍聯繫」的方式裝配成整體。正是這樣，黑格爾發明了一種建立普遍聯繫的方法——辯證法。對於黑格爾來說，理念與感性、心靈與物質、形式與內容、本質與現象等均處於相互對立而又相互依存、相互否定而又相互肯定、相互揚棄而又相互轉換的互動關係之中，就像主人道德和奴隸道德互為存在的條件一樣。這種複雜的關係使得生活世界總是在運動中進步。恩格斯說：「黑格爾第一次——這是他的巨大功績——把整個自然的、歷史的和精神的世界描述為一個過程，即把它描述為處在不斷運動、變化、轉變和發展中，並企圖解釋這種運動和發展的內在聯繫。」[10]絕對心靈與實在之間的辯證關係推動生活世界朝向自由王國進步，這裡的辯證法既是黑格爾眼中的世界歷史的內涵，也是黑格爾發現這一內涵的方法。

哲學史的認識論轉向不僅帶來了經驗主義和理性主義兩大思想潮流的對立，更為重要的是它還帶來了知識的學科分類以及由此引發的學科化方法的競爭。經驗主義強調客觀化的感覺經驗的知識學功能，自然現象的多樣性要求這種認識論按照「物以類聚」的自然原則分解為類型學意義上的知識，知識的學科化便逐步形成。對於理性主義來說，肇始於笛卡爾的「分解式理性」發展到康得時演變成關於主體理性的分類

9 ［德］黑格爾，賀麟譯，《小邏輯》（北京：商務印書館，一九七八年），頁五六。
10 中共中央馬克思恩格斯列寧史達林著作編譯局編譯，《馬克思恩格斯選集》（第四卷）（北京：人民出版社，一九七二年），頁六三。

規定性的反思；康得把人的先驗性區分為三個自律的部分，這一思想讓我們看到了知識學走出古典的總體性和同一性範式趨向於學科類型劃分和獨立的主體條件。知識的學科分類一開始就區分出兩種有著明顯差異的學科：自然科學和人文科學。進入十九世紀後，由於現代性工程的全面展開，科學技術取得前所未有的成就，在知識學領域裡，與工業技術同屬一個家族的自然科學逐步占據了知識生產的主流地位，於是自然科學的方法論——實證主義開始尋求文化領導權力。

三、人文科學與自然科學的方法論之爭

十九世紀的文化史是激烈變動的一段歷史，其中最為引人注目的就是兩種文化（人文、科技）的分離以至於對抗，這在知識領域裡則表現為人文科學與自然科學的對立。兩種文化的衝突在二十世紀發展成為一種現代文明的常態性景觀，但是這一衝突的起源卻是在十九世紀。早在席勒那裡，所謂形式衝動與物質衝動的分裂就引起了高度關注，而且審美遊戲的救世功能就體現在能夠超越現代人的精神裂變。這種裂變後來演化為兩種文化的衝突，審美救世主義也越演越烈。

科技與人文的衝突發生在知識對象、價值觀、方法論等各個層面。到一八八〇年代，在英國發生了赫胥黎與阿諾德這對好朋友之間的爭論，這場爭論可以視為兩種文化第一次正面交鋒。從那時起一直到一九九六年的索卡爾事件，兩種文化衝突不斷，也引起了比如C·P·斯諾、J·布羅克曼等學者關於建設第三種文化的想法。在十九世紀，兩種文化衝突的一個重要戰場就是方法論領域。

由經驗主義哲學發展起來的實證主義方法論，借助於自然科學的勝利而獲得了知識界的首肯，學者們似乎從實證主義方法中看到了通往知識確定性的唯一道路。十九世紀認識論哲學逐漸轉向實證主義統領知識生產的態勢，孔德和J・S・穆勒等人不遺餘力地推行實證主義方法更是加強了這一發展的態勢。孔德雖然是一個社會學家，但是他主張用近代物理學的方法來研究人類社會。孔德認為人類的知識經歷了三個發展階段才趨於成熟，「我們的每一種主要觀點，每一個知識部門，都先後經歷過三個不同的理論階段：神學階段，又名虛構階段；形而上學階段，又名抽象階段；科學階段，又名實證階段」[11]。這也就是說，實證知識是人類知識發展的最高階段。實證的知識不同於憑藉想像理解世界的神學知識也不同於憑藉抽象概念理解世界的形而上學知識，它不再致力於探求宇宙的本源和歸宿，不再像黑格爾哲學那樣構造所謂絕對的同一性知識並以之作為現象世界的終極本質。實證知識論主張對對象進行準確的觀察，找到現象間發生的因果關聯從而精確地揭示現象構成和運動的規律。孔德的實證主義知識論不僅是一種知識學的價值論，也是一種方法論，即一種自然科學方法的普遍運用。在孔德看來，自然科學的觀察、實驗、歸納的認識程式乃是一切知識生產的普遍有效的方式，人文社會科學同樣必須嚴格按照這程式來展開其認識活動。

孔德自己是社會學家，人稱現代社會學之父。他把自己設計的四種實證方法——觀察法、實驗法、比較法、歷史法——用於社會生活結構及其演變問題的研究，主張從社會動力學即社會進步的過程和社會靜力學即社會關係結構這兩方面入手把握社會生活的規律。孔德視實證方法為工業社會的必然結果，具有在各個知識領域裡的普遍有效性。提出進化論社會學的H・斯賓塞就是實證方法的一個很好的實踐者，在他

11 [法]孔德，《實證哲學教程》，洪謙主編《西方現代資產階級哲學論著選輯》（北京：商務印書館，一九六四年），頁二五。

看來，社會進步可以理解為「力」的相互作用，所謂「力的恆久規律」支撐著社會運動和進步。斯賓塞建立在牛頓力學觀念上的社會進化論在達爾文提出生物進化論之前好些年就形成了，這說明那個時代的人文學者們已經自覺地進行著自然科學方法的移植實驗。到十九世紀末，迪爾凱姆用實證方法建立了一個成熟的社會學體系，其中我們明顯地見出孔德在方法論上對他的影響。

實證知識及其生產方法借助於工業技術的輝煌成就而取得了思想文化領域裡的霸主地位。在新康得主義出現之前，實證方法為知識界所共識，幾乎達到了一家獨大的程度。十九世紀同時也是現代學科知識體制基本成型的時代，各類現代科學在這個時代中初步完成了自身的知識閾限和概念系統的建設，學科知識分類原則同時也為高等教育提供了現代大學學科體制構成的知識學依據。但是知識的學科化進程中似乎見不到各個正在尋求學科自主性的知識系統在方法論上的獨創性訴求，相反大多數學科都心甘情願地接受實證主義方法論的統治，一些還在努力構建學科體系的知識類型更是致力於用投靠實證主義的辦法來獲得知識學的合法性。比如文學研究領域裡，從斯達爾夫人到泰納，形成了一種所謂自然主義文學觀念，即認為特定民族或地域的文學形態，是該民族或地域的客觀條件（泰納將其總結為「種族」、「時代」、「環境」三要素）的直接後果。自然主義文學理論在方法論上主張文學研究要借助於自然科學的實證、實驗的方法。泰納聲稱：「我把生理學應用於道德問題，僅此而已。我借鑑了哲學及實證科學的方法，在我看來，它們對於心理科學有效而適用。」[12]這種對實證主義的崇拜也體現在左拉的自然主義文學創作觀念之中，左拉把文學寫作視為一場生物學的研究活動。

[12] 轉引自[美]R・韋勒克，楊自伍譯，《近代文學批評史》（第四卷）（上海：上海譯文出版社，二〇〇九年），頁四六。

十九世紀下半期出現的新康得主義繼承了康得的「人文」、「自然」二分的思想，著力探討關於「自然」的知識和關於「人文」的知識二者之間的差異性。新康得主義者們向自然科學的實證方法的普遍有效性提出了質疑，比如文德爾班認為，自然科學指向物質運動的普遍規律因而採用的是「規範化」方法，而人文科學指向個人的歷史性存在，因而採用的是一種「表意化」方法。弗萊堡學派的李凱爾特對此做了非常深入的思考。李凱爾特發現，自然科學完全不涉及意義和價值的問題，它涉及的是物質世界中諸現象之間的普遍聯繫的問題，因此自然科學要致力於準確地把握自然運動諸現象的規律並且構造抽象概念及邏輯程式予以表述，而人文科學（或曰精神科學）面對的則是「歷史上的個體」，其知識構造方式全然相異。「正因為歷史是敘述那些同某種一般價值相聯繫的事物的，所以它應該表述個別事物和特殊事物。這樣，歷史的個體恰恰是因其與眾不同之處才對眾人是重要的。」[13]他進一步將歷史上的個體理解為一種價值主體，即不同於自然科學對象的普遍性和中立性的、有著獨立價值的個別性存在，比如詩歌就是這樣的存在。因此，自然科學的方法是用來把握普遍概念的，而人文科學的「表意化」方法則是用來解釋個別價值主體的特殊內涵的。

狄爾泰關於人文科學的知識學特性的敘述比李凱爾特又前進了一步。一八八三年，狄爾泰發表《人文科學引論》，從闡釋學的角度對人文科學這一獨立的知識生產活動進行了思考。狄爾泰深知實證主義的勝利來自於這一方法對於知識確定性的功能，自然科學正是因為有了知識的確定性而成為可能。那麼，「人文理解如何可能」呢？在狄爾泰眼中，人文科學要獲得知識確定性，首先應該清楚地界定專屬於自身的

13 [波蘭]李凱爾特，張文傑等編譯，《歷史上的個體》，《現代西方歷史哲學譯文集》（上海：上海譯文出版社，一九八四年），頁二六。

知識對象。他認為，人文科學的對象是「文本」，即出現在歷史中的全部文化產品。人類精神活動的內涵都體現為文本，文本為人文科學提供了有著確定性形態的對象。其次，以文本為對象的人文科學的基本方法是「理解」。表現在文本中的人類經驗不像自然物那樣受到重複率的影響呈現出普遍性，而是以不可重複的個別狀態呈現出來。對這種來自自由和創造的精神世界的對象，我們無法用普遍原理予以說明，只能用靠近、體驗文本裡的獨特經驗的方式來對之加以「理解」。再次，狄爾泰認為理解就是闡釋者通過閱讀文本而設身處地地體驗到文本作者的心靈世界的內涵；理解是一種交流，而交流的目的在於經驗的同化。「重新體驗」文本中蘊含的他人的生命經驗，達到超越歷史距離的生命經驗的回溯與同化，這就是人文科學的真理性。

狄爾泰反對十九世紀盛行的實證主義和歷史主義知識學觀念而傾向於生命哲學。他所論述的闡釋學之所以能夠成為人文科學的方法論，其原因就在於他把對文本的理解視作人類生命經驗的交流、同化和重現。闡釋學具有這種跨越歷史距離而重新體驗另一位個別的精神主體的生命經驗的功能，因此它既是方法論也具有存在論的意味。進入二十世紀後，闡釋學歷經海德格爾從現象學角度的改造，上升為一種本體論，即關於人與世界關係的基本形態的論述。最後在伽達默爾那裡闡釋學的方法論、本體論、認識論綜合成了一套完整的新闡釋學哲學，真正地劃清了人文科學與自然科學的知識學界限。

在十九世紀後期興起的人文科學方法論自主性探索的思潮中，M·韋伯也提出了一些關於「社會科學」方法論的想法。韋伯專門寫了一本《社會科學方法論》來表述他關於「價值中立」、「理想類型」等方法論設想。其中「理想類型」一說在社會科學中頗具啟迪意義。「理想類型」指社會生活中的一些有代表性意義的現象聚合而成的某些「類概念」，如資本主義精神、新教倫理、理性主義、軍事社會、手工業社會等等。這些類概念揭示了社會現象的某些同一性特質，而理想類型之間的關係常常能夠顯示社會結構的本質，如新教倫理與資本主義精神之間的關係、理性主義與牢籠社會，等等。

自然科學和人文科學的分野是現代知識學科化的總體態勢，後來在這兩大學科體系下又區分出許多次級的學科知識，形成了現代知識學的龐大家族。而在方法論問題上，十九世紀下半期開始的人文科學的方法論自覺，使得人文科學開始由方法論入手尋找學科自主性以擺脫實證主義的自然科學的統治。進入二十世紀後，雖然科學主義的文化精神在人文領域裡影響依舊，但是在方法論問題上人文科學卻提出了一系列與自然科學方法相抗衡的意見，比如波普爾對實驗科學的歸納邏輯提出的質疑。

德國哲學家阿佩爾（Karl Otto Apel）在一九七九年出版的《理解與說明》（*Understanting and Explanation*）一書中描述了兩種方法爭論的歷史。所謂「理解與說明」指的是近代以來認識論哲學所爭論的兩種認知方法。「理解」（understanding）即對個別現象的解釋，這種解釋是對獨一無二的對象的體諒式的交流，是對個體精神的跨越時空的體驗。而「說明」（explanation）則是依據普遍原理對個別現象內隱含的規律進行陳述，這種陳述關心的是現象中那些合於普遍規定性（科學原理）的內涵，它按照普遍規定性對現象中的因果關係予以陳述。很明顯，人文科學的方法論基礎是「理解」，而自然科學的方法論基礎則是「說明」。在阿佩爾看來，近代以來的認識論哲學在方法論問題上展開了一場「理解」與「說明」的鬥爭歷史。

按照阿佩爾的說法，理解與說明之間的方法論爭論經歷了三個階段。第一階段是十九世紀的實證主義與精神科學（人文科學）的方法論之爭；其中主要表現是孔德、穆勒等人的實證方法與新康得主義、闡釋學的方法論分歧。第二階段是邏輯實證論、科學哲學的「統一科學」與新闡釋學的方法論之爭。主張「統一科學」的學者們認為實證主義的說明邏輯具有普遍性的知識功能，而新闡釋學則主張「理解」是「真理的發生」，因為全部知識都開始於對個別現象的體驗這一原初性的領悟之中。到了第三階段，則由維特根斯坦的日常語言分析開創了一種理解與說明二者兼具的方法[14]。阿佩爾將人文科學與自然科學的方法論之爭描述為「理解與說明」的分歧，這一觀點最早見於一八五八年出版的德國學者J・G・德羅伊森的《歷史知識理論》一書中，後來狄爾泰在《人文科學引論》中也沿襲了這一說法。阿佩爾的描述多限於科學哲學視域，而二十世紀思想最重要的變化是所謂語言論轉向。邏輯經驗主義與闡釋學都走出了認識論哲學的範疇，他們之間的方法論差異需要從語言觀的差異入手加以理解。在二十世紀，思想文化的發展呈現為三大潮流，即由邏輯經驗主義向分析哲學的發展、由現象學向新闡釋學的發展和由結構主義向後結構主義的發展，這三大思想潮流中隱含著語言論帶來的一系列全新的方法論。

四、語言論轉向與方法論

語言論轉向在現代思想文化領域裡體現為三大潮流。其中每一潮流都有自身的方法論設計及實踐，比如結構主義的句法結構分析；也有各自的方法論的發展變化，如維特根斯坦對邏輯經驗主義的實證方法的改造；同時還有相互之間方法論原則上的近似，比如邏輯經驗主義和結構主義就都認同方法論上的科學主

14 〔德〕K・O・阿佩爾，王龍譯，《解釋——理解爭論的歷史回顧》，北京：《哲學譯叢》一九八七年第六期，頁五六至五七。

義和形式主義。因此進入二十世紀後方法論問題上的理論探討比以往任何時代都要複雜得多。實際上，十九世紀的那種人文科學與自然科學（即阿佩爾描述的「理解與說明」）二元對立的方法論景觀到二十世紀日漸褪色。二十世紀是語言論統治思想文化的時代，而語言的複雜性遠遠高於認識論哲學所面對的主客體關係這一單純的二元存在。語言的複雜性導致二十世紀方法論逐漸走向多元化，而且隨著學科界分的日益細緻，方法論也日益由學科體制牽引進而形成一種學科化的模式，比如社會學中的田野調查就是如此。再比如中國大學裡的漢語言文學這一一級學科，其中又區分出「語言」和「文學」兩大部分，語言專業和文學專業在研究方法上可以說是迥然相異，甚至所謂「中國現當代文學」、「中國古代文學」、「文藝學」這幾個主幹二級學科之間在研究方法上都有十分明顯的差異。二十世紀思想家們將學科知識的差異視為不同類型的話語方式或語言遊戲，他們無意於在這眾多的學科之間去尋找所謂「統一科學」意義上的總體性或同一性的方法。但是不同學科之間又出現了學科互涉的現象，因此在方法論層面的交叉滲透顯現出一種新型的知識生產路徑，比如話語分析、意識形態批判、田野調查幾者的互涉就孕育出一種學科間性的新品種——文化研究。

（一）從邏輯經驗主義到分析哲學

邏輯經驗主義是經驗主義哲學的延續，但是它跟單純強調知識實證化的傳統經驗主義不盡相同，因為它屬於現代語言哲學，知識的表述形式是它思考的重點課題。傳統經驗主義哲學主張感覺經驗是知識的唯一來源，極力排斥德國唯心主義的先驗理性。這使得實證主義知識論面對自然科學中那些指涉性極弱而邏輯性極強的學科知識——如數學、幾何學——時很難做出周全的解釋。純粹數學和純粹幾何學跟物理學是不一樣的，它們與先驗的意向性有著密切的關聯。而這些學科知識生成的關鍵在於邏輯，所以傳統實證主義知識論在邏輯問題上的缺失不能不說是它的一個學理弱項。二十世紀的邏輯經驗主義哲學企圖在邏輯與經驗事實之間架設一道橋樑，藉以彌補傳統實證主義的不足。

邏輯經驗主義有一個基本的理論前提，那就是把「真理」和「意義」區分開來。真理涉及知識命題的客觀性，它以「真」來表明主體對實證事實的解釋，因此真理是科學研究的對象。意義涉及知識命題表述的邏輯性，它以合規則性來表明作為判斷或陳述句的知識命題的合理性。對於邏輯經驗主義來說，哲學的對象不是知識的內涵而是知識的表述形式。卡爾納普寫道：「認識論的兩個主要問題是意義問題和證實問題。第一個問題要問，在什麼條件下一個句子是有意義的，所指的是認識的、現實的意義。第二個問題要問，我們如何得以知道一些事情，我們如何能夠發現一個給定的語句是真還是假的。」[15]哲學要研究的是命題的意義問題，這就意味著邏輯問題是哲學的第一主題。石里克認為：「哲學就是那種確定或發現命題意義的活動，哲學使命題得到澄清，科學使命題得到證實。科學研究是命題的真理性，哲學研究是命題的真正意義。」[16]邏輯經驗主義哲學要建立一種既不同於自然科學也遠離形而上學的語言哲學，其學理動機中包含著認識論哲學的終結和語言論轉向的全面展開。

這樣，邏輯經驗主義就改變了傳統經驗主義專注於經驗事實的思維方向，轉而致力於邏輯問題的辨析。於是一個自然而然的方法論轉向也躍然而出，即由「實證」轉向「分析」。

15 [美]卡爾納普，《可檢驗性和意義》，洪謙主編《邏輯經驗主義》（上）（北京：商務印書館，一九八二年），頁六九。
16 [德]石里克，《哲學的轉變》，洪謙主編《邏輯經驗主義》（上）（北京：商務印書館，一九八二年），頁八。

「分析可以定義作是對一個既定複合體的構成成分及聯繫方式的發現」，羅素的這一定義告訴我們，分析方法的核心在於通過對「部分」的陳述達到對「整體」的解釋。分析方法成為主流方法意味著「分解式理性」在現代思想文化裡的勝利，所以美國哲學家M·懷特在《分析的時代：二十世紀的哲學家》一書中稱二十世紀的思想為「分析的時代」。從邏輯經驗主義中生長起來的分析哲學儘管在諸多的問題上與邏輯經驗主義不同，但其分析方法卻沿襲著邏輯經驗主義。邏輯分析方法應用的典範即羅素的「摹狀詞」理論，其中尤其是關於命題「《威弗利》的作者是英格蘭人」的分析[17]。羅素將一個判斷句的各個部分（主詞項、謂詞項等）分解成幾個衍生的子判斷，又找出這幾個子判斷之間的特定關聯，最後達成了關於此命題成立的結論。其實分析方法在二十世紀人文科學中經常被採用，不僅在語言哲學中應用。英美新批評的語義分析、雅克布森關於語言功能的分析，都顯現了分析方法的闡釋有效性。

維特根斯坦不認為哲學要遠離日常生活，在他看來，哲學話語的對象就是日常語言。維特根斯坦是徹底的反本質主義者，他聲稱哲學家應當做的工作乃是「把字詞從形而上學的用法帶回到日常用法」[18]。長期以來，哲學被自然科學統治，總是企圖用抽象的原理或規則來說明日常現象，使得生活世界處於被「宏大敘事」規訓而異化的狀態。真正的哲學不依附任何預設的所謂普遍規律，而應當是一種關於日常語言的「描述」。維特根斯坦說：「哲學只是將一切擺在我們的面前，既不說明，也不演繹任何東西——由於一切呈現在我們面前，沒什麼要說明，因為隱藏起來的東西……對我毫無興趣。」[19]這裡的「描述」跟現象

17 參見[英]羅素，晏成書譯，《數理邏輯導論》（北京：商務印書館，一九八二年），頁一六六。
18 [英]維特根斯坦，湯潮等譯，《哲學研究》（北京：三聯書店，一九九二年），頁一一六。
19 [英]維特根斯坦，湯潮等譯，《哲學研究》（北京：三聯書店，一九九二年），頁一二六。

學的「描述」不盡相同，現象學描述的對象是意向性主體面對純粹客體時的經驗，所以現象學自然會朝向闡釋學發展；維特根斯坦的描述對象是作為客觀現象的日常語言，這種描述傾向於「分析」。分析哲學的描述並不排斥「理解」，但這種理解跟闡釋學的理解有很大差異，分析哲學的理解更多指的是語言遊戲與語言規則之間一種述行（performative）意義上的關係。維特根斯坦認為語言遊戲的規則是在遊戲行為的展開中形成而絕非預設的普遍規律先行訂製，簡而言之，語言遊戲的規則來自語言的「用法」，「理解一種語言意味著掌握一種技巧」[20]，亦即熟悉了特定類型語言遊戲的規則，而且「一種語言就是一種生活方式」，意思是我們怎樣說話我們就怎樣生活。在維特根斯坦特看來，語言的意義在於其用法，理解一個句子即是分析其表意方法。在這一點上，分析哲學家維特根斯坦對後結構主義的話語理論產生過明顯的影響，而且他跟海德格爾的語言本體論也有相同之處。

維特根斯坦提倡「描述」反對「說明」，這表明他在「理解－說明」的方法論對立中是傾向於「理解」方法的，也表明他拒絕用自然科學的方法論對待語言，其實他跟羅素的根本分歧就在這裡。與他同時代的德國邏輯實證主義哲學家C・G・亨普爾則極力維護由實證科學建立起來的「統一科學」的方法論原則。亨普爾說：「……在下述方面，歷史學和各門自然科學之間沒有區別：兩者都只有依靠普遍概念才能說明它們的課題，歷史學正如物理學和化學一樣都能夠『把握』它的研究對象的『獨特個性』。」[21]因此他用邏輯推理的方法提出了一個「覆蓋率」說明模型，希望以這種演繹邏輯原理對歷史進行說明。但是亨

20 [英]維特根斯坦，湯潮等譯，《哲學研究》（北京：三聯書店，一九九二年），頁二四。
21 [美]C・G・亨普爾，《普遍規律在歷史中的作用》，張文傑編《歷史的話語——西方歷史哲學譯文集》（桂林：廣西師範大學出版社，二〇〇二年），頁三一四。

普爾的歷史說明的「覆蓋率」模型在二十世紀下半期以來的歷史學中幾乎沒有得到運用，相反倒是新歷史主義的「歷史的文本化」產生了廣泛的影響。

（二）從現象學到闡釋學

「現象學是一門純粹描述性科學，通過純粹直觀對先驗純粹意識領域進行研究的學科。」[22]因此現象學可以視為先驗哲學，但是胡塞爾心目中的先驗性大不同於黑格爾的絕對心靈，而是心靈的形式。美國學者羅蘭・斯特龍伯格描述胡塞爾時說：「他力圖通過『騰空』所有的內容，科學地研究純粹的意識，就好像把所有的商品從貨架上取下來，以顯示貨架的形狀。」[23]胡塞爾真正想做的事情就是通過查看這「貨架」來回答「認識如何可能」的問題。

胡塞爾為了直觀純粹意識而提出「懸置」與「還原」兩種思想路徑。「懸置」是要將一切被社會、文化、知識預先對事物屬性、價值、結構、功能做出的規定「封存」起來，以便為「還原」建立基本前提。「還原」則意味著回到主體的意向性和純粹客體，就像回到赤子之心和原生態自然一樣。然後借助直觀、自由聯想等活動找到本質。在胡塞爾看來，回到先驗意向性和純粹客體是所有理論和知識走向真理的起始點。「我們必須看到，任何理論最終只能從本原的被給予性中獲得本身的真理。」[24]所以，全部知識學反

22 〔美〕H・施皮格伯格，王炳文等譯，《現象學運動》（北京：商務印書館，一九九五年），頁一二三。
23 〔美〕羅蘭・斯特龍伯格，劉北成、趙國新譯，《西方現代思想史》（北京：中央編譯出版社，二〇〇五年），頁五〇六。
24 倪梁康選編，《胡塞爾選集》（上）（上海：三聯書店，一九九七年），頁四九三。

思都必須回到物自身。

胡塞爾並不反對「本質」的說法，他反對的是本質主義對本質的「預設」，他希望在沒有任何先驗前提的干擾下直觀到事物中反復出現的「常項」從而獲得事物本質。胡塞爾現象學的基本方法乃是所謂「本質直觀」。這一方法首先強調原初的經驗現象的被給予性，也就是說「還原」的可能性。其次需要展開自由聯想，自由聯想引導我們去發現經驗現象中不變的「常項」並且超越有限的「變項」。最後，本質直觀帶領我們達到純粹的本質。胡塞爾的「描述」就是主體對本質直觀所獲得的經驗的描述，這一描述直接展現了意向性主體的純粹意識活動的內容和運行機制。胡塞爾的現象學哲學中最重要的就是懸置、還原、本質直觀這一套方法，這套方法完全超越了經驗主義與理性主義、自然科學與人文科學、歸納邏輯與演繹邏輯以及理解與說明等等方法論分歧，形成了一種與文明反思思想潮流相契合的追尋原初意義經驗的思維取向。現象學在胡塞爾之後的思想文化領域裡產生了極為廣泛的影響，在倫理學、心理學、教育學、社會學、文學理論等學科中都出現了現象學學派。一九五〇年代，美國迪尤肯大學（Duquesne University）心理學系的一批教授將現象學哲學具體化為幾個可操作的步驟，展開關於認知心理學的研究，後來又歸納為教學的程式[25]。在文學理論領域也出現了以研究閱讀經驗、意義生成等問題見長的英伽登理論、日內瓦學派、接受美學、讀者反應理論等等學術潮流。

現象學在學界最大的影響還是催生了新闡釋學。當海德格爾從現象學角度介入狄爾泰的古典闡釋學時，一種建立在語言本體論基礎之上的存在論闡釋學誕生了。在海德格爾那裡，現象學這個詞本身就意味

[25] 參見徐輝富，《現象學研究方法與步驟》（上海：學林出版社，二〇〇八年），頁八〇至九七。

著一種方法，一種描述存在者之存在方式的方法。而對於人這一「此在」而言，顯現其存在之存在性的即是人在語言中對大地的追問和領會，「此在在本質上就是理解」[26]。因為對存在的理解是人之存在的本性，所以理解既是方法又是本體；海德格爾關於理解與解釋的論述是由本體論延伸至方法論的。

因為要從人的存在這一具有主體性意味的論題討論理解問題，海德格爾的闡釋學就全然不同於狄爾泰的闡釋學。狄爾泰將闡釋學主體視為追尋並接受文本中作者生命經驗的理解者，而海德格爾則把理解者描述成為對話活動的主體之一，這來自於他關於「前理解」的論述。在海德格爾那裡，理解是此在進入歷史獲得存在之現實性的主要方式，但是作為此在的人並不是像胡塞爾描述的那種純粹意識的主體，人帶著各自的「前理解」即關於對象的預先判斷展開理解活動，這種前理解引導著他關於對象的意義判斷。作為對象的文本中包含著作者的意義判斷，理解就是兩個意義闡釋主體的前判斷的對話，這對話導致理解者形成了新的前判斷，新的前判斷指導著他再次進入理解並又一次生成新的前判斷……，這種循環被海德格爾稱為「闡釋循環」。闡釋循環對於海德格爾有著十分重要的意義，因為這一循環正是此在在理解中展開並獲得存在的歷史性和現實性的途徑。

海德格爾的「理解」是一種存在論意義上的方法論活動，它涉及到人與世界的本體論關係問題。因此闡釋學在海德格爾手中完成了一次思想的昇華，奠定了本體論、存在論和方法論三者結合的新闡釋學的基礎。

伽達默爾繼承了海德格爾關於人與世界的本體論關係體現在「理解」之中的思想。伽達默爾一面聲稱自己不想談論方法論問題，一面又寫出名為《真理與方法》的著作。他表示自己「並不想炮製一套規則體

26 ［德］海德格爾，陳嘉映等譯，《存在與時間》（北京：三聯書店，一九八七年），頁一七六。

系來描述甚或指導精神科學的方法論程式」[27]。其實在這個問題上他跟維特根斯坦有幾分相似，都把「方法」這一實踐性課題本體論化，即用法就是意義，真理生成於方法的實踐之中。伽達默爾試圖解決一個康得式的問題：「理解如何可能？」

伽達默爾的闡釋學跟海德格爾一樣，設定了人與世界的語言關係作為人存在的本體論屬性。對於伽達默爾來說，語言是一種普遍性質的媒介，世界向人敞開，人將自身投入世界都是在語言活動中完成的，因而「能被理解的存在就是語言」[28]。伽達默爾也用「遊戲」概念來描述語言活動，人類語言活動跟遊戲一樣，主體依照規則展開活動，在「觀者」的參與中生成意義經驗。而語言遊戲生成的即是一種闡釋學的意義經驗。像遊戲一樣，作為「理解」的語言活動本身就是一種方法的實踐，因此「真理」就形成於理解的方法之中。

伽達默爾還有一個引起文學理論發生重大變化的理論，即所謂「視界融合」。在他看來，任何理解者都受到傳統的規定因而形成了特定的視界，而文本中則隱含著與理解者有著歷史距離的另一種視界，即作者的視界，理解就是外在於文本的讀者與內在於文本的作者之間的對話，二者按照「問答邏輯」進行交流，兩種視界由對立到溝通再到視界融合，在視界融合中一種新的意義經驗誕生了。視界融合構成所謂「效果的歷史」，比如「紅學史」，一代又一代闡釋者對《紅樓夢》進行理解並生成意義經驗繼而生成新的視界、新視界再次進入理解並再次形成視界融合……，於是誕生了一部「效果的歷史」。伽達默爾雖然不想正面討論方法論問題，但是實際上他是十九世紀以來人文科學擺脫自然科學統治尋求自身知識生產之

27 ［德］伽達默爾，洪漢鼎譯，《真理與方法》（上海：上海譯文出版社，一九九九年），頁四。

28 ［德］伽達默爾，洪漢鼎譯，《真理與方法》（上海：上海譯文出版社，一九九九年），頁六〇六。

專屬性方法這一傳統的繼承者。大衛・霍埃說：「雖然伽達默爾並不是在提倡任何特定的方法，他實則是在提倡一種方法論。」[29]準確地說，闡釋學本身就是一種方法論，一種由語言本體論做基石的人文科學方法論，這一方法的特點在於把意義經驗的生成機制置於主體間性中加以闡述。

（三）從結構主義到後結構主義

結構主義在演變為普遍思潮之前是一門專業性極強的語言學理論。而且結構主義跟邏輯經驗主義一樣有著明顯的科學主義傾向，但是恰恰是崇尚科學主義的結構語言學結束了實證主義知識論的基礎——語言的指涉性。

索緒爾理論產生之前，西方語言學的主流是歷史比較語言學，這一學派秉持著歷史主義的方法論研究不同文化區域間的語言差異。索緒爾語言學則用所謂「共時性」研究取代了「歷時性」研究，用「內部研究」取代了「外部研究」。索緒爾把語言視為自足的系統（他多用「系統」概念而不用「結構」概念）這一系統由內在的結構規定其屬性和功能，它不受外部事物的影響。索緒爾發現系統構成的基本原理是「差異」，差異導致一系列的二項對立式結構形態，如語言與言語、歷時性與共時性、能指與所指等等。在索緒爾看來，語言系統正是由這些相互差異的部分或元素結構而成；即使一個語言運算式，其表意功能也是建立在各個詞項的差異性組合之上的；因此語言學的首要任務就是研究系統中相互差異的各部分怎樣結合為整體。

29 〔美〕大衛・霍埃，蘭金仁譯，《批評的循環》（瀋陽：遼寧人民出版社，一九八七年），頁三三。

索緒爾語言學最重要的一個關於差異的界定是「能指」與「所指」的區分。其中能指是形式性質的，但它並不是表述所指的記號，相反意義是能指的差異性組合的產物。任何一個語言運算式的表意功能都來自於它內部的結構，不是先有意義後有表述意義的結構，而是結構生產出了意義。索緒爾的這一思想有著極為重大的意義，它直接帶來了實證主義知識論的終結，因為這一思想徹底拋棄了指涉性意義觀念。知識的實證性是現代性工程的三大專案之一[30]，它規定了語言作為表述工具的文化屬性。索緒爾則將其顛倒過來，視語言結構為意義生成的源頭，這從學理層面為語言本體論提供了基礎。索緒爾語言學誕生後很快引起了一股形式研究的熱潮，在語言學、社會學和詩學中都出現了所謂結構本體論的學理訴求，如特魯別茨柯依的音位學理論、列維－斯特勞斯的結構人類學、雅克布森的功能論詩學等等。到後結構主義那裡，甚至社會權力關係也成了話語方式的產物。

索緒爾語言學的另一個特點是對整體性的強調。用結構分析的方法研究語言並不是要描述「部分」的特點，而是要在「部分」的特徵之間找到差異和關聯，描述各部分結為整體顯現出來的特徵和意義；對於結構語言學來說，「結構」只存在於整體中。一個語言運算式的意義不是各個詞項之和，而是各詞項關聯形成的整個句子的意義。這種注重整體的方法到後結構主義時代遭遇了來自解構主義的挑戰，解構主義者反對結構整體性的說法，他們認為整體結構一說乃是邏各斯中心主義製造的一個形而上學幻影。

結構語言學運用了一種「形式化」的方法，這種方法跟實證主義一樣屬於現代性的知識學範疇。形式化方法的要旨在於除去所有指涉性的內涵，從現象的構成方式層面描述現象，最後建立一種抽象邏輯模型

30 哈貝馬斯認為，普遍法律與道德、自律的藝術和實證化知識，三者構成了現代性工程的內涵。

來解釋全部同類現象，比如一九六〇年代的法國結構主義敘事學就是一種典型的形式化理論。還有列維－斯特勞斯的結構人類學也是形式化方法的典範，他把語言結構當作模具為社會現象鑄型，希望建立統一的社會結構的原則，即所謂二項對立的結構原則。形式化方法一方面繼承了科學主義的知識學傳統，另一方面又否定了實證主義的知識論。

後結構主義雖然拋棄了結構主義的整體性和統一性的知識學立場，但是它忠實地繼承了結構語言學的「能指主義」。後結構主義堅持話語分析的方法，而且堅持話語的意義生產功能。在後結構主義的視界中，文化、權力、意識形態、歷史等等都是話語的產物。後結構主義同時又是一種後現代思想，它反對整體性，反對元敘事，反對中心主義，宣導一種邊緣、零散、異質、他者的權力。

德里達的解構哲學堪稱後結構主義思想的代表。他的理論建立在對西方思想傳統的批判性反思之上，這一反思指向充斥於西方文化傳統中的邏各斯中心主義、在場形而上學、本質主義的等級秩序以及整一性意義觀。一九六六年德里達在美國霍普金斯大學作名為《人文科學話語中的結構、符號和遊戲》的演講。在這篇演講中，德里達對列維－斯特勞斯的理論提出了質疑，其矛頭直指所謂中心主義和結構的整體性。在他看來，中心主義甚至是西方思維傳統最重要的內容，西方思想依靠中心主義建立所謂結構的整體性。「也許可以指出的是那種基礎、原則或中心的所有名字指稱的一直都是某種在場（艾多斯、元力、終極目的、能量、本質、實存、實體、主體、揭蔽alétheia、先驗性、意識、上帝、人等等）的不變性。」[31] 德里

[31] [法]德里達，張寧譯，《人文科學話語中的結構、符號與遊戲》，《書寫與差異》（下）（北京：三聯書店，二〇〇一年），頁五〇四。

達認為，西方思想的這一傳統生成於能指與所指的分離。當能指被定位於符號而作為工具表述那背後的所指時，先驗的、外在的或指涉性的意義便制約著能指，使能指遊戲失去了自主性也失去了自由。

德里達對西方思想傳統的反思是由語言分析的方法入手的。西方語言在其開端處就出現了「語音」與「書寫」的分裂，由此形成「語音中心主義」，繼而走向「邏各斯中心主義」。邏各斯中心主義不僅為所有的符號遊戲設置了先驗的意義中心，而且將全部在場事物歸附在先驗形而上學的規訓之下。在德里達的眼中，書寫本身具有獨立的意義，作為遊戲的書寫是能指的無限延異（differance），因此它沒有中心只有蹤跡（trace）。德里達把差異（difference）一詞中第七個字母 e 改成 a，生造出來延異這個詞，用來描述差異性的能指在空間中同時也在時間中無限延續的狀態，這種狀態使我們見出根本就不存在任何意義中心，因為意義只是能指在延異中留下的蹤跡，德里達正是因為看到了延異的拆解功能因而提出「解構」（deconstruction）的思想立場。因為能指自身的遊戲即是延異，所以能指不表現所謂外在的「所指」，更沒有整體和中心，它只是一場無限開放、永恆延續的遊戲。邏各斯中心主義力圖將形而上學置入遊戲的在場之中，藉以建立所指中心和整體性。在德里達看來，邏各斯中心主義就是一切社會權力體制的理論基礎，而他則真正解構了這一理論基礎的必然性。

德里達的解構方法仍然屬於語言結構分析，只是他的分析指向結構的悖謬之處而不是像列維－斯特勞斯或結構主義敘事學那樣指向結構的自足和整一。解構哲學有著極強的後現代意味，其宗旨就是張揚一種異質性的權力。

後結構主義的另一位代表人物福柯在反思和批判西方文化傳統方面近似於德里達，而且兩人都是由話語或知識的形式入手展開這種反思和批判的。儘管福柯否認自己是結構主義者，但是他關於權力生成於話語的論述實際上還是繼承了結構主義的句法結構生產出意義的觀念。學術生涯的早期，福柯稱自己的方法為「考古學」方法。考古學方法的對象是近代以來的知識、思想和文化，福柯認定這些東西已經被某種現代話語掩蓋了真相，考古學就是要將它們發掘出來重新辨認。在早年的《知識考古學》、《詞與物——人文科學考古學》中，他重點地探索了近代知識的建構歷史，即一部被某種必然性話語掩埋在地下的知識生產歷史。他這樣描述自己的考古學：「一方面，它講述鄰近的邊緣的歷史。它不講述科學的歷史，而是講述那些不完整的、不嚴格的知識的歷史……。講述的不是文學史，而是小道傳聞史，街頭作品史……。另一方面，思想史的任務是要貫通那些現存的學科，研究和重新闡述它們。那麼與其說它構成一個邊緣的領域，不如說它構成一種分析的方式，一種透視法。它包攬科學、文學和哲學等歷史領域；但是它在這些領域中描述的那些知識是為後來的形式化做經驗的未加思考的背景……。」[32]跟德里達、勒維納斯、德勒茲等人一樣，福柯體現出強烈的「法國理論」的學術氣質。法國理論傾向於站在邊緣、異質、另類、他者的立場上解構所有宏大、主流、有序的知識和思想體系。福柯的《詞與物——人文科學考古學》就運用這種方法考查了人文科學在現代知識型中的尷尬位置。福柯認為，古典時期的知識型是「表象分析」；十九世紀出現對知識確定性的追求，客觀實證的知識占據主流地位；而現代知識型則在三個方向上發展，即數學和物理學為代表的確定性知識、著重於解釋因果關係或結構的經濟學等、反思性哲學。「人文科學在這個認識論的三面體中被排除掉了」[33]，於是它只能在其他學科的交叉座標中尋找自己的生存空間。「我們可以說，人的科學的領域被三門『科學』或確切地說被三個認識論區域所覆蓋，這三個區域在自身內部都是

32 [法]M．福柯，謝強、馬月譯，《知識考古學》（北京：三聯書店，一九九八年），頁一七四至一七五。
33 [法]M．福柯，莫偉民譯，《詞與物——人文科學考古學》（上海：三聯書店，二〇〇一年），頁四五三。

可以再分的，並且都是相互交織在一起的；這三個區域是由人文科學通常與生物學、經濟學和語文學之間的三重關係所確定的。」[34]福柯就這樣用他的知識考古學方法揭開了人文科學總是附著於其他知識之上的歷史真相。

晚期的福柯把自己的方法改稱為「譜系學」。譜系學（genealogy）原本指研究生物分類與族群進化的學科知識，尼采將其移植過來描述道德演進中的那種斷裂、分化、逆反的現象，藉以轟毀基督教道德的必然性。福柯在《規訓與懲罰》、《性史》等著作中運用譜系學的方法考查社會現象的起源與演變。他晚年的「權力－知識－身體」三面體關係的譜系學分析表面上看是在做歷史描述，其實是在顛覆或解構黑格爾主義的歷史觀，即所謂一元論的起源、總體觀念的展開、因果關係的連續性、進步論的歷史邏輯等概念構成的歷史理性。而譜系學要關注和描述的是非同一性的起源、斷裂與逆反、非連續性、邊緣現象、無目的性等等，一幅譜系學的歷史景觀就是由這些現象構成的。

福柯的方法論著重於對總體性歷史、同一性歷史的反抗，所以他特別專注於被總體性話語掩蓋的那些具有否定功能的邊緣事件。這對於文學史和藝術史的研究極具啟迪意義，因為文學和藝術的歷史都是由挑戰普遍秩序的新異性精神現象來書寫的。

後結構主義繼承了結構主義的語言分析方法，但是又拋棄了結構主義的整體性和自足性；它也繼承了結構主義關於意義生成於句法結構的觀念，但是又將其擴展為一種關於社會歷史生成於話語的話語理論，這一理論對文化研究的興起發生了非常深刻的影響。

[34] ［法］M．福柯，莫偉民譯，《詞與物——人文科學考古學》（上海：三聯書店，二〇〇一年），頁四六三至四六四。

五、二十世紀其他方法論思潮

在整個二十世紀的思想文化論壇上，除了其主要潮流——語言論轉向——之外，還出現過一些相關的思想和理論，這些思想和理論同樣涉及方法論問題，儘管它們跟語言論轉向的關係相對不甚緊密，但是這些思潮仍然顯示出在方法論問題上的創新，其中也不乏系統的方法論反思和實踐。

（一）佛洛德主義

佛洛德精神分析學的出現與尼采之後的反理性主義思潮不無關係。關於佛洛德精神分析學的理論本身已無須詳細介紹，因為一個世紀以來這一理論已經普及成為常識。但是從方法論意義上討論精神分析學理論仍有較大的反思空間。

佛洛德本人的職業為醫生，屬於自然科學家，因此他的學術一開始就體現出一種科學主義的訴求。佛洛德以科學態度開創出來但又與實驗心理學全然相異的精神分析心理學卻並不以簡單的「刺激－反應」行為為研究對象，而是在其理論生發之處就與社會文化歷史等發生了密切關聯。因此，佛洛德逐漸把他的治療實踐擴展至一種社會文化的反思，並由本我、超我、自我、潛意識、力比多、本能、壓抑、昇華、轉移、白日夢、戀母情結、弒父等等概念製造出一套龐大的理論體系，這體系涉及倫理、藝術、歷史、戰爭等方面的主題，使得精神分析學產生廣泛影響，成為現代思想文化史上一個重要的學派。佛洛德認為人的全部行為都與早年經歷、社會規範、家庭關係等有著非常密切的因果關聯，而精神分析學要做的就是在可見的言行細節中發現諸如俄狄浦斯情結一類的蹤跡並且通過談話釋放之，藉以達到治療的目的。於是佛洛德發明了一種「症候分析」的方法，這一方法後來在文化研究中廣為使用。

所謂「症候」指的是日常言行中某些反常規的細節。症候（symptom）原本是醫療術語，指人體病變的體表特徵。精神分析學認為早年生活經歷中某些未能正常實現或釋放的潛意識（比如戀母情結）會在成年生活中不經意地顯露出來，這種顯露造成言語行為的一些反常現象。精神分析學治療就是借助某種手段發現這些有違常態的症候，然後找到它們與早年經歷的關聯，最後引導病人釋放出來從而恢復心理平衡。英國心理學家、佛洛德傳記作者E・鍾斯把關於俄狄浦斯情結的症候分析用於莎士比亞名劇《哈姆萊特》的闡釋，對劇中主人公的心理做出了一個全新的理解。E・鍾斯把哈姆萊特對母親的反常態度、對繼父的矛盾心態、對戀人的古怪反應，以及他那復仇心切又猶豫延宕的奇特行為，這些有悖常理的言語行為恰恰就是某種重要的心理疾病的症候。E・鍾斯對這一系列的症候之間的關係進行了分析，最後得出結論，即哈姆萊特性格是俄狄浦斯情結的表現[35]。由反常的細節探究背後的重大涵義，這就是症候分析方法的主旨，也是這一方法對後來思想文化產生影響的主要原因。阿爾都塞曾經提出用「症候閱讀」的方法理解馬克思，主張關注馬克思著作中的「沉默」、「空白」等反常之處。他認為這些「症候」的背後隱藏著思想家們真正想要表達的內容。阿爾都塞的「症候閱讀」明顯受到精神分析方法的影響。

35 ［英］E・鍾斯，歐陽友權、馮黎明譯，《哈姆萊特與俄狄浦斯情結》，見馮黎明等編《當代西方文藝批評主潮》（長沙：湖南人民出版社，一九八七年），頁三〇四至三三六。

症候分析作為一種方法，引發了現代人文科學對文本細節尤其是反常規的細節的關注，比如文化研究中的那些微觀政治學視界。症候分析與後結構主義的話語理論結合，形成了一種在文本話語的症候中挖掘隱藏於深處的權力關係或意識形態的闡釋技術。羅蘭・巴特關於《巴黎競賽》畫報上的一幅黑人士兵向法蘭西國旗敬禮的照片的分析，用的就是這種闡釋技術。文化研究常用的批判性話語分析方法也有症候分析的基因。文化研究引入這種方法來執行宏大敘事解體之後的微觀政治學意義上的批判任務。

（二）科學哲學

進入二十世紀後，現代科技使人類生活世界發生了天翻地覆的改變。面對科學技術的輝煌成就和人類生活的技術化，一種新的理論開始登上思想文化論壇，即科學哲學。這一哲學範式以反思科學理論的產生和發展為自己的學術論題，希圖為科學理論的產生和發展提供可資遵循的模型和準則。因為科學哲學以科學知識體系為反思的對象，所以方法論問題在科學哲學中占據著非常重要的地位。

實際上近代認識論哲學在某種意義上來說都是科學哲學，如經驗主義、理性主義、實證主義等等，思考的都是關於人類知識如何可能的問題。但是二十世紀的科學哲學孕育於語言論轉向的思想語境之中，它已經不可能像孔德那樣單純為論證某一種知識生產的方法的合法性而展開理論的言說。現代科學哲學對全部科學理論的生成機制和進化歷史進行反思，這批學者更傾向於把科學理論視為一種知識話語的方式，它與自然運動之間呈現為一種闡釋學的關係。而且最重要的還在於，科學理論總是處於革命性的歷史變動之中。

自從十九世紀末法國科學家彭加勒（H.Poincare）提出「約定論」解釋科學的時空觀，西方知識界就開始出現在實證主義之外尋找科學理論生成機制的想法。一九三四年，K・波普爾出版《科學研究的邏輯：用於自然科學的認識論》，提出一種批判理性主義的知識學觀念。儘管波普爾曾經跟邏輯經驗主義者過往甚密，但是這本書中他卻表達了一種對實證知識之必然性的懷疑。波普爾似乎對知識體系自身的構成以及功能興趣不大，他更關注的是知識體系的變動和發展。他甚至認為一種科學理論的正面價值就在於它在多大程度上允許或促進了其他科學理論的生成。這種革命主義和歷史主義的科學哲學觀念在其他科學哲學家那裡也有所體現，如庫恩、拉卡托斯等人。

波普爾首先提出了對實證主義的懷疑。在他看來，實證知識依賴歸納法而形成，但是歸納邏輯本身卻不能成立。從邏輯上說，歸納法建立在許多單稱經驗命題為真的前提之上，而單稱經驗命題不能必然地推論出作為普遍理論的全稱命題為真。而且歸納法在實踐中也不可能窮盡全部對象，因此歸納法與科學理論之間的必然關係並不可靠。波普爾用「猜測與反駁」來說明科學理論的產生與發展機制。科學理論起源於「問題」出現之後人們提出某種「猜想」去解釋這些問題。在各種解釋性猜測的爭論比較的過程中，那些逼真程度較高者得到普遍承認，形成理論並一步步完善其體系。但是一個理論體系是否有益於人類知識的增長並不取決於該理論體系的可證實程度，相反卻取決於該理論體系的可證偽程度——即允許後續的猜測對之進行反駁的程度，因為越是可證偽程度高越是能夠面對新問題激發出反駁性的力量，同時激發出新的猜想。其實波普爾並不是要取消科學實驗讓科學家沉溺於空想，關鍵在於他關注的並不是實證意義上的命題真理性的問題，而是人類知識的革命性發展和增長，就此而言，可證偽性的理論比可證實性的理論更具推動科學革命的功能。波普爾在方法論上顯示出一種後現代氣質，他的批判理性主義訴諸於解構科學理論的必然性，釋放出異質性力量的解放功能。

注重科學理論的歷史發展的學理訴求同時也體現在庫恩的「範式」理論之中。「範式」（paradigm），也譯作「範型」，是庫恩理論的核心範疇。伊莉莎白・迪瓦恩等人編寫的《二十世紀思想家辭典》中是這樣敘述「範式」概念的：「……其基本涵義是指一種為隨後的科學活動提供一種模式的特定的科學成就（例如牛頓在他的《原理》中所做的），這種科學成就是這樣取得的：首先，確定一組問題，連同其答案的標準和取得答案的方法；其次，為實際上是所有在一個給定的科學領域內有發言權的人接受為這一學科發展的合適的基礎。當一個學科受一個範型支配時，這一學科的研究具有庫恩稱之為常態科學（normal science）形式。」[36]可以說，範式就是一套科學理論的「元敘事」。在庫恩看來，科學革命就表現為範式解體、轉換和更替。但是範式既然有著那麼強大的規訓功能，科學革命所必須的範式解體又如何可能呢？庫恩認為範式一旦建立就須面對不斷出現的反常規現象，這些現象要求新的解釋，範式只能調整或補充自身的理論來滿足這種解釋的需要，當這種調整或補充達到一定程度便引發了範式的解體，於是人們又開始尋找和建立新的範式，比如微觀物理學中牛頓力學讓位於量子力學就是範式革命的結果。

拉卡托斯的「科學研究綱領」理論似乎是波普爾和庫恩思想調和的產物。「科學研究綱領」理論有一個前提，即經驗事實無法證偽理論。因為經驗事實無法證偽孤立的理論命題，所以我們不能說單個的理論命題即是科學理論。真正的科學理論是由眾多命題相互聯繫而成。那麼是什麼將這些命題聯繫起來的呢？拉卡托斯提出「科學研究綱領」來充當這一角色。科學研究綱領就是科學理論總體邏輯框架，它由四個部分組成：（1）基本理論的硬核；（2）輔助性理論假設的週邊保護；（3）改善理論硬核的正面啟發規

[36] [英]伊莉莎白・迪瓦恩等編，賀仁麟譯，《二十世紀思想家辭典——生平・著作・評論》（上海：上海人民出版社，一九九六年），頁三二五。

則；（4）保護硬核的反面啟發規則。跟波普爾、庫恩一樣，拉卡托斯重視科學理論的革命性發展，他將這種發展理解為新的綱領取代舊的綱領。

十九世紀自然科學方法論的學理動機是尋求「統一科學」權威，而二十世紀科學哲學的學理動機則是將所有科學理論置於建構論視界之中進行一種歷史主義的闡釋。科學哲學絕不把任何一種科學理論及其方法當成永恆的、必然的終極原理，科學理論的革命性變化才是它在人類知識的增長和進步的歷史上的價值。

（三）批判理論

康得最早將「批判」作為一種學理方法，但是康得的「批判」更靠近「分析」，或者說是「分析」與「反思」的結合。馬克思主義誕生後逐漸形成的批判理論，其「批判」方法則表現為對現代社會的合法性審理。二十世紀的批判理論主要是法蘭克福學派的審美批判理論，它最早出現於霍克海默關於跨學科的社會理論的設想之中。一九三一年，霍克海默出任法蘭克福社會學研究所所長，發表題為《社會哲學的當前局勢與社會研究所的任務》的就職演說，首次宣導哲學與經驗學科的社會學結合以形成一種跨學科的唯物主義社會學視野。後來霍克海默發表了一系列論著，系統地闡述了批判理論的知識學特質和方法論。

霍克海默宣導批判理論的學術動機在於希望找到一條將普遍理性反思的哲學與各種經驗描述的具體學科二者結合起來的理論路徑。在他看來，長於普遍理性反思的哲學雖然能提供總體性的開闊視野，但是這種總體性又可能起到維護現存秩序的消極作用，因此必須把這種哲學放入社會現象之中對經驗事實加以審視。從另一方面看，各門經驗學科長於在各自的領域裡準確把握具體事實，但是它們常常顯露出一種局限性或片面性的觀念。因此他提出用批判理論來整合哲學與經驗學科，形成一種跨學科視界的社會學理論。霍克海默設想，首先對各類社會現象進行專業性的調查與梳理，然後將其置於普遍理性的審視之下判斷其合理性或合法性。批判理論要對「理念與現實之間的相互矛盾的程度」做出判斷。

面對各門專業自主性的學科知識的興起以及各學科在各自領域裡解釋經驗現象方面的成就，霍克海默意識到了傳統理性哲學的缺陷；同時作為德國理性哲學傳統的後人，他也意識到了現代學科知識的「單面化」缺陷，所以他希望將二者結合起來創造一種新的學術理路即所謂批判理論。批判理論在方法論上體現出先驗思辨哲學對普遍理性的反思與現代學科知識的經驗現象觀察二者兼顧的學理願景。

作為新左派理論的法蘭克福學派，其學術活動與他們的解放論政治理念有著密切的關聯。隨著新左派的崛起，批判理論也日益走向「革命化」，比如瑪律庫塞的「造反」、阿多諾的「否定的辯證法」等。阿多諾的批判理論跟霍克海默已大有不同，他並不關心知識學科化和普遍理性的優劣問題了，引起他注意的是西方理性主義思想文化在現代性工程中的異化的問題。阿多諾認為，現代性工程使得理性被主體性形而上學引導走向「同一性哲學」，這意味著工具理性以一種總體性的秩序排斥了個人自由。當理性淪為工具時，人失去了懷疑、創造的精神，這就是現代性帶來的世俗化結果。阿多諾呼喚一種否定的激情，他提出「否定的認識論」以對抗現實社會的沉淪。阿多諾用以作為依據否定現實社會的是一種審美倫理，即建立在康得美學基礎之上的藝術自律觀念演化出的一種倫理原則。伊格爾頓在《審美意識形態》中描述過藝術自律怎樣被昇華至新左派的意識形態。阿多諾是近代審美救世主義的堅定繼承者，他通過論述藝術作品的新異性來闡發一種在否定中自由創造的審美倫理，再依此倫理理想對照物欲橫流的資本主義社會的日常生活，最後做出一種徹底的「否定」。

阿多諾的方法其實比較簡單，就是先預設一個顯現了個人自由之價值的審美倫理，然後以此對照資本主義社會現實並對這現實進行否定性評價。另外一位批判理論家瑪律庫塞也使用這套方法，只不過瑪律庫塞默認的那個價值本體是「愛欲」。法蘭克福學派的代表人物大都秉承著一種「審美救世」的思想立場，當他們把這一立場訴諸批判時，自然而然地跟左派革命發生了聯繫，批判理論家們也儼然成為新左派運動的教父。進入一九七〇年代後，新左派運動熱潮過去，後續的批判理論家開始恢復冷靜，其學理方式也趨於改變，比如哈貝馬斯關於合法化危機的論述，就放棄了審美批判的思想立場，轉而重走經驗研究的套路。

六、知識學科化時代的文學研究方法論

文學研究本來是古典時代的「第一學科」，只是在近代以來的學科界分中下降為一門普通的學科；而且隨著知識的實證化、形式化以及社會生活的技術化、世俗化，文學研究甚至連普通學科的身份都難以保證了。在現代知識生產體制中，一種知識要獲得學科身份，必須有專屬性的對象、闡釋技術、評價準則和社會功能。那些在近代社會中逐漸生長且最後進入現代大學成為一門體制化的學科的知識門類，大都具有這樣的特質。但是文學研究除了知識對象相對較為明確外，在其他幾方面都乏善可陳。其中尤其是闡釋技術，二十世紀的文學研究幾乎用遍了各種新興學科發明的新型闡釋技術，但是最終並沒有形成自身專屬性的闡釋技術。文學研究在語言學、心理學、美學、人類學、社會學、哲學等學科中借取方法，造成自身學

術殿堂裡眾語喧嘩的場景，但終究無法選拔出來一個固定的主持人。這一現象本身就是文學研究方法論之尷尬處境的反映。

文學研究在知識學科化時代的尷尬處境也不僅僅是那些更具知識自明性、更適應世俗化社會需求的學科的排斥所致，這與文學研究自身的超學科性或前學科性有關。文學是人類語言活動的全部內涵和功能的實現，而非其中某一項內涵和功能的實現。按照海德格爾關於人類詩意棲居的觀點，人與世界相逢於語言之中。正是人類在語言中追問和領會存在的意義，人獲得了存在的現實性。因此一切意義都起源於語言活動，而最初的意義誕生於隱喻性語言活動中，因為那時的語言活動還未被形式化或邏輯化，更未被理性界分為學科門類。在意義生成的那一頃刻，隱喻性的語言活動使人們獲得自我與大地相交流的意義經驗。因此意義的起源是詩性的語言活動，也因此人詩意地棲居。

當我們意識到詩是一種前學科性或超學科性的意義生成活動時，就不難理解何以在學科化時代會出現文學研究的知識學身份漂移的現象。在各門類知識獨自發展這個「不可通約性」的時代，文學研究的超學科性或前學科性使得它難以在學科體制中安身立命，唯一的生存之道就是在各種學科「大戶」那裡「招商引資」，借取闡釋技術和評價準則，以那些學科的已有成果為知識依據重建文學研究的知識學大廈。進入二十世紀後，現代性工程的進度驟然加速，知識的學科化和形式化、社會生活的技術化和世俗化都已成為無法抗拒的歷史大趨勢，因此文學研究的學科身份合法性危機加劇，這引發了文學研究的自我救贖，其救贖的途徑就是投奔各個學科「大戶」，引入新型的知識依據來建構文學研究的學科化知識系統。

語言學因為跟文學研究有著天生的親緣關係，所以較早就成為文學研究的「取經」目的地。結構語言學在二十世紀初期形成後，很快被俄國形式主義、布拉格功能學派等引入文學研究，形成了一種以語言學為知識依據的文學研究範式。這一範式強調對文學進行所謂內部研究，認為文學文本的屬性和價值都是由特定的語言結構造成的。這一理論範式給文學研究提供了一種語言結構分析的方法，即對句法結構的特定方式進行分析，從中找到文學性生成的機制和文學意義的內涵。這方面最典型者是雅克布森關於「等價分佈」和「隱喻／轉喻」二極運動的分析。語言學的文學研究在下述兩點上深刻地影響了二十世紀以來的文學研究：（一）文學文本的屬性和意義是由特定的語言結構造成的，這一觀念直接啟發了後結構主義的話語理論和文化研究中的批判性話語分析方法；（二）句法層面上的一種分析技術，後來的文學研究熱衷於在句法這一微觀層面上解析出「微言大義」來，所依賴的就是這套句法分析的技術。

第二個被文學研究「引資」的是精神分析心理學。近代浪漫主義的天才詩學使得文學研究在作者問題上投入巨大熱情，而心理學對理解個人精神世界的內涵有著一定的啟發意義。佛洛德的精神分析學興起之後，很快被文學研究引來作為作者研究的新方法。加之佛洛德本人在文學藝術問題上也發表過很多意見，甚至提出過「白日夢」理論解釋創作心理，所以精神分析學在文學研究領域裡頗受人追捧。在精神分析學的啟迪下，很多學者熱衷於在作者的早年經歷中尋找其寫作的動機，希望由此入手解釋文本背後的隱祕的意義，E．鍾斯關於《哈姆萊特》中俄狄浦斯情結的分析就是這方面的一個典型案例。精神分析學帶來的學科方法乃是所謂「症候分析」的方法。這一方法主張人的早年經歷中的某些不平衡現象必然顯現在成年後的行為上，其顯現的方式可能是極其隱晦、曲折、複雜的，因此文學批評就是要在文本中捕捉那些反常規的細節，將其作為「症候」，並且在各種症候的比對、關聯中尋找作者早年生活經歷的蹤跡。精神分析學後來的影響有所減弱，但是症候分析的方法卻為後來的文學研究所青睞，比如後殖民理論在近代文學的話語現象中捕捉東方主義的「症候」、大眾文化評論中的微觀政治學視界，等等。

第三個介入文學研究的是人類學。經弗雷澤、泰勒等人對上古人類文明的研究，人類學逐漸成為現代顯學，同時也成為了文學研究的引資對象。最早把人類學引入文學研究的是劍橋學派的一批學者，他們多圍繞著莎士比亞戲劇展開有關上古宗教儀式在文學作品中的延續這一課題的研究。當然文學人類學的最高成就來自N‧弗萊的原型理論。弗萊依據人類學的知識對西方文學的原型及其發展演變進行了系統的闡述，他把文學史理解為上古文化原型在不同歷史時期的重現。人類學的文學觀念跟形式主義文學理論是對立的，歷史主義視野一直是文學人類學追尋的目標。在方法論方面，N‧弗萊的文學人類學有兩個要點：其一是歷史主義，弗萊堅持從歷史進化、演變的角度來敘述文學現象；其二是文獻學，文學人類學需要大量的文獻考據才能歸納出特定形態的文學原型。這一學派把文學史當成民族志看待，所以他們必須要有完整的文獻考據。文學人類學的原型理論的影響主要是在形式主義熱潮中恢復了文學研究的歷史主義理論視野，但是這一學派表現出來的歷史決定論傾向也常常遭人詬病。

第四個介入文學研究的是社會學。現代社會學理論在十九世紀形成後很快就對文學批評產生了影響，一種將文學視作意識形態、視作社會歷史狀況之反映的文學觀念得以流傳開來。進入二十世紀後，對文學研究產生影響的社會學理論則主要是作為審美批判理論的社會學。以法蘭克福學派為代表的批判理論從藝術自律論中發展出來一套審美倫理，瑪律庫塞、阿多諾等人將這種審美倫理本體論化，然後以之作為價值立場對現代社會展開否定性認識。審美批判理論是近代以來的審美救世主義的理論總結，它完全應和了二十世紀人文知識份子拯救現代性之隱憂的文化心態。審美批判理論宣導一種「抵抗詩學」，把文學研究當作社會革命的實驗。就方法論而言，這一社會學派主要的影響是批判方法得到文學批評界的運用。大多數學院派的批評都試圖探索文學文本中隱含的「抵抗詩學」內涵，但是從學理層面來說批判理論存在著頗多的問題。運用批判方法的文學批評也顯得審美激情大於文本結構分析，其原因在於這一學派所依賴的審美倫理有太多預設的成分。

第五個介入文學研究的是現象學。現象學哲學在下述兩方面與文學活動呈現出契合的關係：其一，現象學宣導「描述」方法，而文學研究在美學的影響下早已擺脫抽象理論的控制趨向於對閱讀經驗的反思性描述；現象學強調意義經驗的描述恰恰與文學研究的意義經驗描述不謀而合。其二，現象學描述的經驗是一種原初意義上的經驗，海德格爾關於梵古畫作《農鞋》的欣賞就是這種還原狀態的意義經驗描述。文學活動中的意義經驗也是這種先於學科知識分類、先於邏輯的意義經驗。因此現象學哲學形成之後很快被文學研究引入作為方法論依據並孕育出現象學文論，新闡釋學就是其代表。闡釋學強調「效果歷史」，即用閱讀經驗的描述構建文學史，這給了文學研究以全新的視界。尤其是美學跟現象學結合形成了一種審美經驗描述的文學批評方法，對於文學研究的學科知識生產的自主性來說，審美經驗描述不失為一條有益的探索之路。

從上述情況看，語言結構分析、審美批判、意義經驗描述、文獻考據這幾種方法構成了二十世紀文學研究領域裡的方法論實踐主體。在文學研究的四大主題——文學史論、意義論、形式論和作者論——範圍中，這幾種方法都扮演了理論主角。當然這幾種方法大都來自其他學科，這似乎表明在知識學科化時代文學研究還沒有完成學科身份自主性的建設，或者說它只能靠在各個學科之間拆借「資金」過日子。但是我們應當說，這正是文學研究的優勢所在，即我們可以在「學科間性」意義上重建文學研究的學科身份。

在學科界分體制化的時代，「學科互涉」常常是知識創新的重要機制，比如量子力學就是化學和物理學「互涉」的結果，文化研究更是文學理論、社會學、語言學、傳播學、政治學等多種學科知識「互涉」

的結果。這種學科知識的互涉不僅僅是知識視界的交叉，進而更是學科方法的互動，文化研究所用的「批判性話語分析」方法就是多學科互動的成就。所以本來就沒有學科體制規定的知識學秩序的文學研究，借助於學科互涉形成學科間性的視界從而實施知識創新，具有先天的優勢。就文學活動本身的前學科性和文學研究的學科性缺失來看，文學研究本來就應當在學科互涉中求生存。事實上我們前邊敘述的那些外學科介入文學研究孕育出特定形態的文學理論話語的現象就已經說明，學科間性是文學研究構建學科知識自主性的唯一途徑，因為文學研究的知識學優勢正在於它是一個多學科交叉互涉的空間。

「批判性話語分析」（critical discourse analysis）這種在最近幾十年裡特別受人追捧的方法就是一個學科間性的典範。作為一種語言分析的方法，它是從結構主義的文本理論到後結構主義的話語理論的繼承者；作為一種意識形態批判的方法，它是從經典馬克思主義的政治經濟學批判到新左派的審美批判理論的繼承者；作為一種症候分析的方法，它是佛洛德主義和分析哲學的繼承者。正因為批判性話語分析具有這樣的學科間性的特質，所以它解決了現代批評理論領域裡的一系列方法論分歧，而且正在成為文學研究構建學科自主性的堅實基礎。

第一章　文學研究的知識學屬性

現代性工程在知識生產場域中制訂了實證主義、形式主義和專業主義三大合法化原則。這三大原則一方面為自然科學的知識學霸權鋪就了堅實的基石，另一方面又使得人文科學的知識生產也盡力靠近以知識的確定性見長的自然科學，追求客觀中立的學理立場、普遍公理的學術旨歸和學科界分的知識視界。作為人文科學的文學研究，在現代性的知識學語境中力圖塑造自身符合三大合法化原則的形象。但是，當我們在「現代性之隱憂」的意義上意識到那三大原則的非必然性時，從事文學研究的知識生產者所面臨的學術任務就不再是證明文學研究怎樣與自然科學一樣體現了知識的確定性，而是走出自然科學的的知識學霸權的陰影，重新辨析和定義自身的知識學屬性。

一、作為反思性知識的文學研究

知識的客觀性是現代性工程的設計者們擺脫宗教蒙昧主義的一件利器。十七至十八世紀的思想家們將人類感官對實在事物的感知視為知識的本源，他們以此剝奪了「上帝」對真理的壟斷，也以此提出了以「實驗－觀察－歸納」為通用程式的近代科學知識生產機制。自然科學借助於工業技術的偉大力量而逐步占據了人類知識生產的霸主地位。占據霸主地位的自然科學對知識生產發出的第一道訓令乃是遵客觀實證性為知識活動的最高原則。這道訓令意味著物理科學、生命科學乃至社會學、經濟學、歷史學等學科知識的主流地位，也意味著諸如文學研究這樣的學科知識的合法性危機的到來，因為文學研究中「前理解」的介入使它無法體現客觀實證這一現代性的知識學訴求。美國科學家保羅·格羅斯和諾曼·萊維特在捍衛科學知識的確定性時描述道：

在過去幾十年裡，一種按照認識論地位高低對不同學科領域進行排序的僭越之舉，雖然從未公開，但一直在學術界知識份子中間悄然流行。其基本觀點可概括如下：硬科學家給出的是切實可靠的知識，並能進而建構出堅實的理論；而歷史學家據說能提供可靠的事實型知識（前提是必須堅持清楚明白的方法），但這種知識常常會被大量無可證實的臆測玷污；經濟學在方法上冷峻嚴格，但其假設相對於現實世界來說，卻是一種危險的甚至常常是致命的過度簡化；而在其他社會科學中，卻始終是由印象派式的描述和主觀意向性的闡釋占據著統治地位，儘管它們會為自己披上精緻的統計資料外衣。社會科學家們所表現出的理論化程度較高，其受尊敬的程度就越低。處於最底層的是文學批評，這門學問向來都被看作是一種高度費神的鑑賞活動，也許很有趣、很有價值，但其主觀性也到了無可救藥的程度……。[1]

1 [美]保羅·格羅斯、諾曼·萊維特，孫雍君、張錦志譯，《高級迷信：學術左派及其關於科學的爭論》（北京：北京大學出版社，二〇〇八年），頁一三至一四。

事實上，文學研究學者們早就開始嘗試引入實證方法來清洗自己的「原罪」。他們十分害怕被逐出現代性的知識學殿堂，因而試圖改變自己的知識學身份以取悅於各類現代「顯學」。從十九世紀中期開始，以丹納、斯達爾夫人為代表的自然主義者就著手把文學研究變成關於自然環境與民族文學之間的實證性關係的考察。這種實證主義的知識學立場也影響到傳記研究的代表聖伯夫、勃蘭兌斯等；《十九世紀文學主流》就體現出一種對「時代精神」作客觀描述的學術動機。主張知識實證化的中國自由主義知識份子胡適視《紅樓夢》為曹雪芹的「自傳」，其中也不乏將文學研究引向實證方法的動機。

二十世紀的文學研究，閱讀經驗描述的成分越來越稀薄，而為文本意義設置客觀事實或文獻資料以達成理解的確定性的做法日益增多。這些客觀事實或者是作者的早年經歷（佛洛德主義文論）或者是民族文化代碼（神話原型批評），或者是階級鬥爭狀況（馬克思主義文論），等等。至於文學史研究中的考據學、文獻學方法，常常是文學研究者們關於自身學科具有知識客觀性的一種微弱的證據。當我們把實證性作為知識的唯一屬性時，我們看到的事實是，長於意義的闡釋而不長於客觀實證的文學研究作為學科知識的式微。

真正需要反思與辨析的是，知識的實證性是否所有知識的唯一屬性？我們不加懷疑地認定知識的實證性質，於是為能進入現代性的知識學殿堂，我們對文學研究實施了一場「變性手術」。早在現代性工程選擇實證性作為知識屬性之初，歐洲的思想家們就意識到單靠感覺經驗解決不了知識的確定性問題，因為感覺經驗的個人化使它無法產生出普遍有效的知識。於是大陸理性主義者提出先驗理性來解決知識的普遍有效性問題。先驗理性對混亂零散的感覺經驗的整合、序化使得人類關於世界的認知走向邏輯化、抽象化，從而獲得普遍有效性，這樣就在知識問題上引入了主體性內涵。康得用「反思」概念來調和英國經驗主義與大陸理性主義的認識論差異。「反思（reflexion）源於拉丁文reflexio，原義為光線的反射，用於哲學表示沉思、再思、反省、內省、自我觀察、對自我意識的分析。」[2]哈貝馬斯認為康得的三大批判運用的就是這種「反思哲學」的方法。反思哲學源於笛卡爾的「我思故我在」和康得的絕對自我意識，其特徵就是：「主體反躬自問，並且把自己當作客體。」[3]可見，與訴諸自然運動的實驗科學相對應的還有一種反思性的知識，即認知主體以自身的精神狀態為對象的知識活動。福柯稱之為「人文科學」，並且認為：「這個認識體系把作為經驗存在的人當作自己的客體。」[4]這種反思性的知識活動與主體的生命形態、自我意志、文化經驗等密切地相關涉著，它借助內省或沉思而不是觀察、歸納而展開。因此，自然科學用以確證自己的合法性原則——知識的實證性——對於反思性知識並不適用。但是由於自然科學知識的霸權地位，反思性知識長期以來一直從屬於實證性原則而未能提出獨立的合法化依據。作為反思性知識之典範的人文科學應當走出以自然科學為代表的實證知識霸權的陰影，重建自身的知識學合法化的依據、原則和程式。

早在狄爾泰那裡，人文科學中的「真理」就不再是客觀實證的結果。狄爾泰認為，人文科學的對象不是客觀的自然物而是人的精神，所以他總是稱人文科學為「精神科學」。對於狄爾泰來說，「精神科學」的基本方法是「理解」，其真理性來自它真誠地表現了人的生命經驗。狄爾泰注意到了人文科學中知識生產者的主體性存在，這啟發人們不可將單一的客觀性視作人文科學的知識學合法化準則。巴赫金由狄爾泰的「理解」演化出「對話」作為人文科學的方法論原則。對話「……是兩個文本的相遇，一個是現成的文

---

2 曹俊峰，《康得美學引論》（天津：天津教育出版社，一九九九年），頁一四三。

3 [德]J．哈貝馬斯，曹衛東等譯，《現代性的哲學話語》（南京：譯林出版社，二〇〇四年），頁二二至二三。

4 [法]M．福柯，莫偉民譯，《詞與物——人文科學考古學》（上海：三聯書店二〇〇一年），頁四四九。

本，另一個是創作出來應答性的文本，因而也是兩個主體、兩個作者的相遇」[5]。這裡就見出了人文科學知識中知識生產者自身的主體性表現的內涵。從海德格爾到伽達默爾，現代闡釋學引入「前理解」（「成見」）、「闡釋循環」等概念描述闡釋活動中主體的反思性。闡釋學的出現標誌著人文科學開始走出近代知識論的單一範式，在自然科學的客觀實證範式之外去尋求自身的知識學屬性。在闡釋學的視野中，人文科學的知識對象是話語而非自然物，其方法是理解而非觀察，其知識形態是意義而非真理。因而人文科學無須以自然科學的知識學屬性為準則來進行合法化確證。

闡釋學揭示了一個顯而易見卻又極為重要的現象，即，人文科學的知識活動指向話語形態的閱讀經驗。由此我們可以看到自然科學和人文科學知識活動對象的本質性差異：自然科學以主體之外的客觀物理運動為知識對象，而人文科學則以主體自身的經驗內涵為知識對象。闡釋學告訴我們，文學研究作為一種人文科學的知識生產活動，其認知對象並不像自然科學知識活動所面對的客觀物理現象，而是一種內在於主體自身的閱讀經驗。所謂客觀的文學現象，比如物理意義上的書籍或文獻學意義上的資料，都不是文學研究的真正對象，他們只是製造對象的原料。因為文學研究是關於「意義」的判斷，「意義」必須在主體的閱讀、理解活動中產生，而閱讀和理解又必然地受到前判斷的引導，所以「意義」一旦形成則必然「主體化」，從純客觀的文本昇華為經驗狀態的表現性客體。這種表現性客體才是文學研究的真正對象，就其作為閱讀經驗而言，文學研究者所面對的這一對象已經「內在化」、「主體化」或「自我化」了。由此可見，文學研究關於文學現象的意義判斷，實則是關於研究者自己的閱讀經驗之內涵的判斷。文學研究起步

5 ［俄國］M・巴赫金，《文本問題》，載錢中文譯，《巴赫金全集》（第四卷）（石家莊：河北教育出版社，一九九八年），頁三一七。

於對文學文本的閱讀，未經閱讀的文本固然客觀但不能成為意義判斷的對象，而對文本的閱讀又必然使文本變成研究者的閱讀經驗。文學研究一旦進入關於意義的分析、判斷，則必然走向反思性，即對主體自身的「反躬自問」，因為閱讀經驗內在於主體。

正因為文學研究的知識學屬性是反思性而非實證性，所以文學研究的知識產品——關於意義的判斷——常常是知識生產者自身的社會身份的彰顯，亦即，這種意義判斷乃是關於主體自身的判斷——一種反思判斷。比如，作為社會學家的恩格斯對莎士比亞戲劇的意義判斷是「五光十色的市民社會」，作為心理學家的E・鍾斯對莎士比亞戲劇的意義判斷是「戀母情結」，作為文化人類學家的G・墨雷（G. Murray）對莎士比亞戲劇意義的判斷則是「原始宗教儀式」。這些關於莎士比亞劇作的意義判斷與其說指向某種客觀的文學現象，還不如說是指向研究者自己的社會身份。這身份就是導致他們的閱讀經驗以如此這般的內涵呈現出來的「前理解」因素，正如受到英美實證主義哲學訓練的胡適關於《紅樓夢》係作者自傳的意義判斷，在很大程度上也是這位自由主義知識份子的「自我反思」。所以佛克瑪和蟻布思說：「有的理論論斷是不能夠輕易對其進行合理化論證的，因為它們是和一種關於歷史的概念甚至世界觀聯繫在一起的。」[6]

既然認定了文學研究的反思性知識學屬性，那麼我們就沒有必要繼續跟隨著自然科學的實證知識後邊用客觀主義作為文學研究之知識學合法化的依據。文學研究中固然需要詳實的資料、豐富的文獻，但這只是文學研究的起點而非目標。作為一種反思性的知識生產活動，文學研究的目標在於對具有普遍價值的閱

6 ［荷蘭］佛克瑪、蟻布思，俞國強譯，《文學研究與文化參與》（北京：北京大學出版社，一九九六年），頁九五。

讀經驗進行理解、辨析和批判。文學研究的知識學合法化原則應當從「交往合理化」中推演出來，因為對閱讀經驗進行反思而形成的意義判斷涉及到主體間性的問題[7]。

二、作為地方性知識的文學研究

現代性工程的設計者們不僅要求知識的實證性，進而對知識的的普遍有效性也做出了設計。如果說英國經驗主義哲學的知識論建立在人類對實體事物的感覺經驗之上，那麼大陸理性主義哲學的知識論則建立在人類以之序化整合實體事物的先驗理性概念之上。前者體現了現代性的知識學關於知識確定性的訴求，後者體現了現代性的知識學關於知識的普遍有效性的訴求。借助先驗理性的普世性特質來界定知識的屬性同樣有著抵抗宗教蒙昧主義的效能，所以大陸理性主義對於現代性工程而言也是極其重要的一道認識論程式。

康得在《純粹理性批判》中寫道：「一切知識都需要一個概念，哪怕這個概念是很不完備或者很不清楚的。但是，這個概念，從形式上說，永遠是個普遍的、超規則作用的東西。……一切必然性全部以一個先驗的條件為基礎。因此，一定要有一個意識進行統一的先驗根據，把我們的一切直觀的多樣內容綜合起來。」[8]理性主義者康得意識到對個別事物的感覺經驗儘管是可以確定的但並不具備普遍有效的認知功

[7] 關於主體間性與人文科學研究的問題，可參考挪威科學院院士、貝根大學教授奎納爾・希爾貝克（Gunnar Skirbekk）在《人文科學的危機？》（載《華東師範大學學報・哲社版》一九九八年第三期）一文中的論述。

[8] 北京大學哲學系外國哲學史教研室編譯，《西方哲學原著選讀》（下卷）（北京：商務印書館，一九八一年），頁二九六。

能，因此他在不可認知的「物自體」之上引入人類的先驗理性來達成知識的普遍性。建立普遍有效的知識體系也許包含著某種東方主義的意識形態，但作為一種話語形式或闡釋技術，普遍性知識畢竟使得現代知識學駛入了全球化航程。建立在歐洲理性主義文化基礎之上的普遍性知識是一種「世界體系」，它生產出以抽象形式為特徵的全球化知識並用這種普世性的知識壓制了「地方性知識」，比如作為抽象形式的歷史理性對作為事件性的歷史事實的排斥。

現代性所造就的「全球化知識」追求知識的普遍有效性，因此它常常以一種本質主義的宏大敘事方式規定存在的終極本性。最為重要之處還在於，全球化知識為形成普遍有效的闡釋功能，需要超越存在的個別狀態，脫去知識對象的具體形貌；在關於類屬性的描述的基礎上提取抽象概念，然後以此抽象概念構成邏輯模型。這些邏輯模型由於不受存在之「大地」的限制而獲得了「放之四海而皆準」的指涉意義，比如現代科學中的那些抽象的原理、定義、公式、資料，它們無所不能地解釋著宇宙運動，但存在物的具體形態在這樣的理論話語中完全被遮蔽。於是這裡就產生了現代知識的一個重要特性——形式化。那些遍佈於現代自然科學中的資料、符號、原理、公式、定義等等，被認為是實驗科學的成果，而作為一種知識的形態，它們是純粹形式化的，遠離存在、超越物態、脫離個體，正是因此它們具有了極其寬泛的闡釋功能。比如牛頓以數量關係來解說宇宙運動，最後形成的是自然結構的資料模型化。

卡爾・曼海姆在《知識社會學問題》中認為有兩種知識生產的方式，一是「實證主義」，二是「形式有效性」；其中形式有效性的知識生產方式「表現出對存在的漠不關心」[9]。波亨斯基也認為，形式化方法「要點

[9] 〔匈牙利〕卡爾・曼海姆，徐彬譯，《曼海姆精粹》（南京：南京大學出版社，二〇〇五年），頁一七至一九。

是撇開所用符號的意義，只考慮符號的書面意義」[10]。事實上，形式化知識並非對存在漠不關心，而是追求對存在的終極性言說的權力，即一種知識學的全球化。形式化知識之所以具有這種全球化的力量，是因為它以抽象的邏輯程式將存在統攝於單純的、同一的模型之中；它擺脫了存在的具體形態的糾纏而對存在進行簡化、序化和同化，從而獲得對存在的最高「話語權」。比如熱力學第一定律（能量守恆定律）$\Delta U = G + W$，它解釋了所有能量轉換的現象，但卻是一套讓人無法聯想到存在之物態、質感、形象的抽象符號。

發端於歐洲理性主義的形式化知識以「超語境」性質的同一性力量占據了「化全球」的地位。近代實驗科學把製作抽象原理視為知識生產的旨歸，由此而造就成自然科學的知識學霸權。自現代性工程展開始，文學研究日漸陷入合法性危機，整個文學場瀰漫著一種尋求知識生產自主性的氣息。在十九世紀，歐洲的文學知識份子們用康得美學作為元話語著手建立審美主義的文學自主性大廈。但是唯美主義的審美倫理、阿諾德等人的高雅人文精神根本無法解決文學研究在知識生產問題上地位尷尬的問題，因為文學研究被認為缺乏普遍有效的邏輯程式，它難以走向知識的確定性。一種審美性質的文化經驗描述，比如阿諾德、聖伯夫的文學評論，都受到作為知識學主體的科學主義排斥。一八八〇年代，赫胥黎與阿諾德之間展開了一場「科學與文化之爭」。在赫胥黎看來，阿諾德的「高雅文化」無助於人類「發現自然規律」，絕不能當作高等教育的主導精神。

十九世紀出現的傳記研究也體現了文學知識份子的一種努力：為文學研究注入實證主義元素而靠近知識的確定性。但是傳記研究以個人生命歷程為經驗事實來闡釋文本意義的做法使得文學研究的知識成果缺

10 〔瑞典〕波亨斯基，童世駿譯，《當代思維方法》（上海：上海人民出版社，一九八七年），頁三八。

乏普遍有效價值，無法形成科學主義時代的知識全球化效果。進入二十世紀後，形式化方法引發結構語言學出現，而結構語言學則為文學研究構造邏輯化的「文學性」提供了理論武器。在結構語言學的啟迪下，文學研究中出現了將文學的屬性和意義歸結於某種超然於個別文本之上的「邏各斯」圖式的形式主義理論話語。

形式主義作為文學研究的一種方法論體系，其最重要的知識學訴求在於，用統一的抽象邏輯模型（文學性）規定全部文學現象的意義和價值，以此達成文學研究的科學化。形式主義者為顯示文學研究在知識學上的普遍有效的解釋功能——亦即建立全球化的文學研究知識系統——力圖構造科學主義的文學本體論範式和文學價值論範式，他們用這種一元論的範式來規定每一首詩每一篇小說的審美屬性和意義經驗。最典範的例子就是雅克布森關於詩歌的基本屬性的定義：把等價原則從選擇軸投向結合軸[11]。雅克布森想用「對應」的句法結構作為基本模型解釋所有的詩歌。大多數形式主義者都相信他們面對的研究對象像科學的對象一樣有著普遍同一的內在本質，研究者的任務就是將這本質找出來指導文學研究關於文學屬性、意義和價值的闡釋。西方學者清楚地看到：「俄國形式主義主要目標之一是促使文學研究的科學化。」[12]維克托・日爾蒙斯基稱之為「形式主義的世界觀」[13]。科學主義的世界觀用普遍有效性認知策略為現代性工程創造了全球化文明，而科學主義的全球化知識又為科學建立了知識學霸權。這就引起文學研究走出古典知識的經驗描述狀態，致力於在文學研究領域裡建造一套抽象的原理、定義、邏輯程式、結構模型來規範文學的屬性、意義和價值，從而形成一種「全球化」的文學研究知識生產體制。近代以來，不僅形式主

11 ［荷蘭］佛克馬、易布思，林書武等譯，《二十世紀文學理論》（北京：三聯書店，一九八三年），頁七九。
12 ［荷蘭］佛克馬、易布思，林書武等譯，《二十世紀文學理論》（北京：三聯書店，一九八三年），頁一四。
13 ［俄國］什克洛夫斯基等，方珊等譯，《俄國形式主義文論選》（北京：三聯書店一九八九年），頁三五八。

義在追求文學研究的「全球化」知識型，在比如社會歷史學派、精神分析學派、神話原型理論中，知識的「全球化」也成為知識生產的主導原則；這些理論潮流都曾探索構建一套普遍有效的闡釋模式以形成關於文學屬性、意義和價值的「終極真理」。教育部指定的「面向二十一世紀課程教材」《文學理論教程》中這樣規定文學理論的學科知識屬性：「以哲學方法論為指導，從理論高度和宏觀視野上闡明文學的性質、特點和規律，建立文學的基本原理、概念範疇以及相關的方法。」[14]這實際上意味著要編出一部文學研究領域中的「牛頓力學」。

牛頓力學處理的是具有同一性存在本質的自然物，因而它可以用幾個基本定理闡釋全部同類現象，而人文科學的知識對象卻以一種歷史的或社會的變數方式獲得存在的現實性；這些對象的屬性和內涵很難用一元論的原理予以規定。事實上，人文科學恰恰是在「闡釋循環」中完成自身的歷史建構，闡釋循環賦予每一次闡釋以獨特的意義經驗，這種獨特的意義經驗反抗著同一性定義。長期以來，我們一直在認定文學活動具有同一性本質的前提下編撰各種「原理」、「概論」、「教程」等著作，企望對文學現象作出超語境超歷史的普適性定義，這種全球化的知識學訴求完全背離了文學活動的「地方性」存在方式。喬納森・卡勒就發現：「文學作品的形式和篇幅各有不同，而且大多數作品似乎與通常被認為不屬於文學作品的東西有更多相同之處，而那些被公認為是文學作品的相同之點反倒不多。」[15]這就意味著，文學研究無法依據所謂普遍有效的定義、原理或指數來闡釋個別狀態的文學現象。文學活動的「陌生化」屬性要求我們以不斷變換的知識視野、價值座標、學科依據、思想資源、歷史語境等等去闡釋每一次文學現象。文學研究

14 童慶炳主編，《文學理論教程（修訂版）》（北京：高等教育出版社，一九九八年），頁五。
15 [美]喬納森・卡勒，李平譯，《文學理論》（瀋陽：遼寧教育出版社，一九九八年），頁二一。

作為一種地方性知識的生產活動，它認定了知識對象的「事件性」存在；解釋這種事件性存在的最合適的方法莫過於建構主義。加拿大學者斯蒂文・托托西（Steven Totosy）在關於「文學研究的合法化」問題的系列演講中提出，文學研究應當是一種「整體化和經驗主義」的方法[16]。這是一種從具體現象——許多規定的綜合——出發的研究方法，它比較能夠適應文學活動的事件性特質。

三、作為前學科性知識的文學研究

現代性在知識學領域的體現除實證主義、形式化外，另一個標誌性的訴求便是知識的學科化。在古典時代，知識生產尚未被分解成專業性學科；知識的學科化是近代文明的成果之一。

現代性肇始於近代理性對神學意識形態的一元論宇宙統治權力的解構。前現代性的世界是一個整一性的世界，「神」或者「道」將真理、意義、價值規定在一個同一性原則之中，因而知識也不可能有類型學意義上的獨立性。而現代性則以一種「分解式理性」[17]塑造出一個與一元本體論相抗衡的「自我」。這個「自我」是獨立自主的——在倫理學意義上它意味著「上帝死了」之後的「人為自己立法」；在社會學意義上它意味著職業化和分工；在知識學意義上它意味著「分科立學」和學科自主。自近代大學誕生至今，

16 [美]斯蒂文・托托西，馬瑞奇譯，《文學研究的合法化》（北京：北京大學出版社，一九九七年），參見其第一章《理論和方法的基本原理》。

17 參見[加拿大]C・泰勒，韓震等譯，《自我的根源：現代認同的形成》（南京：譯林出版社，二〇〇一年），頁二一二至二三八。

人類的知識生產日益分化為各種專業化的學科。這些學科各有自己的知識對象、思想資源、闡釋技術和判斷準則。正如M·韋伯所言：「科學已進入一個先前所不知道的專業化階段，並且這種情形將永遠保持下去。」[18]在這一情形中，任何一種知識若企望獲得存在的合法性，都必須具有不可替代的知識對象範圍、認知方式和評價座標，否則它就不可能在現代性的知識學工程中合法地謀生。且不說物理學、生物學等自然科學學科，即使如社會學、歷史學、語言學等人文科學學科，也形成了自己獨有的知識對象、闡釋技術和判斷準則，因而成為具有相對清晰的知識活動邊界的現代學科化知識系統。知識的學科化、專業化是現代學術體制和大學教育的最重要的基礎。美國學者伯頓·克拉克（B. R. Clarke）稱，學科的專業界分是現代高等教育的「第一原理」，而知識的專業化是「構成其他一切的基石」[19]。

知識的學科自主性要求每一個學科的知識都有自身獨具的知識生產的規範和手段；越是顯現出某種無法替代的學科屬性的知識體系越能獲得現代社會的認可，而學科屬性含混的知識常常遭遇生存危機。在人文社會科學中，哲學的思辨方法、歷史學的文獻考據方法、社會學的田野調查方法、語言學的分析方法等等，都為這些學科的獨立自主提供了自有產權的闡釋技術，也使得這些學科在現代知識生產體制中的生存合法化。在知識的學科化、專業化浪潮中，文學研究這種在古典時代一度占據知識生產主導地位的知識活動，其生存的合法性遭遇了危機。相比其他學科，文學研究一直缺乏固定的闡釋技術，也缺乏明晰的評價準則，甚至關於自身知識對象的獨立性也不乏爭議。所以現代性工程展開伊始文學研究者們就為論證本學科知識對象、闡釋技術和評價機制的獨立性而殫精竭慮。

18 [德]M·韋伯，《以科學為業》，載M·韋伯，楊富斌譯，《社會科學方法論》，（北京：華夏出版社，一九九九年），頁一七。

19 B. R. Clarke, "The Higher Education System: Acdemic Organization in Cross-National Perpective", Berkeley:Univ. of California Press.1983, p.35.

康得美學是最早為文學研究提供學科知識自主性的理論。康得肯定了宗教的存在合法性，但他並不認可宗教的終極統治權力；他將宗教放在實踐理性的限度上加以討論，同時又以「分解式理性」區分出純粹理性和判斷力的存在。康得用無概念性和無目的性的形式遊戲為審美判斷力注入了區別於純粹理性和實踐理性的內涵，這內涵關涉到人的自由，因而它是先驗性的體現，也因而它的自律性的存在同樣具有必然性。康得把「想像力的自由遊戲」的詩歸於判斷力活動的範疇，由此文學研究的對象便脫離科學、倫理、政治、宗教等形成了一個獨立的人文場域。經過唯美派、先鋒派，審美主義進而發展成為一種生存價值，同時也逐漸成為了文學研究的思想資源。以審美主義作為文學研究的知識對象的自律性存在的依據，這就意味著文學研究通向自主性學科之路已設定了起點。文學研究依據審美原則即可以將自身定位在關於文學之美學意義的闡釋的位置上。文學的審美屬性的確立表明了文學研究有了專屬性的知識對象。

文學研究的學科化工程的另一道工序是語言分析的闡釋技術。審美為文學提供了合法化依據，但審美經驗的描述無法具有學科體制意義上的方法論價值。尤其是審美意義如何體現在一種自明性對象即語言之中，對這一工作美學並未有技術層面的設計，必須由語言分析技術來承擔。進入二十世紀後，以結構語言學和語義學為代表的現代語言學發明了一套關於語言內部構成的分析技術；文學研究很快將這套技術應用到自身的學科化工程。語言的內在構成分析使得文學研究能夠在語言與其他學科統治的知識場域之間劃出明確的界限，從而形成了相對封閉的學科「國境線」。建立在現代語言學基礎之上的形式主義文論繼美學之後進一步將文學研究「內在化」，因此文學研究不僅有了由美學「圈」出來的經營範圍，進而又有了句法分析或語義分析等專利技術。人們似乎相信，文學研究的基本運行機制即在於通過語言分析解讀審美經驗，這也就是文學研究作為獨立自主的學科化知識體系的存在屬性。所以美國學者Murray Krieger認為，新批評這種只針對語言文本的闡釋方式「……就是文學理論作為公認的學院學科的開始」[20]。審美主義的思想資源和語言分析的闡釋技術，成為文學研究在現代知識學世界中塑造自己學科身份的主要依據。

但是這樣建立起來的學科知識體系似乎並未獲得普遍認可。二十世紀以來文學研究界最引人注目的學術景觀不是某一學術思潮的顯赫或者占據統治權，而是一場「亂紛紛你方唱罷我登臺」的知識戰爭。形式主義、神話原型理論、精神分析學文論、闡釋－接受美學、新歷史主義，等等，這些學術思潮都曾經試圖以自己特有的一套知識生產範式來構建文學研究的學科體制，但它們幾乎都未能獲得完全的成功。其中任何一種範式都欠缺另一範式所具有的闡釋有效性空間，因而都無奈地需要其他範式來彌補其不可言說的空缺之處。美國學者J・T・克萊恩（Julie Thampson Klein）在《跨越邊界——知識・學科・學科互涉》一書中描述了二十世紀文學研究中的這種知識依據漂移的現象，她稱之為「學科互涉」（interdisciplinarities）。這一現象說明，文學研究追隨現代性的知識學科化工程所做出的學科化努力並未獲得成功。

儘管文學系已經成為現代大學的一個常設的學科，但文學研究卻實際上是一片眾語喧嘩的廣場。面對一部文學文本，有形式分析的解讀、有意識形態批判的解讀、有心理分析的解讀、有民族文化精神的解讀，等等，不一而足。這一現象本身就說明，文學研究的對象很難受到現代知識的學科化視野的限制。這也可以理解為，文學意義的解讀是超學科的。

海德格爾在《藝術作品的本源》中有一個觀點很值得我們思考。在海德格爾看來，語言是大地敞開其存在、即真理和意義得以彰顯的基本機制。語言在初始的言說時它是隱喻性的，這隱喻的語言是人獲得意

[20] [美]Murray Krieger，單德興譯，《美國文學理論的建制化》，臺北：《中外文學》一九九二年第一期（總第二十一卷）。

義的開端，是一切意義的起源。就這語言的隱喻性而言，人詩意地棲居於大地。「語言本身在本質的意義上是詩……源始的詩」，它是大地敞開其意義的開端，「藝術讓真理產生。」[21]海德格爾的真實意思是，一切意義都源於語言，而語言面對大地的言說即是詩性的語言活動。因此，詩性的語言活動——文學——乃是一切意義的起源。我們甚至可以說，一切現代學科所生產出來的知識，其祖先都是文學。

海德格爾的觀點對我們有一個重要的啟迪：文學研究的知識對象不受任何學科體制的限制，它是一種「前學科」性質的知識對象。當我們追隨現代性知識學工程將文學置於某一學科化知識視野——美學的、語言學的、社會學的、倫理學的，等等——的限度時，我們實際上是在對文學進行「單面化」的祛魅，這將導致文學研究的學科化視野與文學意義的「前學科性」之間的錯位。

文學意義的前學科性要求以文學意義闡釋為中心任務的文學研究超越學科化的知識視野，用一種「學科間性」的方式來構建文學研究的學科體制。我們應當走出那種靠「引進外資」建立學科體制的現代文論模式，用「間性」思維——不是跨學科，而是超學科——創立一種全新的文學研究體制。這種間性的知識生產體制在思想資源層面上超越審美主義、科學主義、歷史主義、自由主義的「眾聲喧嘩」，在知識依據層面上擺脫現代學科家族的影響，在闡釋技術層面上將實證、批判、分析、描述匯為一體。這種以學科間性為特質的文學研究，其基本前提就是，文學意義是一切意義的源始，是不受現代學科界分原則限定的前學科性的意義，因此文學研究也需要超越學科專業界分的現代性知識學體制。文學研究應當成為一種「元學科」，成為全部學科知識的開端。

21 ［德］海德格爾，郜元寶譯，《人，詩意地安居：海德格爾語要》（桂林：廣西師範大學出版社，二〇〇〇年），頁九一至九三。

長期以來，我們追隨現代性的知識學工程，力圖在客觀實證、普遍形式和獨立學科幾個維度上營造文學研究的知識學大廈。而實際上文學研究的知識學屬性卻表現為反思性、地方性和前學科性，所以我們需要重新為文學研究的知識學屬性定位。

第二章　文學研究的學科知識體制化進程

R・威廉斯在《關鍵字：文化與社會的詞彙》中考察了「文學」（Literature）一詞的源流。他發現，古典時代的文學（英文、法文、拉丁文）指「通過閱讀所得到的高雅知識」[1]。十九世紀以後，「Literature」才開始專指想像性的語言作品，即現代意義上的「文學」。漢語裡「文學」一詞的最早使用是指所謂「孔門四科」之一，即「德行、政事、文學、言語」中的「文學」。《論語・先進》道：「文學，子游、子夏。」邢炳疏：「若文章博學，則有子游、子夏二人也。」漢代設「賢良文學」，其中「文學」指熟讀儒家經典的知識份子。可見古典時代的「文學」一種博學的素質，遠未具有現代意義上的專業化知識生產的涵義。古代的「詩論」、「文論」、「詞論」，或西方的「詩學」，都不能稱之為學科化的「文學研究」，它們在很大程度上是知識份子們閱讀經驗的描述。現代性的知識生產機制形成之前，人類的知識生產尚未進入「界分」狀態；各種知識由「神的意志」或「道」統攝為一個混沌的整體。文學研究雖然在古典的人文知識主體論大系統中地位顯赫，但它同樣受到那超驗本體的一元論力量的規訓，並沒有自己獨立的學理品格，如合法化依據、思想資源、自律性對象、自洽性評價座標等。只是由於現代性工程的展開，C・泰勒闡述的那種肇始於笛卡爾的「分解式理性」將一種工具主義觀念帶入知識活動[2]，知識

1 [英]R・威廉斯，劉建基譯，《關鍵字：文化與社會的詞彙》（北京：三聯書店，二〇〇五年），頁二六八至二六九。
2 [加拿大]C・泰勒，韓震等譯，《自我的根源：現代認同的形成》（南京：譯林出版社，二〇〇一年），頁七八〇至七八一。

生產才開始走上從學科化到體制化的道路。

一、「英語」的體制化

現代性用存在的自主性取代了超驗本體的一元論統治，而存在的自主性又意味著各種自律性的「場域」的建立。對於知識的生產而言，學科化的獨立形態正是借助於「分解式理性」獲得的一種「解放」。知識的學科化首先要求知識對象的自律，繼而要求建立適於此對象的闡釋技術和價值準則。「文學的獨立性」就是文學研究學科化的「第一推動力」。

古典時代的知識還未具備現代性所賦予的「形式化」屬性，那時的知識生產常借助於隱喻性的語言活動進行。所以古典時代的知識帶有強烈的「文學性」色彩。正是因此文學在古典時代占據著知識生活中最重要的地位，這地位使它無須對自身存在的合法性進行特殊的確證。當知識的實證化、形式化成為知識生產的主流時，文學與文學研究遭遇了合法性危機。於是從康得開始人們用「審美」來重新為文學設立合法化依據。「到了十九世紀下半葉，一個充分審美化了的、大寫的『文學』概念已經流行起來。」[3]同時，馬休・阿諾德等人努力抬高文學的地位，使之成為人類精神生活中最重要的領域，「宗教和哲學終將被詩藝取代」[4]。近代大學的系科專業分類在此時也進入體制化階段。自主性的精神生活——文學——即將由

---

3 [英]彼得・威德森，錢競等譯，《現代西方文學觀念簡史》（北京：北京大學出版社，二〇〇六年），頁三八。

4 Matthew Anold, Selected Prose. “Harmondsworth:Penguin Books”, in P. J. Keating(eds), 1970, p.340.

「語言文學系」對口管理。

彼得・威德森在《現代西方文學觀念簡史》中考察了「英語」（English Literature）在英美大學學術體制中的發展歷史。他發現，在十九世紀強調文學的審美自律和典雅的人文精神內涵的基礎上，English Literature開始成為大學的一個獨立的學科門類。一八二〇年代，倫敦的「大學學院」最早提供英語語言教育和文學教育。一九〇二年，Walter Raleigh爵士成為第一位在牛津專職講授英語文學課程的教授；一九一二年，Arthur Quiller Couch則成為第一位在劍橋擔任英語文學課程的教授。一九〇二年英格蘭教育法案頒佈後，英語學會於一九〇七年成立。作為一種自主性的知識生產專業的英語（英語文學研究與教學）被納入現代大學學術系統，獲得了學科體制賦予的合法化依據。一九二七年，教育委員會提交的《紐伯特報告》稱「民族文學」的教育在整個教育體系中應占據核心地位，「英語」在學術體制中的地位進一步提升[5]。美國學者Gerald Graff在*Professing Literature: An Institutional History*（Chicago and London: University of Chicago Press. 1987）一書中也考察過「文學研究」在西方學術史上成為一種自主性知識活動的歷史。Graff認為，專業化知識之間的衝突，或者說學科知識之間的緊張關係，乃是文學研究獲取自主性的動力。

文學藉審美賦予的合法化依據而自立，文學研究作為知識生產也因為有了專屬性的對象而在現代學術體制中自立門戶，但這並未解決文學研究自身的知識學屬性的問題。在十九世紀，古典自由主義的人文教育思想主宰著歐洲的大學；文學教育對於培養高尚的人格意義重大，因此文學教育受到普遍的重視。但此

5 [英]彼得・威德森，錢競等譯，《現代西方文學觀念簡史》（北京：北京大學出版社，二〇〇六年），頁四三至四八。

時文學研究卻還未清晰地顯現自己獨有的闡釋技術和價值準則。所以近代大學中設立語言文學系並不意味著文學研究作為獨立的學科知識的完全成型。

文學系在大學的設立體現了英國教育家亨利·紐曼（John Henry Neman, 1801-1890）在《大學的理想》一書中提出的高等教育理念，即教育的目的在於培養高雅的紳士。這種古典自由主義影響下的教育思想使得牛津、劍橋等英國大學至今仍堅持將人文精神的培養作為大學教育的主旨。不過十九世紀晚期德國大學逐漸接受洪堡（W. V. Humbolt）關於大學是一個學術機構的辦學思想。德國大學體現了現代大學的第二種類型，即學術研究型的大學。進入二十世紀後，學術研究型大學逐漸成了高等教育的主流形態。在學術研究型大學裡，文學研究不僅承擔啟迪人文精神的職責，更重要的是要對文學現象進行研究，揭示文學的屬性、價值、歷史等等。這就需要文學研究自身顯示出學理、思想、資料、方法等方面的知識學功能，否則它就無法作為專案承擔者儕身於學科林立的大學。於是從二十世紀初期開始，文學研究界展開了一場學科合法化確證的運動。學者們引進結構語言學或功能主義語言學與康得美學結合，創造出形式主義文學理論體系，以之作為文學研究的獨立範式，從而證明文學研究的學科存在合法性。

在這個時代，「新批評」關於詩歌藝術的語言特性和文學性閱讀的特殊方式的闡述，奠定了文學研究的學科範式和知識活動特性，為文學研究進入現代學科體制提供了學理基礎。美國文學理論家Murray Krieger評價新批評說：「其實，這就是文學理論作為公認的學院學科的開始。也就是說，新批評家要以一種特定的方式來閱讀，要使文本以一種特定的方式具有價值……。」[6]從此，詩性文本的主體地位、細讀

---

[6] [美]Murray Krieger，單德興譯，《美國文學理論的建制化》，臺北：《中外文學》一九九二年第一期（總第二十一卷）。

式閱讀方法、審美價值座標、語義結構分析的闡釋技術等，使得文學研究成為一種具有獨立的認知功能的知識生產門類，並且在學科林立的現代研究型大學裡「成家立業」。

二十世紀中期，英美高等教育思想又發生了一次重大轉變。這就是美國教育家克拉克・克爾（Clark Keer）在《大學的功用》（一九六三年）中提出的「multiversity」[7]。克爾認為現代大學已從「鄉村」、「城鎮」走向了「都市」；現代大學的基本理念是「服務」，大學就是生產和出售「知識」的公司，美國大學由此轉向功用化、企業化的辦學理念。這種辦學理念給「英語」的學術地位造成了危機，因為在「multiversity」中，堅守人文精神和超然價值以及學科自律的文學研究顯得極為不合時宜，它無法提供一種能夠「介入」社會的知識。Multiversity不承認文學研究靠「象牙塔化」獲得的體制化身份，因為它否定學科知識邊界自洽性的確證，而將市場需求作為知識類型劃分的依據。從一九七〇年代起，一種被J・卡勒稱作「理論」的跨學科知識活動吸引了文學研究。由德里達、福柯等人開創的「理論」是一種「學科間性」的產物，它超越傳統人文學術關於文學性的追問和領會，把「整體的生活方式」——文化視為人類生存的基本內涵。這就有可能將包括文學研究在內的人文科學從象牙塔拉回現實世界，讓它們以「介入」的姿態充當人類生活世界的詮釋者。這也許是人文科學在multiversity的時代拯救自己身份合法性危機的一種策略。T・伊格爾頓寫道：「二十世紀六十年代既令人窒息又活躍時髦。有過對綜合知識、廣告和商品至高無上權力的焦慮。幾年之後，檢驗所有這一切的文化理論自己也有成為另一樣浮華商品之虞，成為高價倒賣自身符號資本的一種方式。」[8]一九八〇年代末，隨著伯明罕大學當代文化研究中心（CCCS）擴

[7] Multiversity原意為「綜合大學」，但克爾在此特別強調其多學科，因此國內學術界多譯作「巨型大學」或「多科大學」。

[8] [英]T・伊格爾頓，商正譯，《理論之後》（北京：商務印書館，二〇〇九年），頁三八。

展為文化研究系並開始招收文化研究專業本科生，文化理論又回到了體制的懷抱。「理論」當初以反對文學研究的學科體制化為動機實施一種學科間性的思想策略，但最終是反體制的文化研究把文學研究又一次帶回了體制。Murray Krieger稱之為「反建制理論的建制化」[9]。

大寫的「英語」的歷史其實就是一部文學研究的學科體制化的歷史。這部歷史的主題是文學研究為自身在現代大學學術體系中獲得合法化地位的鬥爭。在古典自由主義人文教育型大學時代，文學研究的鬥爭武器是審美教育；在近代研究型大學時代，它的鬥爭武器是「文學性」；在現代multiversity時代，它的鬥爭武器是文化理論。正是因為文學研究需要不斷地轉換角色以求在現代知識生產工程中獲得一個合法化地位，所以文學研究至今也沒能形成穩定的知識依據、思想資源、價值準則和闡釋技術。一個明顯的證據就是：在二十世紀，幾乎所有新思潮新理論都曾統治過文學研究，但這些霸權型的理論體系的智慧財產權幾乎都不歸屬於文學研究。

二、癸卯學制：開啟中國的知識現代性工程

在現代性的「分解式理性」將知識生產構築為體制化的學科知識分類之前，古代哲人們也曾嘗試過對知識進行類型學處理。孔子的知識分類是「禮、樂、射、御、書、數」，這一分類也貫徹在他的教育實踐

9 [美]Murray Krieger，單德興譯，《美國文學理論的建制化》，臺北：《中外文學》一九九二年第一期（總第二十一卷）。

之中；在西方，亞里斯多德區分出物理學、政治學、倫理學、修辭學、詩學、邏輯學等知識門類。無論是孔子的分類還是亞里斯多德的分類，或者是東西方學術史上其他學者提出分類，大都屬於個人行為，很難顯現出體制性的普遍化功能。體制性的知識學科化和專業化，有賴近代高等教育的成熟。

中國的高等教育歷史，最早可追溯到西周的太學。到漢代，太學一時興盛，學生最多時達三萬之眾。甚至還出現了諸如「鳴都門學」這樣的文學藝術專業學院。自隋朝起，國子監被設立為中央官學。唐代開始以選拔官員、應對科舉為中央官學的教育原則，學科分設有書學、算學、醫學等；宋代又增加武學、畫學；明代增設外語館，專門教授外國語課程；國子監教育至晚清逐漸沒落。中國古代的官辦高等教育的主旨在於培養官員而非專門人才，其教育對象也沒有專業或職業的分工，課程設置以儒家經典的釋讀為主，因此它與近代大學的知識學科化分類大不相同。學科分類是近代大學教育的「第一原理」，就此而言中國古代的官學還不是真正意義上的大學。

中國古代的知識生產機構還有一個重要的角色，那就是書院。

書院實際上是古代的民辦大學，但是書院的學術氣氛比官學還要濃郁。古代書院產生於唐朝，到朱熹的南宋時代，書院的教學、學術管理體系趨於完善。較之官學，書院的知識活動更為缺乏學科分類，它的學術和授課完全以儒家經典為中心，探討一些人文科學的基本問題。儘管書院也有科舉輔導班的作用，但其基本精神還是學術研討。到晚清，官方資金介入書院，隨之書院滑入科舉預科學校的辦學軌道。科舉廢，書院亦沒落。

古典時代的知識固然尚未形成學科化的品格，但文學研究在那時的地位卻不可謂不高，它甚至占據著知識生產的「龍頭」位置。因為前現代性的知識未經現代性的形式化「脫水」處理，所以古典知識的基本形成機制是語言對存在的隱喻性揭示。而以隱喻性的語言活動為知識生產的核心技術則必然導致「文學性」反思成為知識活動的主路徑，比如古代的學術討論大都使用一些想像性的或經驗描述性的話語。在現代性對知識活動施行「分解」之後，文學研究才「下降」為諸多普通的學科知識門類之一種。

鴉片戰爭之後，中國知識份子開始了追尋西方現代性的強國之路。一八六一年馮桂芬在《採西學議》中提出學習西方「分科立學」的想法。一八九〇年，張之洞辦武昌兩湖書院，設置經學、理學、文學、史學、算學、經濟學六門學科。一八九六年孫家鼐上《議覆開辦京師大學堂摺》，稱「學問宜分科也」，建議京師大學堂分設十種專業。一九〇二年清廷任命張百熙為京師大學堂督學大臣；又派吳汝綸考察日本，擬學習日本的分科教育。

一九〇二年，張百熙主持制訂的《欽定學堂章程》頒佈，史稱「壬寅學制」；其中關於大學教育的檔《京師大學堂章程》對大學教育進行了「分科立學」。次年，清廷命張之洞會同張百熙等人修訂大學堂章程。一九〇四年，《奏定學堂章程》頒佈，史稱「癸卯學制」。該學制將大學教育分為八大科：「文學科、經學科、政法科、格致科、醫科、工科、農科、商科」。癸卯學制是中國大學教育現代化進程的肇始，而其中真正具有現代意義的內容，即是知識學科分類。

按「癸卯學制」，大學堂「文學科」下設「中國文學門、英國文學門、法國文學門、俄國文學門、德國文學門、日本文學門、中國史學門、萬國史學門、中外地理學門」共九門。其中「中國文學門」設課程「文學研究法、說文學、音韻學、歷代文章流別、古人論文要言、周秦至今文章名家、周秦傳記雜史及周秦諸子」共七門。這些設計有些類似於現代大學中文系課程結構。癸卯學制對各科課程還做了具體說明，列出授課的基本內容，如「文學研究法」，計有四十一條規定，包括音韻訓詁、修辭文法，還有「文學與人事世道之關係」等[10]。雖然還殘留了許多古代經學、小學的內容，同時也能見出前現代性時代文史哲不分家的學術路徑，但癸卯學制為文學研究的學科獨立並進入現代大學體制奠定了基礎。可以說，文學研究的知識現代性工程起步於癸卯學制。

學術知識份子也對知識生產的學科化有所認識。一九〇五年，劉師培在《國粹學報》上發表系列文章《週末學術史序》，分學科（如心理學、倫理學、社會學、教育學等）介紹古典時代的學術成果。儘管有來自官方的體制設計和來自知識份子的學理構想，在晚清至民初的那些年裡，古典範式仍然主宰著學術性知識的生產實踐。

從癸卯學制將地理、歷史以及傳統小學方面的內容納入文學研究範疇的做法可以得知，在中國的知識現代性工程展開之初，學科分類尚缺乏關於各學科對象的自主性的理論論證，也缺乏現代意義上的學科性知識生產實踐作為學科分類的基礎和條件。在歐洲，「語言文學系」設立之前，有過長時間的關於文學依賴審美原則而獨立自主的討論，甚至掀起過一場唯美主義的藝術運動。十九世紀的歐洲不僅用康得美學為文學的自律性制訂了依據，而且其報刊業、藝術沙龍、文藝社團等共同營造了一個「文學場」。因而文學研究在大學裡的學科自主是有其現實基礎的，這個基礎就是文學藝術地位的獨特和重要。中國雖然有數量眾多的詩詞曲賦小說，但它們作為知識活動的對象卻無法與儒家經典相比。晚清的同治、光緒年間，知識份子們還在為小說的政治價值吶喊，或者宣導「我手寫吾口」的「詩界革命」；王國維還在引述康得、叔本華說明詩詞小說對於人生的重要意義。只有在這些理論工作完成以後，文學作為體制化的學科知識對象

[10] 關於癸卯學制所訂文學科課程設置情況，參考舒新城編《中國近代教育史》（中冊）（北京：人民教育出版社，一九六一年），頁五七九至五九六。

的功能才能彰顯出來。癸卯學制中關於文學科的課程設計，明顯地見出學制制訂者對文學獨立性的認識有所欠缺。

廢除科舉之後，中國的高等教育步入快速發展時期。五四前後，中國知識界的文學觀念發生了革命性的變化。理論家們的鼓吹使文學由「休閒」活動上升至社會人生的要務；報刊業、出版業的發展使文學閱讀普及為文化市場；各種文學性的協會團體的活躍使文學獲得了職業化的效能。中國社會此時開始形成「文學場」；雖然中國的「文學場」被賦予太多的政治任務，但畢竟把文學提升為一種體制化知識活動的對象。五四之後登上文學研究論壇的一批學者，如胡適、顧頡剛、朱東潤等，較之此前步入文學研究領域的學者，如劉師培、羅振玉等，更接近於現代知識學範疇下的文學專業的研究人員。

一九二〇年代至一九三〇年代，中國的高等教育和體制化的學術研究蓬勃發展。其中文學研究的知識學科化程度又在癸卯學制的基礎上有了很大的提升。

三、從中央大學到院系調整

從一九二〇年代末期到抗日戰爭爆發的十年左右時間裡，中國的高等教育得到了長足的發展。在學科專業分類方面，這時的大學學制基本上是與英美大學體系接軌。中國的學者們大都接受了西方現代人文學術的普遍範式，出現了一次現代性的人文學術研究高潮。

一九三〇年中央大學中文系課程設置如下：

1. 各體文學
2. 國學概論
3. 文學史綱要
4. 文學研究法
5. 文字學
6. 目錄學
7. 修辭學
8. 高級作文
9. 經學通論
10. 聲韻學
11. 訓詁學
12. 文藝評論
13. 詩歌史
14. 詩名著選
15. 漢魏詩
16. 六朝詩
17. 唐詩
18. 樂府詩
19. 宋詩
20. 秦漢文
21. 六朝文
22. 唐宋文
23. 辭賦選
24. 駢體文
25. 詞曲史
26. 詞曲通論
27. 唐宋詞選
28. 曲論
29. 曲律
30. 曲選
31. 小說史
32. 唐人小說
33. 四子書
34. 毛詩
35. 爾雅
36. 春秋左式傳
37. 史記
38 莊子
39. 韓非子
40. 墨子
41. 揚子法言
42. 屈原賦
43. 陶謝詩
44. 杜詩
45. 韓文
46. 溫李詞
47. 蘇詩
48. 清真詞
49. 甲骨文
50. 鐘鼎文
51. 李詩
52. 詩品
53. 近代詩
54. 稼軒詞

同時期清華大學中文系的課程設置則加入了許多當代和外國文學的內容：

第一年：國文　英文　中國通史　中國文學史　公共必修課二組（政治學、經濟學、社會學、西洋通史、現代文化擇一）　任選課

第二年：文字學　音韻學　賦　詩　文　英文　古書釋例　任選課

第三年：中國音韻沿革　詞　戲曲　小說　西洋文學概要　任選課

第四年：文學專家研究　中國文學批評史　西洋文學專家研究　任選課

各年級選修課：修辭學　中國新文學研究　當代比較小說　樂府　歌謠　高級作文　古書校讀法　目錄學　文選學　國故論著　佛經翻譯文學

由上列兩所大學中文系課程內容來看，那時中國大學的文學專業的學科知識結構已經非常接近現在的體系[11]。一九三〇年代中國大學文學學科的知識構成，基本上走出了古典知識的整一性，形成了不同於其他知識門類的學科邊界。因此這一時期成長起來了一批學科自主意義上的文學研究學者，其中代表性人物就是畢業於清華大學的錢鍾書先生，還有同樣畢業於清華大學的李長之先生。遠離政治、疏於倫理、潛心於各類文學文本之間修辭或語義關係的錢先生，大概是二十世紀中國學術界最顯「文學性」學科特色的學者。

大多數文學研究者都曾經從外學科知識（語言學、心理學、社會學、人類學、哲學、美學等等）借取思想資源、價值依據、方法論觀念等，因此大多數文學研究的學術成果都帶有外學科知識活動的蹤跡，這使得大多數身居文學城堡的現代人文學者「形在江海之上，心存魏闕之下」。錢鍾書先生似乎是不食人間煙火的，他僅僅專注於文學而已。錢鍾書的文學研究執著於各民族文學、各時代文學、各文體文學之間在風格、意蘊、情態、修辭技藝等方面的細緻比較。這種「純文學」式的學術路徑使他的知識生活遠離社會現實，但卻頗顯文學學科的自主性。也許正是因這種學科化的學術方式使他在上世紀中期那險惡的政治環境中得以倖免於難。

一九一九至一九四九年，中國思想文化界經歷了極為活躍的三十年。儘管救亡的重任在肩，但中國知識份子們仍在不遺餘力地推動知識現代性的工程，以至於文學研究在這一時期成長為一個足以自立於現代學科體制之中的知識生產場。一九四九年後，中國社會展開了一場曠日持久且聲勢浩大的「總體化」運動。知識界初見端倪的學術自由、價值多元以及由此生成的知識活動的學科自主性，均與總體化運動的主

11 關於中央大學中文系和清華大學中文系的課程設置情況，參見沈衛威，《現代大學的新文學空間》，北京：《文藝爭鳴》二〇〇七年第十一期。

旨相悖，因此總體性權力需要對知識生產實施規訓。一九五二年中央政府開展了高等院校的「院系調整」工作。

總體化運動迅速提高了國家動員力量，原本自由發展的高等教育現在必須服從國家需求、按國家意志或政黨政治的原則進行資源重組。當時的院系調整主要是照搬蘇聯高等教育的發展模式，用蘇聯以培養專業技術人員為中心的辦學思想改造深受英美教育思想影響的中國高等教育。

院系調整的第一個內容是從原有綜合大學的各專業系科中合併出一批專業性的院校。院系調整後，綜合性大學減少而各種工學院、農學院、醫學院、師範學院大大增加。這體現了國家將高等教育改造成建設社會主義的專業技術人員培訓學校的辦學思路，其中充滿了急功近利的工具理性和對工業技術的崇拜。院系調整的第二個內容是大幅度壓縮人文社會科學的教育規模。一些涉及被政黨意識形態已經規定了知識內涵的專業，比如社會學，失去了生存的權力。「到一九五三年，主修理、工、醫、農專業的學生已達到當時在校大學生總數二十一點二萬人的百分之六十三。師範院校學生占百分之十八點八。」[12] 院系調整的第三個內容是減少綜合性大學，調整後綜合性大學只剩十三所。作為學術研究的最重要基地的綜合性大學的減少，意味著基礎學科研究的弱化，同時也意味著為政治服務的實用主義思想主宰了中國大學教育。

中文系被保留了下來，但先前已初步形成的學科知識自主性卻消失了。從一九五〇年代初到一九七〇年代末，國家權力一直高度重視文學。構成了那一時期核心歷史內涵的政治運動總是與文學生活發生著密切的關聯，如批判電影《武訓傳》、關於《紅樓夢》研究的討論、胡風反革命集團問題、評《水滸》運動

12 [美]羅德里克・麥克法誇爾，王建朗等譯，《劍橋中華人民共和國史一九四九至一九六五》（上海：上海人民出版社，一九九〇年），頁二〇〇。

等等，甚至文化大革命也發端於姚文元的一篇戲劇評論。國家權力將文學視作意識形態規訓的主要方式，因而文學研究的學科知識自主性已是無跡可尋。在那個時代，文學批評和文學學術論著都承擔著政治任務，都在盡可能地抹掉學科對象的自律和學科價值的獨立。從事文學研究的教授們依循政黨意識形態的要求給文學史塞進階級鬥爭等政治內容；文學批評家們則認真揣摩政治動向以保障自己的理論書寫「政治正確」。大學裡的中文系仍然存在，但學者們卻在為「非文學」的東西而工作，沒有誰敢用「文學性」的方式、標準來討論文學。

不過也存在著一種畸形的社會現象：在那種從一九四〇年代出現而後越演越烈的反智主義（anti-intellectualism）政治氛圍中，從事文學工作的人居然可能獲得較高的社會威望或地位。這是因為國家權力將文學視作意識形態規訓的第一課堂，失去了自主性的文學相反卻靠近了權力中心，於是文學活動享受了一種充滿危險的社會敬仰。

改革開放前幾十年裡文學和文學研究的「出人頭地」是不正常的，它表明了政治權力對文學的利用和規訓，而絕不是文學研究作為知識活動的自主性。進入一九八〇年代，中國社會展開了一場以「改革開放」為名的解總體化運動，此時文學研究才再次開始尋求學科知識的自主性。

四、文學主體性與審美解放

劉再復在《文學評論》一九八五年第六期和一九八六年第一期連續發表長篇論文《論文學的主體

性》。該文聲稱文學寫作和文學文本的內涵有著自身存在的主體性，它們不受任何先在或外在社會因素的制約。文學研究界對這篇學理上並不十分成熟的論著讚美有加，其中原因在於文學學術知識份子從劉再復文章中看出了文學研究知識活動對象的自主性，意識到由文學的獨立通向學科知識獨立的一條可行的路徑。

一九五〇年代的院系調整後，管理機構曾為高等教育的教學和學術研究制訂過一系列的體制化規則，如頒佈教學綱要、組織編撰統一教材等等；大學中文系的新教學體系基本形成。但是這個表面上的「體制化」並未在實質上規約文學學術和教學的範式。總體化社會中一次又一次的政治運動使得文學研究不斷地被工具化，根本不可能具備所謂學科知識生產的自主性。在象徵符號場域展開社會權力鬥爭似乎被中國社會傳統特別看重，一九八〇年代的「文學熱」亦可見出政治在文學舞臺上的表演。

一九八〇年代的「文學熱」使文學學術界看到了實現學科知識活動自主性的可能，而且這一次的文學熱是文學「主體性」地承擔了反思和批判的職責。當文學擺脫了與政治權力之間的主僕關係時，文學研究也獲得了自律性的對象，現在需要的是尋找一種自洽性的理論話語來解釋這種自律性的知識對象。

美學充當了為文學研究建立自律性理論話語作認識論依據的角色。以審美原則為文學的合法化依據始於康得，然後通過浪漫主義的天才詩學、唯美派的審美倫理和先鋒派的藝術解放論，審美將文學與日常生活分離開來成為一座遠離塵囂的藝術象牙塔。一九八〇年代中國思想文化界伴隨文學熱而來的美學熱，同樣意在為文學的獨立自主建立理論依據。但中國的美學熱卻充滿了學術政治的意味、因為它的真實意圖在於擺脫長期規訓著文學的政黨意識形態的統治權。相比較西方學術界的那種為逃離「現代性之隱憂」而生的逃亡者美學，中國思想界的審美訴求並不熱衷於形式遊戲、修辭技藝等，而是將審美置於政治解放的命題下加以談論，因此人道主義與異化問題變成美學概念。這種美學理論能給文學提供何種意義上的自律性質呢？那就是一種在政治意識形態領域裡拒絕一切外在權力的藝術自律——一種反權力的審美政治。所以深受政治權力規訓的文學學術知識份子紛紛擁戴美學入主文學，文學研究也開始走向「審美意義」闡釋、「審美形象」分析、「審美價值」反思等等，美學成為了文學研究的知識依據和思想資源。

美學熱的同時，西方學術界尋求文學研究的學科體制化時代的那些強調「內部研究」的理論，如新批評等，再次西學東漸，被學界引為文學研究的新路。形式主義、新批評、敘事學等西方理論，因其強調文學文本的結構自足和意義自律使得中國的文學學術知識份子們看到了政治意識形態規訓下文學研究的異化狀態，也看到了回歸文學性所具有的政治抵抗功能。於是美學熱之後文學理論界開始宣導「向內轉」的學術路徑，即把文學研究從「外聚焦」闡釋方式拉回專注於句法結構、修辭技藝、敘事模式等的「內聚焦」闡釋方式。其實這種學術路徑早在錢鍾書先生那裡就開始了，而且錢先生是以之為正宗的文學專業研究方法。一九九〇年代學界新生出一大批錢先生的「粉絲」，這也許跟「向內轉」成為潮流有些關係。一九九一年到一九九三年，以魯迅研究成名的王富仁先生在《名作欣賞》期刊上連續發表數十篇「舊詩新解」，運用細讀方法分析舊體詩名作中的張力、反諷等等。這種闡釋方法顯露出文學研究的知識學科化的趨勢，因為以文本細讀、審美描述為闡釋技術意味著文學研究告別政治和道德，回歸文學性。進入一九九〇年代，文學學術界跟其他領域一樣，「思想家淡出、學問凸顯」。文學研究在回歸文學性之後，其作為知識生產活動逐漸形成了一整套學科專業化範式；這套範式很快得到權力體系的認可並成其為制度，於是這種以「學問凸顯」為特徵的文學研究便獲得了體制化的地位。

一九七七年末，中國的高等教育開始恢復正常，同時政府著手制訂學術研究的管理制度。一九八九年後，人文科學研究中的學科知識體制化進程驟然加速，與學科規訓制度相關的條例相繼出臺。學位授予、職稱評定、基金專案、成果獎勵，以及學術成果的認定、學會組織、教材編撰等等，一整套規定把人文學術的研究納入了國家權力的運作體系，也使得文學研究在知識對象、詮釋方法和價值準則等方面形成相對固定的框架，從而顯示出較為嚴格的體制化形態。

從學理內涵方面來看，體制化的文學研究告別了一九八〇年代的那種以審美解放論為基調的理論話語，轉向一種學術與政治權力和解的理論話語。比如童慶炳主編的《文學理論教程》把文學的本質定義為「審美意識形態」就屬於這種和解的產物。一九九〇年代由政府組織編寫的「面向二十一世紀課程教材」，其中文學專業的系列課本，在內容上大都具有那種「和解」的學術品格。

近二十年來中國社會的劇烈變化使得文學完全失去了一九八〇年代的「轟動效應」；經濟社會的轉型最終導致文學藝術必須忍受「文化山」上的寂寞。作為知識活動的文學研究日益成為專業人士、學術會議以及學術期刊的話語論題。以大學中文系為主體的職業化的文學研究，其學科自主性的體制化程度與文學研究作為知識生產活動的社會化程度之間呈現為一種反比例關係，即文學研究越是體制化就越遠離社會，而它越是介入社會則越難具有學科知識的自律。以大學中文系為主體、由博士教授等高雅人士承擔、以各類文學現象為對象、以審美價值為評價座標、以文獻考據文本細讀為基本闡釋技術的文學研究，當它被各種規訓教化為體制時，必將失去對社會歷史的批判性，因為文學研究的遠離人間煙火恰恰是它的文化資本的投資策略。美國學者拉塞爾・雅各比（Russell Jacoby）在《最後的知識份子》中描述說：「教授們共用一種專業術語和學科，他們聚集在年會上交流論文，於是形成了他們自己的世界。一個『著名』社會學家或藝術史家的著名是相對於同行而言的，其他人並不知道他。」[13]這個世界就是構成文學研究體制化的基礎——文學學術場。

美國學者卡爾・柏格斯（Carl Boggs）寫道：「大學遠離擴張的、混亂的和政治化的領域就像布盧姆所觀察到的和所擔心的：占支配地位的主題是私人化，迴避現實和非政治化，即使他們的『方法論』在技術上變得更老練時，學術科系對世界可敘述的卻越來越少。」[14]當「合法的」文學研究日益遵守學術規範時，它對現實世界的批判性就日益減弱，同時它也就日益被現實世界遺忘，這也就是進入新世紀以來文化研究在中國的文學學術界受寵的原因。文化研究以超學科邊界的學術訴求反抗學科知識的體制化，試圖恢復人文科學的批判精神。不過，文化研究在當前也有體制化的趨勢。

13 [美]拉塞爾・雅各比，洪潔譯，《最後的知識份子》（南京：江蘇人民出版社，二〇〇六年），頁六。
14 [美]卡爾・柏格斯，李俊等譯，《知識份子與現代性危機》（南京：江蘇人民出版社，二〇〇六年），頁一六一。

第三章　文學研究的知識學依據

美國學者Thomas F. Gieyn寫道：「長久以來，知識份子生態系統藉持續不斷的分門劃界，分割成『分離』的建制和專業空間，以便達到目標、方法、能力和實質專業技能的表面細分。」[1]這也就是說，學科知識的專業界分不僅僅只是知識對象的範圍的分區，更表現為一種方法論意義上的專業性自洽，比如社會學的田野調查、語言學的句法／語義分析、歷史學的文獻考據等等，乃是這些學科知識成為體制性的知識生產系統的合法化依據。但是文學研究似乎缺乏這種「專利技術」性質的學科方法；文學研究更多地是從外學科借取知識學動力來調整闡釋角度，從而維繫本學科的知識生產架構和思想創新指向。近代以來文學研究領域的一個最重要的學術景觀就是，文學研究不斷「引進外資」，形成了由外學科知識提供闡釋視界和闡釋技術的各種新潮文論的前後登場。

1 ［美］轉引自華勒斯坦等，劉建芝等編譯，《學科•知識•權力》（北京：三聯書店，一九九九年），頁二一。

一、文學研究的學科化：一項未完成的工程

學科知識的自主、自律和自洽，是任何一種知識體系在現代知識家族中獲得生存權力的必要程式。現代學術和高等教育體制按學科分類來分配資源、地位和利益，不能進入所謂「分科立學」體制的知識即無法具備文化資本的交換機制；而成為一種獨立的學科知識就意味著：（一）劃分出專屬性的知識對象區域，如生物學之於生命現象、物理學之於自然運動、政治學之於社會權力關係，等等。在這方面文學研究有著不容置疑的優勢，即它的知識對象有著相對同一性的特質（詩性的語言活動），這一點已為人們所大致認可。至少在文化研究出現之前文學研究的對象被定位為想像性寫作、虛構性文本、審美性閱讀等幾者構成的文學現象。正是有此獨立的知識活動對象，所以文學研究得以在現代學術體制中占據著一個相對穩定的位置，尚未被現代學術體制淘汰，儘管文學研究在其他方面幾乎都缺乏自主性。

（二）形成相對統一的闡釋技術，比如田野調查之於社會學，實驗／歸納之於物理學化學等，文獻考據之於歷史學等等。文學研究在這方面的記錄是頗令人沮喪的，因為到現在為止文學研究一直未曾有過主導性的闡釋技術。審美經驗描述、文獻考據、心理症候分析、意識形態批判、句法／語義分析等等，現代知識生產的各門技術大都曾被文學研究引用並一時尊為核心技術。我們大學裡的文學專業雖然被細分為中國古代文學、中國現當代文學、比較文學與世界文學、文藝學等二級學科，但在研究方法上，有的傾向於哲學思辨，有的傾向於史料考據、有的傾向於社會學批判、有的傾向於美學的意義經驗描述……

（三）具有相對一致的知識依據，如數學之於各門自然學科、文獻學之於歷史學、統計學之於經濟學等等。這些知識依據往往能夠提供一種特殊的視角，引導研究者設定全新的介入對象的焦點。當然，文學研究並不缺乏知識依據，如美學尤其是康得美學、心理學尤其是佛洛德心理學、語言學尤其是結構語言學、人類學尤其是文化人類學、社會學尤其是馬克思主義社會學等等，都曾充當文學研究的知識學依據。問題出在文學研究沒有能夠在這些知識依據中提取出一種穩定的闡釋視角，它莫衷一是地徘徊彷徨於各類知識的眾語喧嘩之間，終究無法聚焦起一種凝視的眼神。

另外，從思想資源方面來看，近代以來流行過的一些思想潮流也大都被文學研究所借鑑，如審美主義、科學主義、自由主義、保守主義、社會主義、歷史主義、實證主義等等，同樣也沒有哪一二種思想體系能夠對文學研究起到主導性的作用。因為在闡釋技術、知識依據、思想資源等方面的混亂，哪怕文學研究的對象相對比較明晰，但作為學科知識系統的文學研究仍然缺乏學科獨立意義上的自洽、自律和自主。

從文學研究作為自主性學科的未完成性而言，現代知識生產中常見的「跨學科研究」、「學科交叉」，或者西方學者常用的「學科互涉」（interdisciplinarities）等，對於文學研究並不十分切合實際情況，因為文學研究自身還很難說是一個成型的學科，它還不具備跟其他學科「交叉」、「互涉」、或者「跨」的身份。倒是眾多的學科知識把文學研究當成一片殖民地，它們三十年河東四十年河西地在這裡殖民，享受宗主的快感。從某種意義上來說，文學研究這片殖民地乃是各門時髦學科「對話」、「協商」、「談判」或輪流坐莊的好去處。

這當然並不是文學研究的末日。文學原本是全部學科知識的源頭，因為用隱喻性的語言去理解存在——詩性的語言活動——乃是一切意義的起源。連華勒斯坦也承認「古典學首先是一種文學理論」[2]。前學科時代的「首席學者」——文學研究——後來在學科家族中地位下降，甚至失去了學科知識的自洽、自主與自律。這也許就是我們構建文學研究之學科自主化的契機——學科間性，即在那些曾經入主文學研究的學科知識的對話、協商中形成文學研究的概念體系和邏輯關聯。因此我們需要對這些一度宰製文學研究的外族統治者作一番梳理和反思，以期從中找到在「學科互涉」中建立文學研究之學科知識體制的學理路徑。

二、美學與文學研究

美學介入文學和藝術領域是近代的事情，詩在古代並不被賦予審美的意義和價值。亞里斯多德的《詩學》認為：「寫詩這種活動比寫歷史更富於哲學意味，更被嚴肅地對待；因為詩所描述的事帶有普遍性，歷史則敘述個別的事。」[3]在這裡，詩的價值在於認知，在於知識學意義而非美學意義。據波蘭學者符•塔達基維奇考據，最早使用「美的藝術」這一稱呼的是十六世紀的佛朗西斯科•達•赫蘭達；到十八世紀，查理斯•巴托出版《歸結為單一原理的美的藝術》（一七四六年），以更為明確的學理意義使用「美

2 [美]轉引自華勒斯坦等，劉建芝等編譯，《學科•知識•權力》（北京：三聯書店，一九九九年），頁二五。
3 [古希臘]亞里斯多德，羅念生譯，《詩學》（北京：人民文學出版社，一九六二年），頁二九。

的藝術」（beaux-arts）概念來解釋藝術[4]；後來百科全書派也採用了此一說法。其實巴托是主張藝術實質在於「模仿」，與通常在無功利性、形式遊戲、藝術自律意義上的審美本質論有很大的差異。

真正為文學自主性存在提供合法性論證的是康得美學。康得從先驗論層面上闡述了一種人類普遍性的活動，即判斷力。他賦予人類的這種先驗性以無目的的合目的性、無概念的合概念性、形式遊戲、天才的想像活動等規定性，讓人與世界的審美關係成為藝術活動的合法化依據。康得美學在本體論意義上將藝術與知識、倫理、宗教、政治等分解開來，形成了人類文明的一個獨立的場域。最重要之點在於，康得美學使人們意識到文學藝術中蘊含著一種獨特的意義，即審美意義。因此文學研究作為對文學現象闡釋的活動，其核心任務即在於解讀審美意義。審美既然以先驗性而獨立於政治宗教倫理之外，那麼文學研究這種審美意義闡釋的活動也就獲得了自主性的學理品格。

在十九世紀，唯美主義者又從美學中發展出來一種審美化的人生態度。這種審美化的人生態度後來為先鋒派藝術提供了倫理原則；先鋒藝術以審美為人生的本體論規定展開其叛逆／抵抗的詩學革命。而在以海德格爾為代表的生存論美學和以法蘭克福學派為代表的批判理論中，審美這一倫理原則又扮演了本體論的角色，由此演化出二十世紀文明中與科學主義相抗衡的審美主義思想文化浪潮。甚至在後現代的「日常生活的審美化」中，我們也看到了審美本體論的教化功能。審美通過將自身提升為倫理原則繼而發展成為一種本體論，這給予從事文本意義解讀的文學研究以一種強有力的支持，因為它不僅論證了文學意義的獨立性和審美經驗描述作為闡釋方法的合法性，進而更是給文學研究提供了一個終極性的評判準則，即審美主義價值。

4 ［波蘭］符・塔達基維奇，褚朔維譯，《西方美學概念史》（北京：學苑出版社，一九九〇年），頁二七至二八。

美學介入文學研究後，逐漸形成了文學研究的知識生產新範式——審美經驗描述的意義解讀方法和審美價值評判的學術立場。這種研究範式把文學文本的意義限定在審美經驗範疇內，並站在審美生存本體論的立場上對文本意義做出價值判斷。這一切對於文學研究的學科知識合法化來說有著極為重要的意義，因為以美學為知識依據的文學研究賦予了研究對象以自為的知識邊界、專屬的闡釋技術和獨立的價值準則。所以，進入二十世紀後，很多文論潮流都聲稱自己的研究旨歸即是文學的審美意義、審美價值。比如形式主義文論，其方法論的科學主義訴求實則是為了達到解讀審美意義的學理目標。雅克布森關於「對應」、「等價」結構的句法分析體現出科學主義的方法論特色，但他最終要說明的卻是語言的六種功能之一——詩功能，即審美功能。由韋伯、齊美爾、海德格爾、福柯、阿多諾等人闡述的審美救世主義思想，也深深地影響著文學研究者們的學術立場。上世紀八十年代「美學熱」之後，中國的文學學術界常常見到如此這般的論題「論某某（文學家名、文學流派名或作品名）的審美（意義、形象、意識、價值、情感等等）」。學者們意識到，如此這般的論題正顯示了文學研究的學科性話語權力。

但是，以美學為知識依據的文學研究卻存在著一些致命的缺陷，這些缺陷使得美學在謀求文學研究王朝「大君主」位置的進程中面臨諸多的困難。近代美學理論形成之後，它就朝著「大」、「小」兩個方向發展開來。「大」即發展成為一種生存的本體論，亦即一種審美主義的終極價值，如批判理論等；「小」則體現為藝術文本的意義構成方式的分析，如形式主義文論等。審美主義的生存本體論和藝術形式的審美分析二者如何統一卻成了問題，儘管阿多諾試圖用「新異性」來建立二者的統一機制，但這明顯地是一種空疏之論。二十世紀的文學研究常常出現這種情況：擅長從總體性的人類解放論層面進行批判的理論卻拙於文學文本的形式分析，而擅長文學文本的形式分析的理論又缺乏總體性的社會歷史視野。這裡就見出美學介入文學研究之後理論裂變的尷尬後果。

美學化的文學研究的另一個難解之題是文學意義的超審美閾限。文學研究接受美學的宰製之後，自以為找到了解讀文本意義的密碼，因為美學為文本界定了一種獨有的意義類型，於是文學研究紛紛「向內轉」，走向一種審美經驗的描述。上世紀八十年代的「美學熱」使中國的文學研究學者們趨之如鶩地致力於從文本中讀出一種非政治、非倫理的意義；人們似乎相信這才是文學研究自主化的唯一途徑，很像新批評走紅時代美國文學學術界的情況；但這裡同樣出了問題。其中一個問題是，文學文本意義肯定不單單體現為審美經驗，這意義明顯地包含著政治、倫理、宗教的成分，有些文學文本甚至是以政治或倫理意義為主的，因此美學化的文學研究在一定程度上「單面化」了文學的意義。另一個問題是，由美學引導的文學研究「向內轉」最後導致文學研究因遠離社會歷史而失去批判精神，甚至失去介入社會生活的話語權，這就會出現一種危險，即文學研究因孤芳自賞而被社會進步所遺忘以至於遺棄。

所以，以美學為文學研究的知識依據，這一學術範式沒有能夠真正解決文學研究的學科自主、自洽和自律的問題。

三、語言學與文學研究

以美學為知識依據的文學研究或許是一種審美現代性的訴求，它要在啟蒙現代性的知識形式化、實證化和學科化的趨勢前堅持人性自由的理想，也企望以保持意義經驗的個人化、具象化和語境化的方式對抗自然科學的霸權。

以語言學為知識依據的文學研究則體現出文學研究的另一種訴求，即通過學科知識形式化來靠近現代科學方法從而獲得學科知識的合法性。語言學是一門形式研究的學問，尤其是結構語言學這一深刻地影響了文學研究的理論體系，它更是將語言研究的宗旨指向言語現象背後的那種普遍的、抽象的結構範式。結構語言學的這一學理訴求典型地體現了近代自然科學方法論的規訓功能。

笛卡爾的方法論四原則之首即所謂「自明性」。他寫道：「……只把那些十分清楚明白地呈現在我的心智之前，使我根本無法懷疑的東西放進我的判斷之中。」[5]對於文學研究而言，這種「自明性」的東西是什麼呢？很明顯就是語言。西元前五世紀的學者高爾吉亞（Gorgias）就宣稱：「詩，即我給予韻律結構語言的名稱。」[6]希臘時代的亞歷山大學派也從修辭的層面研究文學文本。但是無論是西方還是中國，古代至近代的文學研究知識活動主要是意義經驗描述而不是語言形式的建構，直到結構語言學和功能主義語義學出現，文學研究才形成語言分析主導的學術思潮。

現代知識學科化的重要基礎是知識的實證性和普遍有效性。但是意義經驗描述的文學研究在這兩項指標上的記錄卻十分糟糕，因為它被認為純粹是一種個人化、主觀化感悟的表現。語言學知識的引入至少在對象的自明性和意義構成模式的普遍性兩方面改善了文學研究的落伍形象。首先，以語言學為知識依據的文學研究強調文學研究對象的客觀自明，即以語言現象為知識活動的對象而不是以個人的閱讀經驗為對象。它要考察的是詞彙、語義、修辭策略、敘事視角等等，這些都是文本層面的最顯明的現象，比如俄國

5 北京大學哲學系外國哲學史教研室編，《西方哲學原著選讀》（上）（北京：商務印書館，一九八一年），頁三六四。

6 轉引自［波蘭］符·塔達基維奇，褚朔維譯，《西方美學概念史》（北京：學苑出版社，一九九〇年），頁一一六。

形式主義研究言語結構上的「等價分佈」問題、英美新批評研究詩歌語詞的「張力」或「反諷」的構成關係問題、法國敘事學研究敘事文學的聚焦類型問題。研究對象的客觀、自明使得文學研究的知識學屬性開始具有現代性所要求的實證化特色。其次，以語言學為知識依據的文學研究引入了語言學的「形式化」方法，著手為文學文本建立一種類似於句法模型一樣的「文學性」範式。語言學的知識生產指向為全部言語現象構建抽象的邏輯模型，因此它是一種比較典型的形式化知識。以語言學為知識依據的文學研究也致力於構造一種詩學語言的形式模型，如雅克布森的「對應」句法、布魯克斯的「反諷」性語義結構、格雷馬斯的「符號矩陣」等等，這些關於「文學性」的抽象模型因其形式化而獲得了普遍有效的闡釋功能。

在實施知識對象實證、自明和知識成果形式化、普遍化工程後，文學研究借「語言論轉向」駛入了學科化的航道。經過形式主義、新批評、敘事學的努力，文學研究形成了比以往任何時代都更為鮮明的學理品格，即：通過句法、語義、敘事策略的分析解讀文本的詩學／審美意義。這一學理品格的確是其他任何學科知識所不可取代的，因而在英美大學裡，新批評的普及才真正形成英語文學這一學科，文學研究才真正與其他人文學科知識從對象、方法等層面上區分開來。以語言學為知識依據的文學研究的最為成功之處在於，它一方面用形式化的方法避免了審美主義文論的那種模糊籠統的審美經驗描述，另一方面又用聚焦於語言結構的方式避免了社會歷史學派的那種「外在論」的「超文學」的理論話語。

但是，正像新批評與高采烈地擴建文學研究的學科大廈時卻突遇文化人類學的衝擊而陣腳大亂一樣，文學術界的「語言論轉向」同樣留下了許多學理漏洞，使得以語言學為知識依據的文學研究建立學科知識自主性時功敗垂成。

首先一個漏洞是，對現代語言學方法和觀念的搬用缺乏學理論證。語言學的研究對象主要地不是文學語言，相反這一學科更為重視的是日常語言。「費爾南德・德・索緒爾堅持認為日常語言是研究的首要對象，因而對書面語言興趣甚小，對專門的文學語言就更加不屑一顧了。」[7]布龍菲爾德也不把文學語言列入值得進行調查的範圍。而文學語言的一個顯性的特徵即是它對日常語言或語言體制的叛逆，那麼從日常語言現象中歸納總結出來的語言活動的規律、特性等被用於反日常語言的文學語言，這就必然會出問題。比如，「文學性」這一概念系語言學家雅克布森用來表述文學語言的藝術特性的，他將其解釋為依照等價原則而展開的某種「對應」式的句法結構；這一解釋意在把文學研究的對象從日常語言中獨立出來。但喬納森・卡勒後來發現日常語言中同樣存在著等價分佈的結構，雅克布森的觀點便失去了說服力。這裡的原因很清楚，雅克布森的語言學本來就屬於研究日常語言的結構語言學，當他將其搬用到文學語言的領域時，肯定會出現方法與對象的分裂。

第二個漏洞是，以語言學為知識依據的文學研究體現出一種科學主義的世界觀。語言論的文學觀意欲將「實驗－歸納」邏輯用於文學研究，以某種普遍的、抽象的邏輯模型（比如等價分佈等等）來界定全部文學文本的屬性、意義和價值。這一做法實際上違背了人們關於文學現象的常識。「語言學被認為『過於科學化』，它的數理圖表與術語、從經驗主義的觀察而得到的理論發展、對語言使用的『好』與『壞』拒不做出規定的做法，所有這一切都使較為傳統的文學研究者不敢苟同。」[8]科學主義的認知方法強調總體規律（原理、公式、定義、指數等）的普遍闡釋功能，因此高舉科學主義大旗的形式主義文

7 [英]雷蒙德・查普曼，王士躍、于晶譯，《語言學與文學——文學文體學導論》（瀋陽：春風文藝出版社，一九八八年），頁七。
8 [英]雷蒙德・查普曼，王士躍、于晶譯，《語言學與文學——文學文體學導論》（瀋陽：春風文藝出版社，一九八八年），頁九。

論也強調基本模型（文學性）對全部文學現象的闡釋有效性。殊不知文學性其實是一個「變數」，它以陌生化的方式不斷地挑戰體制或習性，這一點恰恰是文學之「存在性」，同一性的邏輯模型是無法解釋這種「變數」的。

第三個漏洞是以語言學為知識依據的文學研究製造了一種「能指主義」的知識論。以結構語言學為代表的現代語言學典型地體現了語言學這門學科天生具有的那種「形式化」的學理特徵。這種「形式化」的知識型在討論文學意義時強調的是句法結構維度上的符號遊戲的意義經驗，就像無物象繪畫所張揚的那種「純粹造型」一樣。但是文學之不同於其他藝術者在於語言在其本性上不可能超越指涉性；正是因為這種指涉性，文學的意義範圍才涉及政治、倫理、宗教等等。所以，語言論的文學研究範式也終究未能取得對文學研究這一知識生產實踐場域的最高統治權力，即便是在形式主義文論潮流最「火」的年代，社會學也仍舊保留著關於文學意義的話語權。

四、社會學與文學研究

如果說美學和語言學引導文學研究「向內轉」的話，那麼社會學介入文學研究則形成了一種「外部研究」的學理視角。文學研究中的「內」、「外」之爭構成了一部學科史的主題；在「內部研究」自信地構建文學研究的學科獨立大廈時，「外部研究」並未完全退出學術舞臺，甚至仍然是一股不可忽視的學術力量，這一事實本身就說明，以社會學為知識依據的文學研究有其存在的合法性和必要性。

社會學的文學研究的興起與近代民族國家的形成有著密切的關聯。民族國家的成型為人們提供了一種新的意義經驗，即一種以國家意志為核心內涵的政治、倫理和美學的意義經驗。文學社會學最早的表現就是關於民族精神的討論。斯達爾夫人的《從文學與社會制度的關係論文學》（一八〇〇年）和《論德意志與德意志風格》（一八一〇年）強調民族精神或特定的社會環境對文學的決定作用。同時代的德國浪漫派文論家，如施萊格爾兄弟、赫爾德等，也是主張文學意義來自於一種「民族精神」。

社會學的文學研究興起的另一個歷史原由是近代市民社會的形成。最早被霍布斯提出的「政治社會」後來演化為「市民社會」，它作為一個社會實踐的場域表明了與國家權力相對應的一種民眾生存的狀態。儘管強調國家意志的黑格爾對市民社會不屑一顧，但是近代社會的世俗化進程卻不可逆轉地使市民社會發展成為一支影響著整個政治、經濟和文化的重要力量。人們所談及的「民族精神」等等，也是由市民社會所彰顯出來的一種特定的意義經驗內涵。恩格斯在那封著名的致拉薩爾的信中讚揚莎士比亞戲劇表現了「五光十色的市民社會」[9]；正是因為人們意識到市民社會對文學的深刻影響，所以社會學家們開始放棄那種表現國家意志的「民族精神」的說法，代之以一種更為寬泛的多元主義的社會學觀念。如豪澤爾所言：「藝術社會學應當放棄『民族精神』、『時代精神』或者藝術史內部『風格』的取向。我們須看到，任何一個社會都存在著不同的藝術樣式和接受不同藝術樣式的階層。」[10]「市民社會」以其對群體多元性的認可直接導致了「階級」概念和「階級鬥爭」概念的形成，而階級鬥爭學說則成為後來的社會學文論的一種主要的意義解讀模式。

9 楊柄編，《馬克思恩格斯論文藝與美學》（上卷）（北京：文化藝術出版社，一九八二年），頁四一七。

10 Anold Hauser, "*Soziologie der Kunst*", München: Beck, 1974., p.583.

社會學研究指向作為「社會事實」的社會制度、社會結構、習俗、權力關係、意識形態、社群組織等等，它主要運用田野調查的方法對社會事實進行歸納總結，辨析出社會構成和演變的規律。社會學的知識學屬性使得以之為依據的文學研究必然將文學現象或者視為社會事實的反映，或者視為社會事實本身的構成元素，或者視為實施社會批判的媒介。前者如一度在中國學術界十分流行的文學反映論，其次如布林迪厄關於文學場自律生成問題的研究，再次如法蘭克福學派的批判理論。

以社會學為知識依據的文學研究有四種基本的形態，即認識論的文學社會學、因果論的文學社會學、批判論的文學社會學和互動論的文學社會學。

認識論的文學社會學將文學視為對社會生活的反映，強調文學研究應當去解讀那些再現於文本之中的社會狀況。馬克思評論狄更斯等作家時說：「現代英國的一批傑出的小說家，他們在自己的卓越的、描寫生動的書籍中向世界揭示的政治和社會真理，比一切職業政客、政論家和道德家加在一起所揭示的還要多。」[11]他相信文學是對社會生活的反映，而其價值也在於文學為人們提供了認識社會的窗口。豪澤爾寫道：「藝術是一種知識源泉，這不僅因為它繼續著科學的任務，發現科學不能發現的東西，而且因為它能指出科學的局限，並且在只有藝術才能獲得知識的地方取代科學」。」[12]這種觀念實際上還是亞里斯多德的傳統，只不過把認識對象由亞里斯多德的「歷史」換成了現代社會學的「社會」。

因果論的文學社會學強調從特定的社會情形中找尋某種文學的生成原因。現代社會學本身帶有極其明顯的因果論色彩，迪爾凱姆關於自殺這一社會現象的研究就體現了社會事實之間的因果關係概念的內涵；

11 楊柄編：《馬克思恩格斯論文藝和美學》（上卷）（北京：文化藝術出版社，一九八二年），頁四七〇。
12 [匈牙利]阿諾德・豪澤爾，居延安譯，《藝術社會學》（上海：學林出版社，一九八七年），頁三。

韋伯也在新教倫理與資本主義精神之間設定了一個因果關係。當社會學被引入文學研究時，這種因果論的思維方式也被運用到了有關文學現象的解釋之中。近年來在中國學術界出現了關於唐代詩歌興盛原因的一些社會學的解釋，即認為唐詩繁榮的主要原因之一在於科舉；由於詩歌寫作被列入科舉考試的項目，因此知識份子們熱衷於詩歌的寫作，於是有了唐詩的繁榮[13]。也有學者在近代報刊業的興起中尋找中國現代小說的構型。這種解釋的一個重要的缺陷在於未能從學理上將文學文本的意義與社會生存狀態欄分開來，進而常常陷入決定論的泥坑。

批判論的文學社會學與馬克思主義關於資本主義社會異化的學說和審美解放理論有關，或者說這兩種思想就是批判論文學社會學的理論資源。批判論文學社會學將審美提升為一種倫理學的本體論，以之為價值座標對現代社會進行「否定」的認識；這裡最典型的就是法蘭克福學派的學者們的批判美學了。該理論流派跟大多數藝術社會學不同，它在理論前提上就認定藝術作品與社會生活的差異甚至對立的性質，並且從藝術自律的立場上對藝術文本的「反社會」意義進行解讀。阿多諾反對實證主義或經驗主義的文學社會學，他不同意文學是一種社會事實的說法，而主張文學站在審美自由的價值支點上對社會的超越、抵抗和否定。一九六六年到一九六七年，阿多諾與經驗主義文學社會學家西爾伯曼（Alphons Silberman）發生了一場爭論。西爾伯曼認為阿多諾根本就不是在討論「社會」問題，完全缺乏實證意義上的研究價值；而阿多諾則認為西爾伯曼的研究只是在關注一些瑣碎的社會現象。批判論的文學社會學其實建立在一個極為空泛的理論預設之上，即所謂人性自由，而且是一種超歷史語境的形而上學意義上的人性自由。批判理論以

13　參見劉安良，《唐代科舉制度與詩歌繁榮的關係》，安徽：《科教文匯（中旬刊）》二〇一〇年第八期。

「人性自由」概念為恆定的參數去判斷社會實踐這一變數，的確有凌虛蹈空的嫌疑。

互動論的文學社會學將文學與社會之間的關係看作既非對立又非同一的關係，該派學者以互動概念解釋文學與社會的關係。其實在西方學術界影響甚廣的豪澤爾就是一個互動論者；在他那本著名的《藝術社會學》的第二部分「藝術與社會的互動」中，豪澤爾從藝術的歷史演變和社會進步的層面上論述了藝術作為社會實踐的產物和藝術的歷史發展作為社會實踐活動的一種生產者功能。互動論的文學社會學一方面強調文學文本的意義受到外在的社會歷史的影響，另一方面也強調文學中的審美內涵又作用於社會生活的改變。但是以社會學為知識依據的互動論文學研究並未解決文本的話語構成怎樣生成了一種權力關係或意識形態的問題，亦即文學怎樣作用於社會的問題，這一問題的解決需要話語理論介入文學社會學，就像新歷史主義的文化詩學所做的那樣。

以社會學為知識依據的文學研究彌補了以美學或語言學為知識依據的文學研究的一種缺失，即關於文學現象之外部關係的研究的不足，而且使得文學研究有能力參與涉及社會生活之重大主題的討論。但這種研究範式雖然能夠解決一些「外部」問題，卻一直難以做到在同一命題、同一方法維度上對「內部」與「外部」進行完整的闡述，這一點倒是在深受福柯思想影響的新歷史主義文論中初見成效。

五、心理學與文學研究

心理學介入文學研究並成為文學研究的知識依據，這是進入二十世紀之後的發生的事情，但該學術事件的出現卻與近代思想文化中的主體論哲學、天才詩學以及十九世紀興起的傳記研究有著密切的關聯。

主體論哲學給人在宇宙中的地位做了「主體」的定位。依據這一定位，文學書寫者們亦理所當然地坐上了「文學主體」的位置。文學文本的意義因此而被認定為書寫人「創造」活動產物，於是文學書寫人的主觀精神內涵則成為意義的決定性因素。關於文本意義的闡釋必然走向關於文學書寫者「心態」的闡釋，因為這「心態」決定著意義。主體論哲學與浪漫主義的天才詩學亦有著密切的理論關聯。當浪漫主義者宣稱天才的特殊能力是一切藝術的源泉時，他們實際上是在詔告天下詩人乃詩歌王國的君主。這位君主與生俱來的特殊能力——柯勒律治稱為「想像」、濟茲稱為「消極能力」（negative capacity）、康得稱為「判斷力」——釀造了詩特有的意義、屬性和功能。天才詩學要求文學研究用關於「詩人」的研究替代關於「詩」的研究，因為詩人決定著詩的一切。在現代心理學尚未成型的十九世紀，走向人學主體論的文學研究無法借助於心理學的闡釋技術解讀文學書寫者的主觀心理內涵，於是便在文學書寫者的生命歷程中去尋找「天才」們注入文本的那些特殊的意義經驗的來源，這便有了傳記研究。到勃蘭兌斯的《十九世紀文學主流》，傳記研究取得了極高的成就。這種研究範式至今仍然是文學研究的一個最重要的學理路徑，甚至精神分析學的文學理論也可以視作一種特殊的傳記研究。

從實驗心理學到行為主義、格式塔心理學，現代心理學的成就一直對人文學科的知識生產發生著持續的影響，但是除早期的實驗心理學涉及到審美心理的研究、格式塔心理學涉及到視覺藝術研究外，真正被文藝學引入作知識依據的心理學理論，只有佛洛德主義的精神分析心理學。佛洛德關於藝術這種「白日夢」是無意識在理性社會中的「轉移」和「昇華」的觀點，在榮格的分析心理學中仍然結構性地延續著，只不過榮格把個人無意識改為集體無意識因而更加關注那孕育了集體無意識的上古文化經驗而已。佛洛德主義所闡述的俄狄浦斯情結問題也延續至諸如拉康的「鏡像期」研究、H・布魯姆的「影響的焦慮」研究、克里斯泰娃的「互文性」研究，甚至法蘭克福學派的「否定認識論」等等新潮理論。從嚴格意義上說，二十世紀的文學研究論壇上以心理學為知識依據的學術潮流，就是精神分析學的文論。

佛洛德本人曾在文學藝術領域裡做出過許多論述，如關於易卜生戲劇、陀斯妥也夫斯基小說以及達・芬奇繪畫的評論。在佛洛德看來，藝術家是那種早年性本能未能得到完整實現的人，他們的戀母情結在理性社會中失去了以孩童方式實現的可能，因此他們製造幻象來轉移、昇華這種「本我」，這就是所謂「白日夢」。將佛洛德心理學完整地運用於文學研究領域的是E・鍾斯。這位佛洛德傳記的作者在《哈姆萊特與俄狄浦斯情結》一文中用精神分析學新穎地詮釋了哈姆萊特性格的內涵及其成因。在他看來，哈姆萊特性格中的「猶豫」、「延宕」、對母親的奇特態度、對奧菲莉婭情感的突變，均源自他潛意識中存在著那種尚未得以昇華或轉移的戀母情結。「莎士比亞注進這古老故事的新的生命力正是他意識中那最深層黑暗的地帶裡昇華出來的激情的結果。他以一種在所有聽到或讀到這個悲劇的人當中激起驚奇感的方式，將自己深層意識和內在的情感溶入其中……。」[14]鍾斯的分析把莎士比亞悲劇變成了一個永恆主題——不是歷史性的主題，即人類的本我和超我之間的複雜關係的悲劇。

以心理學為知識依據的文學研究的確觸及了文學活動中意義生成機制的問題。這一研究範式不像以語言學為知識依據的文學研究那樣把意義生成的機制歸結於句法結構，也不像以社會學為知識依據的文學研究把意義生成的機制歸結於「社會生活的反映」，這一範式更強調文學書寫者——也就是意義的製造者或

14 [英]E・鍾斯，歐陽友權、馮黎明譯，《哈姆萊特與俄狄浦斯情結》，見馮黎明等編譯，《當代西方文藝批評主潮》（長沙：湖南人民出版社，一九八七年），頁三三五至三三六。

表現者——生命經驗的表達，強調文學書寫者——也就是文學活動主體——對文本意義和結構的決定性權力。對於主張文本意義自足的語言學文論和對於主張文本意義「他律」的社會學文論而言，心理學文論關於意義的觀點，既照顧到了文學場的自律性，也引入了某種歷史性因素（傳記）解釋意義與世界的關聯。

心理學文論在方法論上最為成功者要數「症候式分析」。這一分析方法來自於精神分析學的臨床實踐，其要旨在於對隱喻性意義之表面症候的發現並通過分析那些反常規的症狀揭示潛藏於文本深處的普遍性意義，就像佛洛德在《少女杜拉的故事》中對病例的各種夢境物象所作的分析那樣。鍾斯發現，哈姆萊特對母親說話的口氣完全背離了兒子這一身份的表達規則，繼而他對這一「症候」進行分析，找到了其中的戀母情結的陰影。心理學文論的這一方法使文學學術界開始意識到，文本意義的要害常常被埋藏在那些有悖常理的細節即症候之中。症候式分析不僅是佛洛德主義對文學研究的貢獻，甚至在當代政治學、倫理學等學科的知識活動中，這一方法也受到人們的普遍追捧。

心理學文論實際上流行的時間並不長，其學理層面的一些問題阻止了它建立文學研究的心理學王朝。首先，建立在主體論哲學前提之上的心理學文論無法面對「主體的退隱」這一後現代文化走向。連瑪律庫塞都說，佛洛德……「他的理論解釋過去而不是現在——消逝的過去而不是現存的人的形象，消逝的人的存在形式」[15]。在「作者死亡」的年代，我們無法想像還能夠把文本的意義歸之於那個決定論的主體——作者，而這一不合時宜的做法恰恰是心理學文論的理論出發點。其次，心理學文論忽視了文本意義的自律性。文學文本的意義常常越出作者意圖的範圍，這說明文本意義具有結構性自律的性質。當我們把意義全

---

15 ［美］瑪律庫塞，李小兵等譯，《現代文明與人的困境——瑪律庫塞文集》（上海：三聯書店，一九八九年），頁五一。

部歸結於作者心理的外顯時，文本意義自律便被遮蔽了。最後還有一點，心理學文論大都強調意義的個人性，如精神分析學文論就是如此。心理學本來就被現代知識學排斥在確定性知識之外，而這種對意義個人化的宣導就更難達致文學研究的學科知識的普遍性和確定性了。榮格走出佛洛德陣營發展出一套文化人類學的文學觀念，其基本出發點就是用「集體無意識」代替比較狹隘的「個人無意識」。

六、人類學與文學研究

現代性自誕生始就宣導人的自我反思。由此反思演化出一門新的學科知識，即人類學。當然現代性也將人類解放論、民族國家主體論以及實驗科學的認識論賦予了人類的自我反思，於是人類學有了諸種不同的形態，如哲學人類學、文化人類學、體質人類學等等。也正是因為人類學涉及現代性工程中的一些核心話題，所以這門學問一經形成，很快就被懷才不遇的文學學術界拿來作為一種新的學科知識依據，終於形成了在二十世紀文學學術界產生廣泛影響的神話－原型理論。

人類學研究指向人類的存在方式和人類的生命屬性等知識對象範圍。哲學人類學和體質人類學與文學理論、文學批評的關係相對較遠，而文化人類學則與文學關係較為密切。文化人類學發端於愛德華．泰勒爵士在《原始文化》（一八七一年）一書中以進化論的觀念對史前文明的研究。泰勒的學生詹姆斯．弗雷澤後來寫作《金枝》一書，進一步推進了文化人類學的學科建制。進入二十世紀後，文化人類學繼而發展出馬林諾夫斯基的功能主義、列維－斯特勞斯的結構主義以及博厄斯的文化史學派、吉爾茲的闡釋學派等有著重大影響的學術潮流，而且形成了進化學派、傳播學派、功能學派、心理學派、結構學派、生態學派、闡釋學派等等不同的學術群體。

人類學研究涉及人類生存的各個方面的內容，從身體到精神、從歷史到制度、從習俗到語言等等，因此它跟文學活動之間存在一種天然的親近關係。文學活動作為意義生產實踐同樣也不受現代學科體制限制地涉及人類生存的方方面面。比如米德（Margaret Meat）、薩丕爾（Edward Sapir）、本尼迪克特（Ruth Benedict）等人都認為自己是人類學家同時也是文學家。列維－斯特勞斯、吉爾茲等人對文學理論和文學批評也是興趣盎然。所以有學者說：「人類學本質上是文學的，而非傳統上所認為的科學。」[16]一九八四年，美國的美洲研究所舉辦了題為「民族志文本寫作」的人類學研討會。會後，詹姆斯・克里福德（James Clifford）和喬治・瑪律庫斯（George E. Marcus）將會議論文結集為《寫文化：民族志的詩學和政治學》（一九八六年）出版。在與會學者的眼中人類學就是一種文學批評。一九八六年，瑪律庫斯和費徹爾（Micheal M.J.Fischer）出版《作為文化批評的人類學：一個人文學科的實驗時代》，更是設想把人類學與詩學捏合成一個具有極大的知識包容性的新型人文學科。在一九八八年加拿大魁北克人類學與民族學大會上波亞托斯（Fernando Poyatos）提交了一篇名為《文學人類學：走向一個新的跨學科領域》的論文，論述文學人類學這一新型學科的互涉性知識體系。上世紀八十年代以後，西方人類學界受現象學的影響，日益趨向一種「人類學詩學」，文獻學、統計學等讓位於意義經驗的描述。意義經驗描述這一現象學的方法很容易一步跨進詩學的空間；一些人類學家甚至迷上了文學性寫作和朗誦詩歌。

[16] 周泓、黃劍波，《人類學視野下的文學人類學》（上），廣西：《廣西民族學院學報・哲社版》二〇〇三年第五期，頁三八。

從文學研究的角度來看，人類學將自己變成文學活動對文學研究毫無益處，相反還有人類學到詩學領地裡搶飯碗的嫌疑。文學研究需要的是人類學的知識視野、闡釋技術，以此作為自己的知識依據來思考文學現象，而不是人類學把文學研究搬用到他們的領域中去。就人類學與文學研究的關係來看，實際上存在著兩種人類學：一種是把語言文學現象（諸如神話、詩歌、故事等）當作人類學研究的對象，如大多數民族志學派的人類學就是如此。這一種人類學由於將文獻學、考古學、系譜學、田野調查方法和歷史主義的文化觀念施之於文學從而解讀出了與形式論、審美論或心理學的文學批評完全不同的意義，因此對文學研究產生了廣泛的影響。另一種人類學是把文學研究的方法和觀念用之於文化現象的研究，比如闡釋人類學；這種人類學是受文學研究的影響形成的，所以它對文學研究本身的作用不大。

從二十世紀學術史來看，對文學研究產生了最重要影響的人類學學派是民族志學。這一學派也是人類學中歷史最為悠久、學科知識自洽性最為鮮明、知識體系最為完善的學派。泰勒的理論就已經包括了民族志的內涵，後來弗雷澤、馬林諾夫斯基、本尼迪克特、薩丕爾、拉德克利夫－布朗等，其研究範圍大都可以屬於民族志，甚至榮格的分析心理學也因為需要探討上古文化意象的無意識積澱而吸納民族志研究的成果。民族志學將現代性工程中的民族國家意志、人類生存的自我反思、實證主義方法論以及進步論歷史觀集為一體，因而能夠吸引大批現代知識份子的關注。對於文學學術界來說，民族志學滲入其間的直接後果便是神話－原型批評的登臺。

早在N・弗萊之前，開創了劍橋儀式學派的哈里森（Jane Euen Harrison）就把弗雷澤《金枝》裡關於《聖經》故事的論述延伸至有關希臘悲劇的研究，她根據民俗學的知識做出判斷認為希臘悲劇源於希臘宗教儀式，其中尤其是獻祭的儀式。後來屬於榮格學派的鮑特金（M.Bodkin）在研究悲劇衝突的原型時也將文化人類學的觀念注入分析心理學之中，使榮格學派的無意識原型的心理學傳沿史變成了文化史，即風俗、宗教、語言、圖像等的歷史。當然，以文化人類學為知識依據的文學研究最為成功者肯定是N・弗萊。一九五七年，他的那部視野開闊宏大的《批評的剖析》出版，沉溺於語義結構之中的英美文學研究遭遇衝擊，新批評王朝驟然動搖。

N・弗萊的成功之道在於他用新的知識依據取代了語言學對詩學的統治，而從闡釋技術、認知視角、思想資源等方面把文學研究從語言形式分析的象牙塔中解放出來，使之成為與人類生存的宏大歷史密切相關的一場「經國大業」。

N・弗萊關於西方文學史的思考由希臘神話和《聖經》故事入手。從知識視野方面看，N・弗萊把宗教、儀式、巫術、神話都納入文學史的描述範圍，由此形成了一種典型的人類學的多元綜合的視域；從思維方式方面看，他依照歷史主義的原則對西方文學史進行了溯源（尋找原型）、分類（歸納原型範疇）和敘事（文學原型「置換變形」的五階段發展進程）等工作，完整地闡述了西方文學的歷史內涵；從闡釋技術方面看，他將文獻學和考古學方法運用於文學文本的解讀之中，力圖為西方文學的起源進行定位。在弗萊手中，文學研究這一學科化的知識生產活動被開發成為關於人類文明史的整體觀照，而不再是新批評手中「精緻的甕」。

以人類學為知識依據的文學研究引起爭議之處在於那種強烈的歷史主義觀念。弗萊把全部西方文學的歷史內涵歸之於神話的塑型作用，這是一種典型的「歷史決定論」。進而，他關於西方文學發展的五個階段過程的論述，幾乎陷入了歷史循環論之中。實際上，文化人類學本身也在學理上面臨著文獻學的鋪陳與整體闡述（如文化比較意義上的總體性民族精神）之間的裂隙。神話－原型批評同樣困惑於原型的同一性總體特質與史料的異質性內涵的矛盾。不過，人類學的文學研究堅持將意義的起源置於前學科性的上古文化之中，這對於文學學術界應當有重要的啟迪意義。

七、文化研究：後學科時代的知識生產

現代學術體制是現代性工程的一個重要的部分。現代性的知識學革命建立在經驗實證、先驗理性和「分科立學」這三項原則之上。其中「分科立學」的原則直接帶來了現代大學的院系體制，同時它也是知識分類及各類知識自主、自洽和自律的基點。我們傳統中常見的那種所謂「文史哲」不分家的知識整體性現象，被現代人文學科的類型學界分所取代；正因為這種類型學的界分，我們的文學研究才得以成為一個獨立的學科，儘管這學科至今仍未完成其體制性的自立。

現代性工程不僅要求知識的類型學界分，而且為各類型的知識提出了學科自主性的任務。現代性的「分解式理性」要求各學科知識在認知對象、闡釋技術、概念體系、價值準則等方面進行自主性論證，只有完成了這一論證任務的學科知識才能獲得存在的合法性。「分科立學」對知識生產帶來的益處自不待言，幾乎所有重大的現代知識成果都離不開知識的學科化，即使是所謂「跨學科」研究也必須具備學科化訓練的前提條件。但是，知識的學科化也呈現出「現代性之隱憂」，那就是知識的單面化。學科化的知識生產把真理、意義和價值分解成各自獨立的「碎片」，生活世界的整體性也隨之消失。比如一旦歷史被切分為政治史、宗教史、經濟史、科技史等等專門史，歷史發展的整體性便遭遇了遮蔽；所以二十世紀中

期以來史學界提出要編寫「整體的」歷史。還有就是知識學科化成為一種體制後，它相反顯示出一種「規訓」性質的力量來排斥異質性和創新活動。近幾十年來，創新性的知識成就大都是「跨學科」研究的產物，這就說明學科界分並不能保證知識生產的持續進步。

二十世紀中期，伴隨著後現代文化的登場，一種反對學科界分、主張知識的雜糅性的後現代知識學出現了。福柯去世後，學界曾為他的學科歸屬而甚感困惑。其實福柯的思想已經超越了傳統的學科分類，體現出後現代知識的特點，即一種學科間性的知識狀況。

在福柯的時代，西方學術界出現了兩股潮流：一是以英國為中心的伯明罕學派，二是以法國為中心的後結構主義。前者以R・威廉斯為代表，視文化為「人類整體的生活方式」，宣導一種大眾文化的研究：後者的代表人物是德里達、福柯，他們以解構的態度反思西方思想文化的核心概念，宣導一種反思全部意義經驗的「理論」。這兩大潮流的共同特點是它們對知識學科化的超越。到二十世紀八十年代，兩大學派在北美學術界合流為一種以「文化研究」為名稱的學術範式。大眾文化的闡述、日常生活批判、話語理論、文化詩學、症候式分析方法、解構主義、微觀政治學立場等等，在這裡匯合成一股學術大潮。而現代性設置的「分科立學」原則則被完全打破，一項「後學科」性質的知識生產方式宣告誕生。F・詹姆遜寫道：「暫且不論文化研究到底是什麼。它的崛起是出於對其他學科的不滿，針對的不僅是這些學科的內容，也是這些學科的局限性，正是在這個意義上，文化研究成了後學科。」[17]他稱文化研究為一項「歷史大聯合」的事業。

17 〔美〕弗雷德里克・詹姆遜，《論文化研究》，王逢振等譯，《快感：文化與政治》（北京：中國社會科學出版社，一九九八年），頁四〇〇。

我們此前描述過的那些文學研究範式都致力於用單一的知識作為依據建構一套適應現代性的知識學科化工程要求的文學研究體制，而文化研究則放棄了這種學科知識的單一性和自主性的訴求，代之以混雜多元的日常文化或大眾文化的解讀。汪民安說：「文化研究正是大學產生自我懷疑後的一個選擇……。」[18]大學知識份子的自我懷疑正是「現代性之隱憂」的表現。文化研究並不是站在文學研究之外的一個什麼新學科，它不能像美學或語言學那樣以「外資」的身份給文學研究「投資」以知識依據；它本身就是文學研究，或者說是將文學研究包容其間的「百科全書」。文化研究無論是在知識對象、價值準則還是在闡釋技術的層面上，都是近代以來人文社會科學知識的一場匯集。這場匯集形成了當代人文社會科學知識生產中的多元化、綜合性視界。文學研究也由此走出過去那種投靠單一學科知識的創新範式，代之以知識對象、闡釋技術和價值準則層面上的學科互涉。

從知識對象層面看，文化研究把各學科分別研究的對象匯合成為一個被稱做「文化」的東西，全方位地觀察人類生活的各個場域。社會學視野中的「權力關係」、「意識形態」，語言學視野中的「文本」、「意義」，傳播學視野中的「媒介」、「圖像」，人類學視野中的「身體」、「儀式」，心理學視野中的「無意識」、「快感」等等，都被文化研究收編為一個包容性的認知對象——文化。文化研究無所不能地研究著「人類整體的生活方式」。這一理論視野的擴張完全突破了傳統學科的知識邊界，也使得文學研究以一種「文化」的視界重新反思文學，更為開闊地關注諸如消費時代的文本、文學體制、身體寫作、性別、身份、時尚等等似乎與已無關的論題。文學研究走出了詩學象牙塔，它的對象不再是行走於上書房的

18 汪民安，《文化研究與大學機器》，金元浦主編《文化研究：理論與實踐》（開封：河南大學出版社，二〇〇四年）。

詩學精英，而是以一種互文性的方式生存於世的「市民」。

從價值準則層面看，文化研究天生地秉執著一種民粹主義觀念。文化研究源於伯明罕學派關於工人階級文化生活的研究，同時它在學理上又以建構主義立場排斥關於文化屬性的終極本質的定義，因此文化研究的價值立場顯現出鮮明的世俗主義、民粹主義的大眾化色彩。文化研究滲入文學研究後，那種長期統治文學學術界的精英化的審美主義價值立場逐漸被學者們放棄，代之以一種「生活論」的態度來審視文學現象。文化研究普及之後，在文學研究領域曾經占據過主導性價值立場的精英主義、總體革命論、人類解放論、審美救世論等漸漸地失去了號召力，而在微觀政治學意義上的解構性批判和話語分析卻吸引著大多數學人的目光。

從闡釋技術層面看，文化研究宣導一種「批判性話語分析」的方法。文化研究跟過去那種引進單一學科的知識作為反思的依據的文學研究範式不同，它是將諸多的現代學科知識匯集起來形成一種「學科互涉」性的知識依據。在方法論層面上，文化研究也是將近代以來各主流學科的核心技術合為一種集話語理論、審美批判、症候觀察、句法分析為一體的複合型闡釋技術。西方學者艾倫·盧克（Allan Luke）描述說：「批判性話語分析更類似於一系列政治的、認識論的立場的集合體：為了在不斷變化著的當代各種社會的、經濟的和文化的狀況下對語言、話語、文本和圖像的位置與力量作批判性的分析，而對各種立場與實踐進行有原則的解讀。」[19]比如我們從陶東風關於廣告的解讀和程文超關於「波鞋」的解讀中即可見出[20]，文化研究將下述方法論觀念予以綜合性的運用：結構主義的文本意義自足性理論（「廣告」、「波

19 〔美〕艾倫·盧克，吳冠軍譯，《超越科學和意識形態批判——批判性話語分析的諸種發展》，載陶東風等主編《文化研究》（第五輯）（桂林：廣西師範大學出版社，二〇〇五年），頁八四。

20 參見金元浦主編《文化研究：理論與實踐》所選載陶東風、程文超文章（開封：河南大學出版社，二〇〇四年）。

鞋」都是具有意義生產功能的文本）；後結構主義的話語理論（「廣告」、「波鞋」作為話語製造了一種權力意識形態）；精神分析學的症候式觀照（「廣告」、「波鞋」的反常之處正是其意義潛藏所在）；分析哲學的分析方法（「廣告」、「波鞋」的表達策略即其表意元素的結構方式隱喻著意義）；意識形態理論的批判立場（「廣告」、「波鞋」中隱藏著一種規訓或控制的權力）。這種複合型闡釋技術若用於比如中國古典詩詞或近代小說的研究，相信文學研究能夠開拓出更大的意義解讀空間。

文化研究與文學研究的關係是一個令人頭疼的問題。文化研究並不是像以往那些獨立學科給文學研究輸送知識依據來影響文學研究，而是建造一座功能完備的學科綜合大廈來取代文學研究，就像它同時將要取代其他學科知識的獨立存在一樣。文學研究的獨立存在遭遇的危機比其他學科更甚，因為一方面文化研究在學理上的確可以涵蓋文學研究，另一方面文學研究自身的學科自主性又尚未完成。不過，文化研究的後學科性質也許意味著現代性知識學工程的終結，意味著知識學科化的歷史趨向終結；文學研究也可以不再尋求所謂自主性學科的存在了。

八、文學研究：一場知識學的戰爭

縱觀二十世紀的文學研究作為學科知識生產的歷史，所謂「引進外資」可以說是它的最突出的特點。美國批評家S．E．海曼（S.E.Hyman）認為，現代批評是「有目的地運用非文學的技巧與知識主體來獲得對文學的洞見」[21]。這場「引進外資」的工程可上溯到康得美學「投資」文學，到二十世紀，語言學、心理學、社會學、人類學等前赴後繼地在文學研究場域裡謀求最高話語權力，其間歷史學、現象學哲學、傳播學等也曾加入爭奪文學研究指揮權的爭鬥。在這場持續百餘年的「亂紛紛你方唱罷我登臺」的多幕歷史劇中，外學科知識也許來去匆匆，但它們卻將各種新穎的視界、方法、價值準則留給了文學研究。這使得文學研究不斷變換形態、不斷創新發展，也使得這片知識生產的場域成了爭奪文化領導權的戰場。

C・P・斯諾關於兩種文化對立的論述、亨廷頓的「文明衝突論」等使人們意識到，當今世界充滿著多種文化之間的差異甚至對抗。一九九一年，美國學者J・D・亨特（J.D.Hunter）出版《文化戰爭：定義美國的一場奮鬥》，認為當代文化已經裂變為「正統派」與「進步派」，二者之間的爭鬥構成當代文化的主導性內涵[22]。W・格爾林（W.L.Guerin）認為學術界同樣存在著「文化戰爭」，其表現就是傳統捍衛者和文化研究者之間的爭執。雙方爭論的焦點在於堅守希臘以來的西方文化傳統還是質疑這個傳統在當代社會實踐中的真實性[23]。不僅是「傳統」與「現代」之爭，即使是同在現代觀念支持下。知識的學科界分及這界分帶來的認知方式、價值準則的差異，也足以導致一場學術界的「文化戰爭」。美國學者羅賓・洛克夫（Robin T. Lokoff）描述道：「語言學家研究語言；文學批評家研究文本（包括敘事方式）……。但是，這許許多多的界定更多地是人為的藩籬，它只會阻擾人們全面地理解事物。」[24]這種現象最甚者恐怕就是文學研究了：面對同一部文學文本，形式主義文論家說意義即是句法結構上的對應性，心理學文論家

21 S. E. Hyman, "The Armed Vision :A Study in the Methods of Modern Literary Criticism", in Rev. eds. New York: Vintage, 1995, p.3.

22 [美]J・D・亨特，安狄等譯，《文化戰爭：定義美國的一場奮鬥》（北京：中國社會科學出版社，二〇〇〇年），頁四五。

23 Wilfred L. Guerin, et al. "A Handbook of Critical Approaches to Literature 4th Edition", New York:Oxford University press, 1999. p.243-255.

24 [美]羅賓・克洛夫，劉豐海譯，《語言的戰爭》（北京：新華出版社，二〇〇一年），頁一八一。

說其中隱藏著作者兒時家庭關係的反常，人類學文論家說其主題即是《聖經》中某故事原型，社會學文論家說該文本描述了現代社會普遍存在的異化現象，闡釋－接受理論家則說該文本的意義在不同的讀者那裡呈現為不同的內涵……，而文化研究學者最後發現，前邊人們說的都不錯，所以乾脆就稱這文本叫做「文化」吧，你從何種學科知識入手來理解它都對。

問題的關鍵就出在文學研究的學科未完成性。因為尚未形成完整的、體制化的學科知識系統，文學研究只好不斷地「引進外資」，借取外學科的知識生產成果作為自己的知識學依據，因而各種「新學」或「顯學」湧入文學研究領域，從不同的角度指導著文學學術界做出關於文本意義的各種新奇的判斷；由此形成的爭執可以稱做「知識戰爭」，即相互差異甚至對立的知識體系在文學研究界引發的矛盾衝突。

這場戰爭首先一個對抗點乃是文學研究的知識對象問題。形式主義堅持文學研究的直接對象是內在的句法結構，這與其他堅持「外部」研究的學派形成了分歧；佛洛德主義堅持文學研究的直接對象是所謂「心理症候」，這與主張文本意義自足的理論形成了分歧；闡釋－接受理論以閱讀經驗為文學研究的對象，這又形成了同其他主張文本中心論的理論的分歧……。由於採用不同的知識依據，各學派在文學研究的知識學對象問題上眾說紛紜。

其次一個對抗點是闡釋技術問題。以不同的學科知識為依據的文學研究學派使用各自特有的闡釋技術，比如文化人類學主要使用文獻學方法，佛洛德主義文論主要使用心理分析方法，形式主義文論主要使用句法結構分析的方法，等等。這些方法有許多是相互排斥的，比如現象學文論的那種經驗描述的方法與法蘭克福學派的批判方法就很難相容。現代性工程導致學科化的知識在方法論上各自為陣，因此不同學科的知識介入文學研究後，文學學術界在方法論問題上也是眾語喧嘩、莫衷一是。

第三個對抗點是價值準則的問題。知識形態不僅僅只是方法、對象和表達的顯現，進而更是一種特定的價值觀的顯現，比如現代性工程最早舉起的知識實證化的大旗，其中就潛藏著反抗宗教意識形態的啟蒙主義價值觀。形式主義文論從結構語言學那裡取來了知識形式化的策略，同時也就走向了科學主義的評價立場；法蘭克福學派的社會學批判理論則張揚著一種審美救世主義的價值原則；對於以文化人類學為知識依據的神話－原型理論而言，歷史主義乃是這一學派的必然選擇。在大多數情況下，審美主義、科學主義和歷史主義這幾種價值準則常常是相互對立的。

現代性的主體論哲學和「分科立學」的學科化工程給知識生產提出了學科一元化、自主化的要求，因而每一種知識都極力把自己建造成具有單一明晰的知識依據、闡釋技術和價值準則的體制化系統。文學研究的學科化工程雖未能完成，但其學理訴求並無二致，即引入單一明晰的知識依據來建造學科化體制的知識系統。正因為如此，文學研究就義無反顧地遵循現代性工程的要求選取某一學科的知識作為自己的依據來發展學科化的知識生產，這種學科單純性和學科自主性的訴求使得文學研究中各學派之間採取了一種相互排斥的態度，它們之間很難相互包容，因為包容將會影響到學科的單純和自主。

但是在闡釋學哲學發現意義的非決定性、巴赫金發現意義的對話性生成、福柯發現主體性的虛妄、哈貝馬斯發現主體間性、克里斯泰娃發現互文性、巴爾特發現作者「作者之死」……之後，單一主體性開始遭受質疑，人們寧願用「間性」而非主體性來思考意義和價值的問題。在知識的學科化問題上，我們同樣可以引進「間性」理論來解決文學研究中知識依據漂移的問題。這即是說，對於湧入文學研究的各種外學科知識，我們不必僅僅取其一端而排斥其餘，盡可以兼收並蓄地讓所有知識型在文學研究中發言。關鍵在於這種「發言」不可擺出一副主體性十足的獨語姿態，而應該採取一種對話主義的姿態。間性是在對話中得以出場的，比如話語理論就是間性的產物，也是結構語言學與社會學對話的一個結果。在二十世紀以來的各種文學研究學派的平等對話中，或許我們可以形成一種新的知識視野和闡釋技術，那就意味著文學研究終於可以擺脫靠「引進外資」過日子的尷尬處境了。

當前，文化研究已經以一種相容的機制處理各學科知識共存的問題了。但是簡單的「匯集」還不等於「間性」，匯集之後還需要對話，間性產生於對話。

第四章　文學研究中的學科知識互涉

學科自主性是一種現代性訴求。現代性將人類社會切分為許多相對獨立的場域，同樣也將知識的生產和傳播劃分為許多相對獨立的「學科」。所以，隨著現代性方案的展開，文學研究作為一場學科化工程，也開始了它探尋學科身份、確立思想資源、制訂理論依據、劃定知識邊界的工作。獨立自主的文學研究像人類解放的主體論一樣吸引著文學研究的學者們。但文學性的前學科特質與文學研究的專業化並不契合，因此文學研究成了一個學科互涉的空間。

一、學科自律與學科互涉

古典知識的基本形態是整一性，但知識的分類卻很早就開始出現。古希臘時代，知識被分為三種形態，即邏輯、倫理和物理。中世紀則區分為語法、修辭、辯證、算術、幾何、天文、音樂七種知識，又稱「七藝」。雖有這些區分，古典思想以預設的神學化原則統攝宇宙的做法使知識活動終歸要服從一元化的和決定論的絕對真理，因此知識仍呈現為整一性體系。按伊曼努爾・沃勒斯坦的描述：一七五〇年至一八五〇年期間，歐洲還在為社會研究的分類及邊界問題而爭論；一八五〇年至一九一四年期間，社會研究的知識類型及邊界基本形成；到一九四五年，這些知識類型及其邊界就變得十分穩固了[1]。現代大學管理制度的建構、各種專業化的學術文化團體或行業協會的活動、社會分工的發展等等，促進了知識活動的學科化或專業化的界分。

在中國，知識的類型學劃分同樣古已有之。孔子的「禮、樂、射、御、書、數」六藝就是一種學科化分類；唐代科考也分出貼經、雜文、策論、辭章、詩賦等許多門課程。但是中國古典知識同樣呈現為一種整一性體系，只是那終極真理變成了道、理或氣。現代意義的學科分類出現在晚清時代。一九〇二年，張百熙擬訂的《京師大學堂章程》將大學的專業分為「政治、文學、格致、農業、工藝、商務、醫術」共七類，兩年後經慈禧批准頒行的《奏定大學堂章程》以此為基礎。一九三〇年前後，中國高等教育快速發展，仿照英美大學制度的學科劃分基本形成。而一九五〇年代受前蘇聯影響的院系調整，使得知識的學科分類劃界更為嚴格——比如一批專業化院校的設立。

文學研究在古典時代曾經是學術性知識活動的中心，占據著無須論證的主流地位，而近代以來的知識學科化運動卻對文學研究的學科合法性提出了質疑。在「人為自己立法」的時代，任何類型的知識活動，除非有專屬的知識對象、自律的理論依據和共通的闡釋方法，否則它就很難獲得合法化地位；文學藝術在現代性的「合理化」程式中的地位是很尷尬的，其存在的依據必須重新確證。在十九世紀，藝術自律成為拯救藝術體制危機的一種理論策略[2]，也成了文學研究為自身的知識生產活動構建「元敘事」的實

1 [美]伊曼努爾・沃勒斯坦，黃光耀、洪霞譯，《沃勒斯坦精粹》（南京：南京大學出版社，二〇〇三年），頁二一三。

2 關於藝術自律與歐洲藝術體制危機的關係問題，威廉・岡特的《美的歷險》（蕭聿譯，中國文聯出版公司，一九八七年）、布林迪厄的《藝術的法則：文學場的生成與結構》（劉暉譯，中央編譯出版社，二〇〇〇年）、彼得・比格爾的《先鋒派的理論》（高建平譯，商務印書館，二〇〇二年），均有細緻的論述。

驗。在諸多的學科知識紛紛登臺並各歸其位的時代，文學研究也必須來一次自我確證，以求獲得學科化的合法身份。

知識的學科合法化必須完成三個步驟：其一，界定它自己專屬的知識範疇，如生物學以生命現象為知識活動的對象；而對於文學來說，即以藝術性語言文本的生產、傳播和接受為其知識活動對象。其二，設立關於對象的元敘事，即一種理論依據，如近代物理學以數量關係為物質運動的基本邏輯；文學研究則一直在尋找這一知識學的依據，從美學找到語言學、找到心理學，找到文化人類學，甚至找到社會學，但這些「顯學」似乎沒有哪一個能夠獲得學界共識。其三，形成相對統一的闡釋方法，如物理學之實驗方法、社會學之田野調查等；在文學研究領域，方法論的同一性一直是一項未完成的工程。在二十世紀以來的文學研究中，文獻考據、句法分析、審美經驗描述、意識形態批判、心理徵候分析等等，各種現代學術思潮所用的闡釋方法幾乎在文學研究中都曾受人追捧。

文學研究的學科自主性始於十九世紀的藝術自律思潮。具體地說，就是英國浪漫主義的天才詩學、法國的唯美主義藝術觀和德國的超功利論美學。這一思潮把文學研究推到二十世紀的形式主義文論，由此誕生了文學研究學科化知識結構的雛形。在形式主義出現之前，文學研究一直與倫理、宗教、政治等糾纏不清。美學試圖成為文學研究的元敘事，但美學自身問題太多，尤其是它沒能解決審美與語言—文學研究的自明性的對象—之間的關係，這一理論缺陷使文學研究者們縱然奉行審美人格的價值論也無法把審美原則或審美觀念置入語言運算式的結構之中。所以建立在美學基礎上的文藝學常常是振振有詞地談論造型藝術、音樂藝術，一旦涉及文學就只能是一些大而無當的泛泛之論。

形式主義文論把藝術自律、語言分析、詩性意義等提供給了文學研究，這使得文學研究的學科化初具範型。經教育體制的規約，現代意義上的獨立學科——文學研究——得以獲得學科化的合法性身份並在現代學術體制中占有一席之地。作為學科化知識生產活動，文學研究建立了自己的專屬對象和相對一體化的闡釋方法；儘管它的知識學依據，即關於藝術性文本的意義闡釋的元敘事，還未能確定，但其基本的理論話語已經初顯學科同一性。

知識生產的學科化有兩大優勢：其一是學科化可以使本學科在學術體制內獲得合法化位置，它把自身的知識學對象限定在自洽、自律和自主的邊界內，形成獨立的知識場域，從而保證投資特定形態知識生產的文化資本形成增值效應，繼而保證從業人員的社會價值、話語權力和職業倫理的穩定；其二是學術研究的專業性或職業性可以提升學術研究的水準，就像體育的職業化帶來了競技水準的提高一樣，文學研究中新穎、深刻的成果離不開學術職業化這一條件；尤其是在當代知識界，職業學者與業餘學者之間在理解能力和知識結構方面存在著明顯的差距，儘管業餘學者可能具備更多的批判精神。因此，作為一種知識生產活動的文學研究要為自己設立專屬的對象、劃定知識邊界、構造闡釋技術、確立理論依據，這一切都是為了讓知識生產學科化的優勢得以實現。

但是，正如現代性的界分在造就社會結構合理化的同時也造就了社會生活的「單面化」一樣，知識的學科化的另一個結果——知識的單面化——也不可避免地滋生了出來。學科化工程使文學的意義和價值更為純粹也更為高深地呈現了出來，但學科化的文學研究也使得文學脫離了社會歷史、趨向於象牙塔化從而失去解放或介入的功能，甚至失去意義生產的動力。比如我們現在的文學研究，職業化的學者們忙於查閱資料撰寫論文、申報基金獎項職稱，或者在小圈子裡高談闊論，自己的知識生產與社會進步的關係幾乎沒人去反思。霍克海默提出批判理論的一個重要動機就是超越各門具體的經驗學科的有限性，創造跨學科研究的社會學，用超越學科界分的知識視野恢復批判精神。馬克思主義對形式主義文學理論的批判也是指向形式理論被局限在單一的詩學視野之中的理論特質。

其實，「學科」（discipline）一詞原意是紀律、訓練。在喬叟的時代，該詞已經有了「知識體系」的涵義，指被分門別類的各種知識，尤其是醫學、法律、神學等在當時的大學裡設立的知識門類[3]。福柯在《規訓與懲罰》中論述的那種現代控制技術，來自於與知識學科化密切相關的「考試／審查」制度。也就是說，知識學科化的根本用途還是在於用體制化的權力來規訓和控制人；反過來亦即，通過接受學科化知識訓練而獲得權力，比如控制的權力。總之，是知識的學科化導致了一種權力關係。

於是，學科自主性訴求尚未完成其實踐，便出現了超越學科邊界的另一種知識生產訴求，即學科互涉。學科互涉是在現代性之隱憂日益顯露的時代出現的；它並非要取消學科的分類，而是要尋找一種「學科間性」來建立新的闡釋技術。這種「學科間性」的獲得必須以知識學科化的發展成型為前提。比如，量子力學就是物理學和化學兩門學科知識完全成型的條件下誕生的一門新學科，還有如生物工程，也是這類學科間性的知識生產的結果。如果說學科化帶來了專業水準的學術研究，那麼，學科互涉則是學術創新的策源地。比如，用結構語言學來建立形式化的文學研究範式，這固然可以形成有學科自律效應的專業化文學研究，但若是在結構主義的言語分析、佛洛德心理學的症候關照、意識形態理論的意義闡釋等幾者之間建立一種文本闡釋的方式，其學科知識間性的效果必然催生文學研究的創新性。

近代以來的文學研究歷史，其實就是一部學科化與學科互涉兩種知識生產範式相互競賽的歷史。

3 參見劉建芝等編譯，《學科・知識・權力》（北京：三聯書店，一九九九年），頁一五九。

二、文學研究——現代知識戰爭

建立學科自主性的文學研究的最主要的環節是設立專屬的研究對象——藝術性語言文本——的自律性依據。這一依據的設立可以表明進行該項研究的不可重複性質，亦即該研究作為獨立學科的知識活動的不可重複性。

文學自律性依據須由研究者予以確立，這就意味著我們需要建立一種知識學的範疇來構造特定的理論話語以保證文學的自律和文學研究的自律。最早為文學和文學研究提供自律性知識學範疇的是美學。在查理斯・巴陀劃定「美的藝術」、康得提出「審美無功利」、「想像力的自由遊戲」之後，文學的藝術屬性受到肯定，繼而文學藝術自主於世的基本依據——審美——也受到肯定。從理論上把文學活動界定為人與世界的審美關係，這就是用美學作為知識學範疇建立了進行文學研究的理論依據，使得文學和文學研究成為其他任何學科知識無法介入的專屬性話語場域。所以在上世紀八十年代的「美學熱」中，國內學者們熱衷於以美學為文學研究的元敘事，這裡的原因就在於美學能夠提供逃離政治意識形態之規訓的自主性機制。審美至少意味著文學研究有自己的不容他人酣睡的臥榻，或者至少可以排斥其他權力對文學場的介入。

美學作為文學研究的知識依據遭遇的最大挑戰是對象的自明性的問題。語言文本的文字存在是文學活動的最顯明存在方式，也是文學研究的自明性對象，但文字本身不是審美性質的，它僅僅只是一種中性的符號。因此美學引導的文學研究無法與研究對象的自明性存在相契合，這也就是以美學為知識依據的文學研究常常給人以「大而無當」感覺的原因。從浪漫主義和唯美主義者身上我們可以找到一種審美化的倫理狀態，但這並不是文學活動全部意義，有時甚至連主要的意義都不是。在聖伯夫、阿諾德等人以一種高雅的審美精神解讀文學之後，學者們逐漸意識到這種解讀的不切實際和難以體制化，文學研究學科化建設工程又把找尋知識學依據的目光投向了語言學。

二十世紀前期思想界展開了語言論轉向的運動。文學理論在確立了文學自律原則之後引入語言學——包括結構主義和語義學——作為學科自主的知識依據。語言學本身是一門研究形式問題的學科；以語言學為元敘事的文學科學將研究的目光集中在文本的語言結構之上，希望在語言運算式內部確定文學性的存在方式。以語言學為知識依據的文學研究既保證了美學為文學制訂的自律性，也展示了文學活動的最顯性、最確定的基質，即文本的能指化存在。形式主義的文學研究以描述文學文本的句法特徵、敘事結構、語義張力、書寫陌生化等「文學性」的呈現方式為中心課題；這種研究模式使得文學研究進入了其他任何知識體系都難以介入的學術場域，形成了文學研究學科化的知識邊界和通用的方法。比如在英美，真正使文學研究成為一門建立在自主性理論話語之上的學科的是新批評。以功能學派的語義學為知識依據的新批評長期占據英美大學文學專業的主流學術地位，韋勒克和沃倫的《文學理論》被美國許多大學用作教材，這裡的原因就在於新批評為文學研究的學科化立下了汗馬功勞。

但是問題的麻煩在於，作為意義的生產、傳播和消費實踐的文學活動，它並非僅僅只是一種審美性的或語言性的經驗。文學與倫理、政治、宗教等有著密切的關聯；某些文學活動釋放出來的意義經驗甚至是以倫理或政治的內涵為主題的。主張文學自律於審美，或者單單從語言結構角度闡釋文學，雖然有建立學科自主化之功，但也有將意義「單面化」之虞。R·威廉斯認為：「我們不能將文學和藝術與其他的社會實踐種類分離開來，以至於將文藝劃屬於十分獨特的規律之中。」[4]用美學或語言學做知識依據的文學研究，在凸顯文學活動的獨立屬性的同時又將其拖出了社會和歷史的關聯網，使之變得孤獨和無能。事實上，歷史和當代社會實踐時時刻刻地圍裹著文學；詩是不可能拔著自己的頭髮跳出地球的；象牙塔中的孤芳自賞也許只是一種被遺棄後的掩飾。

美學和語言學的闡釋功能直指文學的內在機制，但文學與社會歷史的廣泛聯繫卻使得美學、語言學的闡釋有效性大打折扣，因此社會學、心理學、人類學等「外在」的學科知識也加入了爭奪文學研究之「解釋權」的戰爭。

心理學介入文學研究始於佛洛德主義。佛洛德自己曾寫過關於文學藝術問題的文章，而他的傳記作者歐尼斯特・鍾斯的《哈姆萊特與俄狄浦斯情結》則代表了佛洛德主義的文學研究的理論特色。心理學之所以能夠成為文學研究的知識依據，原因在於它提供了關於文學書寫者的意識／無意識活動的解釋，由此我們得以用決定論的方式揭示文學文本之隱喻意義的來源，而且它彌補了傳記研究中的一個明顯的理論空缺——個人經驗與文學性意義的特殊關係（傳記研究只能解釋一般關係）。心理學把文本涵義歸結為個人心理的隱喻性呈現的做法包含著對歷史和文化共同體的超越，這又引起了社會學和文化學的不滿。於是又有文化人類學介入文學研究，希望把文學理解為一個連續性歷史過程的延伸現象，如N・弗萊以及劍橋儀式學派的文學研究，即我們稱之為神話－原型理論的一種文學史論。以文化人類學為知識依據的文學研究使我們看到了文學作為文化史事實的意義，但它又用遠古人類的群體經驗遮蔽了文學與當下社會實踐之間的

4 〔美〕R・威廉斯，《馬克思主義文化理論中的經濟基礎與上層建築》，轉引自S・霍爾，《文化研究：兩種範式》，載羅鋼、劉象愚編《文化研究讀本》（北京：中國社會科學出版社，二〇〇五年），頁五五。

密切關係。於是有強調文學之意識形態功能的馬克思主義等社會學介入文學研究，為文學研究提供一種社會學的理論視界，使研究者能夠對文學與其所處的社會實踐的聯繫做出解釋，從文學意義生成的社會語境中發掘文學文本的隱祕涵義。其他還有意識形態理論、話語理論、女性主義、傳播學、符號學等，也積極參與了爭奪文學研究之知識依據的「文化戰爭」。

總體上看，二十世紀前半期的理論傾向是文學研究「內在」地尋求知識依據以建立學科自主性，後來則出現了各種「外在」學科知識紛紛入主文學研究論壇的情況。在改革開放後重新展開現代性工程的中國，情況也大致一樣：八十年代，美學、語言學成為文學研究爭取學科獨立性的知識依據；九十年代中期後，社會學開始影響文學研究，其間還有文化人類學等學科的介入。近代以來，眾多的學科知識前赴後繼地擁入文學殿堂，爭奪理論話語的控制權，這又形成了文學研究的「學科互涉」現象。從學科知識依據的同一性意義上來看，近現代的文學研究呈現出一種眾聲喧嘩的現象，而真正具有這種學科同一性的文學研究至今仍未完全成型。

「學科互涉」使得文學研究處於多種知識依據的引導之下，呈現出一種「知識戰爭」的態勢。這場戰爭的結果，乃是文學研究出現了一種新的學科自主化策略，即「學科間性」。一九六三年，美國現代語言學會編寫出版了《現代語言文學研究的目的與方法》；一九八一年出版了《現代語言文學研究入門》；一九九二年又增補為《邊界重繪：英美文學研究的改革》（*Redrawing the Boundaries: the Transformation of English and American Litterary Studies.* NewYork: Modern Language Association），是由S・格林布拉特和G・岡恩等人編寫的。這三部入門手冊式的教科書關於文學研究的學科視野或理論立場的敘述，從強調語言分析向強調多學科闡釋的方向變化。在一九九二年的書中，涉及到文學研究的理論依據的學科知識門類大為增加，而且編者還專設了關於「跨學科」研究以及文化研究的「反學科」等方面的內容。美國學者J・T・克萊恩關於文學研究中的學科互涉現象做過細緻的描述，她總結道：「在二十世紀之交，學科互涉的理論基礎是『普遍性』。從二十世紀三十年代至五十年代，這一理論基礎是新批評的『有機整體論』；二十世紀六十年代至七十年代，它是結構主義『鬆散的學科互涉』；之後它變成了涵蓋歷史借鑑與社會借鑑的『批評』性學科互涉，是一種無所不包的文本主義，也是一種激進的政治學。」[5]在克萊恩的描述中，二十世紀的文學研究幾乎就是一部學科知識互涉的歷史。

總之，現代知識生產的兩種方式——學科化與學科互涉——在文學研究中均做出過重要貢獻。學科化確立了文學研究的自主性地位，而學科互涉則揭示了文學與社會歷史的廣泛聯繫以及它意義的複雜性。各學科之間為爭奪文學研究之知識依據而展開的知識戰爭說明文學研究至今尚未確立專屬性質的知識依據，進而也說明，文學研究的學科自主性和自洽性並未完成。這還是一片強勢學科「跑馬圈地」的場所。

三、從前學科性到學科間性

一種理論活動要形成整一性的學科，必須建立具有方法論意義的知識依據，這一依據的獲得大概有三種方式：一是內在地形成，如文獻考據方法之於歷史學研究；二是向外學科借取，如數學分析方法之於物

[5] [美]朱麗・湯普森・克萊恩，姜智芹譯，《跨越邊界：知識・學科・學科互涉》（南京：南京大學出版社，二〇〇五年），頁一五九。

理學研究；三是在學科互涉中產生，如現代社會學，它把實證、分析、批判等方法綜合為一體。

文學研究中存在著一個奇怪的現象：雖然文學研究的對象是明確的，即想像性寫作活動、藝術性語言文本及其傳播和接受，但文學研究自身卻一直未能完成學科自律性和整一性，包括知識依據、理論話語、闡釋技術等，都處於「亂紛紛你方唱罷我登臺」的狀態。我們曾經借助於美學、語言學、心理學、社會學、人類學等建立文學研究的闡釋視界，但文學活動拒絕接受「單面化」的學科性意義闡釋，它逃避現代知識對它的規訓。那麼，在眾多的學科知識擁入文學殿堂對文學的意義闡釋發表種種「片面真理」式的意見之後，我們是否可以考慮在學科互涉中尋找建立文學研究之知識依據的路徑呢？文學研究中學科知識「眾聲喧嘩」的現象客觀上已經提供了學科互涉的空間。不過進行學科互涉的前提是我們必須承認文學研究的學科自主性和獨立性都尚未完成，而現代知識的學科化又是無法超越的歷史事實，所以我們就有可能在多學科交叉中形成新的知識視界。

提倡用學科知識互涉的辦法建立文學研究的學科同一性，還有一個重要的出發點，那就是文學研究的對象——文學活動——在其本源上就具有前學科性的特質。雖然我們的學術和教育體制將文學列為某一類知識活動的對象，但實際上文學是不受知識類型或專業分界的限定的。喬納森・卡勒在解釋文學批評為何成為一種「理論」時說：「正是文學的綜合性將理論對話從其他領域引向了理論領域」。[6]這就是說，文學研究也許是學科性的，但指導這一研究的理論依據可能會超越學科的限制成為一種普遍性的「理論」。文學的綜合性特質使得任何一種一元論或決定論的屬性定義都既有合理性又漏洞百出，因為這些屬性定義

6 轉引自［美］朱麗・湯普森・克萊恩，姜智芹譯，《跨越邊界：知識・學科・學科互涉》（南京：南京大學出版社，二〇〇五年），頁一二七。

常常是由單一視點出發對具有多元屬性的文學進行「本質主義」的規定。實際上，文學像海德格爾描述的「樸素無華的物」一樣，「頑強地躲避思想」。[7]

在古典的生產美學時代，人們用「模仿」、「表現」、「反映」、「言志」、「緣情」等等來對文學進行屬性的定義。當他們將文學的屬性定義為「模仿」時，其主觀精神內涵被忘卻了；當他們將文學定義為「表現」或「言志」時，其描述客觀現象的指涉性又遭遇了遺漏。現代思想語境中，這一貓捉老鼠的遊戲還在上演。當形式主義者將文學的屬性定義為「陌生化」、「等價原則」、「張力」、「反諷」等修辭特徵時，文學的歷史敘述功能對此提出了挑戰；當馬克思主義者將文學定義為對社會歷史的形象化反映時，文學的能指遊戲功能又頑強抵抗這一定義；當我們用審美來界定文學的屬性時，它表現出與倫理、宗教、意識形態的緊密關聯；當我們重新將文學的屬性納入歷史範疇時，它那「想像力的自由遊戲」的特質又展現出超歷史的意義功能……。當前發生在中國文學理論界的「本質主義」與「建構主義」的討論[8]，體現出學者們對決定論和一元論的文學屬性定義的懷疑，他們開始嘗試以「家族類似」概念來描述文學活動的屬性。文學內在於歷史實踐並生成於具體的歷史實踐，所以我們難以用超歷史的形式化定義對之加以規定。

文學雖為人類想像活動的產物，但它卻有「純粹客體」一般的特點，即文學意義的前學科性，這一特點使文學不受任何學科知識的規訓。正如海德格爾所描述的，「詩人的天職是還鄉」、「藝術就是真理自行置入作品」、「作品使大地成為大地」、「作品的存在是真理的一種發生方式」[9]。在海德格爾那

7 [德]馬丁・海德格爾，彭富春譯，《藝術作品的本源》，載《詩・語言・思》（北京：文化藝術出版社，一九九〇年），頁三三。

8 參閱萬水，《近年來文藝學有關「本質主義」與「建構主義」的討論》，北京：《文藝爭鳴》二〇〇九年第三期。

9 [德]馬丁・海德格爾，郜元寶譯，《人：詩意地安居——海德格爾語要》（桂林：廣西師範大學出版社，二〇〇〇年），頁六八至八六。

裡，詩締造了一個世界，這個世界是自身澄明的，但同時它返歸於大地，因此它的言說即為大地的敞開，這敞開是自身的敞開，所以是真理的發生。海德格爾看到了一個重要的現象，即詩是一切意義的源始。事實上，一切學科化的知識作為對意義的理解都來自於原初的語言活動，原初的語言活動即隱喻性的言語對存在的追問和理解；詩的特性就在於它是隱喻性的語言活動；由這一活動所產生的意義是人類理解世界的起源。所以我們可以說一切意義和知識都起源於詩，而知識的學科性卻只是現代性之「分解式理性」的產物，因此詩是前學科性的。

但是在知識學科化的時代我們總是習慣於對意義和知識進行類型學的劃分，對前學科性的文學進行研究也需要學科化和專業化。這裡就產生了文學研究中的一個矛盾：對象的前學科性和研究主體的知識依據的學科化之間的不相容。在現有人文科學的主流學科中，文學研究總是給人以繁雜、零散、缺乏方法論和元理論的同一性等印象，這說明以研究前學科性的文學為己任的文學研究，其學科化工程尚未完成，它還不是一個自主自律的知識系統。在這個領域裡，經驗學科與理論學科、古典文本與當代文本、形式描述與歷史敘事、審美分析與政治闡釋、語言主體論與藝術主體論等等，都彰顯出難以統一的方法論和元理論的分歧。這就使我們意識到，文學研究的學科化建設仍等待我們去完成，我們需要為這一學科尋找同一性。

文學研究學科化的重要環節是建構學科知識依據。我們不可能超越學科化回到前學科時代，但文學研究也不能依賴外學科的既有成果借取知識依據。根據文學本身的綜合性特點，在學科互涉中通過建立學科間性來完成文學研究之知識依據的建構，是一條可行的理論路徑。

學科間性首先意味著對既有的理論資源和闡釋方法採取兼收並蓄的態度。無論是思辨哲學、社會學，還是心理學、語言學，它們對文學的屬性定義都有一定合理性，但排他性地採納其中任何一種定義，都可能導致理論的偏狹。因此首先必須將這些屬性定義全部「拿來」，認可它們對文學活動的某些環節、某些類別和某些方式的闡釋有效性。由此逐漸生發出一種相容性的知識依據。

其次，學科間性並非跨學科研究的結果。學科互涉是學科間性生成的機制，它不同於跨學科研究。跨學科研究意味著外學科對學科的介入，如後結構主義的語言學觀念介入歷史學形成了新歷史主義的歷史敘事觀念。而學科互涉則意味著多種學科視野的交互活動，它生成一種超越所有學科的全新的學科化視界，如文化研究中的批判性話語分析，就是意識形態理論、批判理論、後結構主義的話語理論、佛洛德主義的症候分析、分析哲學的日常語言分析等學科知識活動交互實踐的結果；還有對於解釋生命現象最有效的ＤＮＡ學說，它是遺傳學、理論物理、生物化學、符號學等「討論」出來的一種全新的知識依據。所以學科間性要實現對現存所有理論的超越。

學科互涉是一種新的學科知識依據生成的方式，它以相容性和生成性超越了學科知識之間直接的借取或挪用，從而形成了一個新的場域，一個新學科視野展示其功能的空間。我們應當承認文學研究的學科化尚未完成，而文學研究對象的綜合性又使我們無法借取某種既有的單一學科的理論原則作為知識依據，在多種學科知識的交互作用下生成新的學科知識視野，也許是文學研究完成自身學科自主化的最好策略。

第五章　現代性與文學研究的方法論困境

從知識學的範疇來看，現代性在其展開之初就隱含了一種走入二難處境的趨勢。首先，宣導知識的經驗性和實證性的英國經驗主義與宣導知識的先驗性和反思性的大陸理性主義的對立引發了實證理論與批判理論的分野；其次，對「感性個體」（西美爾）和日常生活的肯定使得知識的生產回到語境，而對總體化和合理化的肯定又導致知識走向超語境的形式化境界；第三，現代性用「區分」建立了知識的學科化，而意欲抵抗單面社會的「人類解放論」又促使知識界超越學科的界分，達到完整人性的實現。我們看到，這種知識學層面的二難處境延申至文學研究領域，造成了一種方法論的困境。

一、批判理論與實證理論

哈貝馬斯認為，建立客觀化、實證化的知識是現代性的三大方案之一[1]。從直接經驗中歸納出確定性的知識正是現代性通過啟蒙反抗古典神祕主義的思想策略。現代性展開的歷史，幾乎就是一部實證化知識

[1] J. Habermas, "Modernity Versus Postmodernity", New German Critique, 1981.No.22.

改造世界改造人類並取得勝利的歷史。實證化知識還為自由主義的意識形態提供了基礎。作為自由主義知識份子的胡適，引實證方法入紅學，以一部《紅樓夢考證》開闢了紅學研究的「考據派」之路。

實證理論作為一種方法論，發端於現代性對知識確定性的訴求。它強調直接經驗的有效性，主張陳述和判斷都必須出自直接經驗並接受經驗事實的確證；它站在科學主義的立場上展示出一種客觀、中立的知識學態度。實證方法被引入文學研究也同樣是出於人文知識份子們尋求文學學術超然化、文學知識確定化的努力。實證方法影響下的文學研究，一改古典時代「印象式」批評的做法，以一種「文獻學」的方式研究文學，把對文學文本意義的詮釋放在各種文獻「證詞」的審視下進行。勃蘭兌斯關於十九世紀作家的傳記研究、N・弗萊關於西方文學史的「種族志」研究，甚至精神分析學批評家關於藝術家早年經歷的研究，都體現了實證主義的「文獻學」方法特色。在中國，考據學早已有之，但大都用於史學和文字學。在文學領域裡使用實證理論並取得矚目成就的，應首推胡適。另外顧頡剛關於孟姜女故事的研究、周汝昌先生等人的考據派「紅學」，都屬於實證理論指導下的「文獻學」方法論實踐。近年來古典文學界的王兆鵬先生關於唐宋詩詞的「定量分析」，給文獻學方法中注入了哥倫比亞學派計量歷史學的方法論元素。定量分析把文獻學與統計學方法結合，希圖為人文科學中最具模糊性的文學研究提供確定性的知識模型。

體現在文學研究領域中的啟蒙現代性，最具體的形態便是以知識的確定性和客觀性為旨歸、以考據資料為詮釋依據的「文獻學」方法。但知識學中的現代性還有另一個源頭，那就是與開創了直接經驗本體論的英國經驗主義相對應的大陸理性主義認識論。這種視「反思」高於「感覺」的認識論主張先驗理性對知識的決定作用；它同樣具有反抗古典神祕主義的啟蒙功能。經驗主義重視的是知識活動的「原料」－感覺經驗，而理性主義重視的是知識活動的「製作」－理性反思。立基於「反思」的思想後來發展出來一種主體性極強的方法，即批判。一九三七年，霍克海默和瑪律庫塞在《哲學與批判理論》[2]中提出，資產階級社會形成了以經驗事實和數理邏輯為主軸的「傳統理論」模式；這種罩以中立、客觀外殼的理論模式事實上已經成為資產階級社會中「肯定文化」的重要元素，起著維護現存秩序的作用。他們設想一種發自人類自由的普遍概念、回到歷史語境之中、指向對現實懷疑和否定的「批判理論」，以之對抗「傳統理論」。此後，批判理論成為法蘭克福學派的一件「大規模殺傷性武器」。

相比實證理論的客觀和中立化，批判理論明確地表現出對當代社會進行合法化評判的「立法者」激情。它是懷疑論的，也是抵抗詩學的。批判理論在方法論上的特點表現為：知識主體通過反思預設出一種普遍有效的價值－如瑪律庫塞的「愛欲解放」－並以之作為合法化的依據，考察當代社會的諸種現象——包括文學文本——並將其置於普遍價值的審視之下，最後揭示出當代社會的不合理、不合法性質。瑪律庫塞對發達的資本主義工業社會的批判就典型地運用了這種方法。他預設了「愛欲」的完整實現這一合法化的先驗依據，然後對當代資本主義社會進行分析，最後確認這個社會的單面化屬性違背了他的合法化準則，阻礙了愛欲的解放。在高揚審美救世主義大旗的批判理論中，標誌著「人類解放」的審美人格，構成了對現代性進行否定和拯救的預設性思想依據。所以批判理論也是一種「立法者」話語。

在文學研究領域，批判理論作為一種方法被馬克思主義文學批評廣泛運用。盧卡奇對布萊希特以及現代主義文學的否定性評價，來自於他以本質主義思維方式設置的「整體性」概念的一種規訓力量。與盧卡奇類似的還有美國共產黨的文藝理論家錫德尼・芬克爾斯坦（Sydney Finkelestein）。他對福克納作品的評價體

2 Phil Slater, "Origin and Significance of the Frankfurt of School: A Marxist Perpective", London, Boston and Henley: Routledge and Kegan Paul.1977.

現了批判理論的方法論特點。芬克爾斯坦從馬克思主義的進步論歷史理性出發，分析福克納作品的「南方立場」，得出結論說：「福克納作品的主導精神，他那荒唐無理性的泉源，乃是一種以神話式的國家為根據的有毒的國家主義。」[3]後殖民主義文論中的那種強烈的抵抗詩學色彩，也來自於批判方法的使用。後殖民理論家運用解構這一話語分析技術，在西方文學中找出隱含著東方主義意識形態的症候，依據具有先驗合法性的種族平等觀念，揭示西方文學的欺騙策略－用普世價值掩蓋西方霸權。相比較而言，批判理論在中國文學學術界並未得到普遍的運用，這也許是極左時代批判方法曾經被變態地使用留下的心理陰影所致。上世紀八十年代以後，日漸強化的學術體制化大大地壓縮了批判理論作為方法論的闡釋有效性空間；而以知識中立化見長的實證理論得到官方體制的鼓勵。因此，進入新世紀後中國的人文學術的批判性鋒芒日見式微。

從方法論層面來看，批判理論和實證理論二者難以相容。實證理論的源頭是英國經驗主義；經驗主義以「觀察」為知識生產的機制。而批判理論的源頭是大陸理性主義；理性主義以「反思」為知識生產的機制。因此，實證理論注重知識的客觀性而批判理論注重知識的主體性，即使是在當代思想文化領域，崇尚感覺經驗和崇尚先驗理性的分歧，仍然依稀可辨。在文學研究界，實證理論要求用文獻學方法大量搜集資料，以這些資料為佐證來解讀文本；批判理論則要求預先建立具有本體論功能的元話語，以元話語為評估座標來解讀文本。運用實證理論方法的考據學把《紅樓夢》視為作者的家世或自傳，運用批判理論方法的評論派則依據歷史理性把《紅樓夢》視為封建末世的社會史。前者眼中，評論派的評論是一些大而無當的空談；而在後者眼中，考據派的考據則是一大堆瑣碎的

[3] [英]S・芬克爾斯坦，張禹九譯，《人性化和異化之間的衝突》，載李文俊編選《福克納評論集》（北京：中國社會科學出版社，一九八〇年）。

材料。我們常常見到經驗學科的學者指責邏輯學科的學者「沒有學問」，而邏輯學科的學者則批評經驗學科的學者「缺乏思想」。二者之不相容，導致文學研究陷入一種方法論的二難處境。在文學研究中怎樣做到既有學問又有思想，成了學者們的一大難題，前現代性時代的知識活動並未遭遇這樣的麻煩，因為那時超驗本體的絕對權威賦予了知識以整一性。

實證理論的長處是知識的確定性，而批判理論的長處是一種歷史主義的激情。實證理論可以使人文科學研究活動獲得可靠的證據，其原因在於它為文本意義的詮釋提供了資料性的「直接經驗」。但實證理論的缺陷也恰恰在於它對確定性的「原子事實」的依賴。被文獻資料支配的詮釋很難超越個別事實發生的語境而達到視野開闊、思緒高遠的境界。實證理論家們謹守著學者的身份，皓首窮經地經營著自己的文化資本。批判理論家大都志存高遠，他們自詡為當代社會的「立法者」。批判理論家以「介入」的姿態對當代社會揮斥方遒，充分體現了人文知識份子的應有職責－批判。但從學理上說，批判理論必須預設先驗的合法性依據，這就導致批判理論常常是視界博大而證據薄弱，其闡釋的有效性常因其合法性依據來源的主觀化而受人質疑。在體制化的學術語境中，批判理論的否定性功能遭遇了壓制。所以連一向以批判性見長的現當代文學界，也開始盛行期刊、版本、稿酬等問題的研究。

二、形式定義與語境定義

歷史主義和結構主義的對立是當代思想史的一道可觀的風景線。當現代性把人們對生活世界的解讀立場從超驗的宇宙本體拉回日常生活中的「感性個體」時，存在的意義就只能被安放在具體的歷史語境之中；而當現代性把全部知識表述為抽象的概念和原理時，存在的意義又只能在能指的形式化結構中被確定。於是我們關於意義的詮釋方式就裂變為兩套體系：語境定義和形式定義。

一九三一年，卡爾・曼海姆在為社會學家阿爾弗雷德・維爾康得（Alfred Vierkandt）主編的《社會學手冊》撰寫的條目《知識社會學》中指出，有兩種知識生產的理論立場，即實證主義和形式有效性[4]。這裡的實證主義乃是一種向歷史語境還原的理論傾向。兩種知識生產的源頭是亞里斯多德關於「質料」與「形式」的區分。從闡釋學的角度來看，這又表現為斯圖亞特・霍爾描述的兩種文化研究範式的分野：文化主義和結構主義。霍爾認為，文化主義主張真實地描述各種文化的原生態現象，而結構主義則主張通過範疇、類型、構架賦予文化現象以普遍的模式[5]。

現代語言學在語義問題上分成了兩大陣營。一是以倫敦功能學派為代表的語境定義論，認為語言運算式的意義只能在語言活動發生的具體情景中加以界定；二是以結構主義為代表的形式定義論，認為語言運算式的意義是由其內部的構成方式決定的。在文學研究領域也存在著「外部研究」和「內部研究」兩種學術傾向。外部研究以歷史主義的態度置文學文本於特定的社會語境之中，尋找話語與語境之間的因果關係，由此詮釋文本的涵義。內部研究以審美本體論的態度凸顯文學文本的自主性，視文本涵義為能指結構的產物。外部研究的方法論基石是語境定義，而內部研究的方法論基石是形式定義。

4 [匈牙利]卡爾・曼海姆，徐彬譯，《卡爾・曼海姆精粹》（南京：南京大學出版社，二〇〇五年），頁一七至二〇。
5 [英]斯圖亞特・霍爾，《文化研究：兩種範式》，載羅鋼、劉象愚編《文化研究讀本》（北京：中國社會科學出版社，二〇〇〇年）。

現代性的展開意味著人類從超驗的神學本體論回到日常生活實踐，作為感性個體的人的生存意義也回到了自己的生活世界之中。當現代性賦予人們以日常生活本體論觀念時，知識活動中的語境定義也隨之形成了。語境定義作為一種闡釋技術，其要旨在於將話語置於產生話語的外在環境中界定其意義，即話語的意義與環境間呈現為一種因果聯繫。英美新批評也被稱為「語境批評」，但新批評的「語境」指的是文本內部的上下文關係，因此新批評本質上仍然屬於形式主義理論，而語境定義的闡釋方法則顯示出強烈的歷史主義和實證主義的色彩。早在泰納和斯達爾夫人手中，環境決定論就成為一種解析特定民族的藝術文化精神特質的手段。到勃蘭兌斯那裡，十九世紀偉大作家的作品都被理解為「傳記」的直接結果。勃蘭兌斯詳盡地敘述作家們的生平，因為他把「生平」視為製造文本意義的語境。甚至司湯達不用真名貝爾，原因也在於貝爾先生年輕時跟愛拆看私人信件的警察有過交道[6]。近年來現代文學界有人認為魯迅雜文中的某些話語的意義緣起於周氏兄弟失和。這也體現了語境定義的闡釋方法。在古典文學界，考據學從方法論層面來說也是一種特殊的語境論。尚永亮先生用唐代詩人的貶謫生涯來解釋詩歌文本的意義，其語境定義的闡釋技術為我們理解唐詩的藝術內涵增添了一些新的元素。

語境定義像實證理論一樣，執行了現代性關於知識確定性的要求。用話語活動的事件性環境作條件或緣由來解釋話語意義，這意義便有了一個可靠的起因。在這裡，被文學研究所生產出來的知識——文本涵義——就不會是「過度詮釋」的產物，因為它被限制在話語實踐的具體情景之中。但是這種依賴語境而獲得的闡釋有效性，仍然存在一些學理問題。

6 [德]喬治·勃蘭兌斯，李宗傑譯，《十九世紀文學主流·第五分冊》（北京：人民文學出版社，一九八二年），頁二五二至二五三。

首先，語境並不必然地具有確定的性質。語言學界有把語境分為「大語境」、「中語境」、「小語境」的說法；倫敦功能學派的弗斯和韓禮德也論述過語境的多重成分。日本學者西槇光正說：「語言是人類本身所特有的交際和思維的工具，那麼人類本身的一切也都可能成為語言的環境。」[7]我們可以像佛洛德主義那樣把個人傳記（早年經歷）作為文本闡釋的語境依據，也可以像神話原型理論那樣把民族文化的元典精神作為文本闡釋的語境依據。闡釋依據的如此大幅度擺動，豈不是違背了語境定義對知識確定性的要求？關於李商隱《錦瑟》詩的種種不同釋義，在很大程度上就是語境定義方法產生的麻煩。其次，語境定義主張文本意義的歷史性和指稱性，反對大而無當的批判理論和孤芳自賞的形式主義，但這樣的做法也意味著歷史和外部事物對文本意義的控制。文學話語作為一種創造、發現和生產意義的詩性語言活動，其超越生活世界的自主功能就被取消了。所以用語境定義的方法進行文本意義的闡釋，總是無法擺脫靠作者傳記提供事件性依據的釋義策略。而這一策略常常使我們關於文本意義的理解走向狹小和單一。伊格爾頓在評價新歷史主義時說：「極端歷史主義把作品禁錮在作品的歷史語境中，新歷史主義把作品禁錮在我們自己的歷史語境中，從某種意義上說，這兩家永遠只會提一些偽問題。」[8]事實上，語境定義是有可能走入歷史決定論的，這歷史或者是「社會發展的規律」，或者是個人傳記。

現代性關於知識形式化的訴求直接導致了由結構主義發動的語言論轉向。俄國形式主義者從語言學中領悟到形式定義的方法論內涵並發展出「文學性」、「陌生化」、「等價原則」等學科性概念。形式定義意味著造就形式的敘述／修辭技藝在文學活動中的本體論地位，因此話語形式擺脫了歷史和指涉物的管

7　西槇光正，《語境與語言研究》，西槇光正編《語境研究論文集》（北京：北京語言學院出版社，一九九二年）。
8　［英］T・伊格爾頓，馬海良譯，《歷史中的政治、哲學、愛欲》（北京：中國社會科學出版社，一九九九年），頁一一一。

理，「自主地」構造文本的詩學涵義。同時形式定義又以一種科學主義的態度把文學活動當作抽象符號的「七巧板遊戲」，即語言的特定結構方式產生了文本的詩學功能。所以，形式定義的釋義方法乃是啟蒙現代性關於知識形式化的訴求和審美現代性關於藝術自主性的訴求在文學研究領域裡的融合性實驗。

形式定義實現了一個笛卡爾式的方法論規則，即，從最具自明性的對象出發。語言形式——詞彙、句法、音位、修辭等等——就是文學活動的自明性現象。俄國形式主義者一方面聲稱文學研究的對象只能是文學性，另一方面將這文學性限定在語言技藝的層面，不讓它染上城堡上飄揚的旗幟的顏色。王一川先生對中國當代文學的修辭論研究，也是希望跳出意識形態化的闡釋方式，在最直接的「話語經驗」中理解卡里斯馬型人物的生成機制。語境定義的方法讓意義受制於歷史事件和指涉物，排斥了「編碼」在意義生產方面的自主性功能。形式定義的闡釋方法能夠通過對形式的分析發現超歷史超指涉物的意義，這就可能通過文學研究揭示出詩性語言文本在意義論層面的生產性和創造性功能，將其從歷史和指涉物的統治下解放出來。後結構主義時代，形式定義的方法告別了單純的形式分析的「牢籠」，其意義生產的功能得到了進一步的強化。後結構主義的話語理論對作為形式特徵的話語症候進行分析，揭示文本中隱喻性地潛藏著的意識形態和權力關係。但後結構主義的話語理論對形式定義的解放也可能導致一個尷尬的結果，那就是一種不受任何語境限制的「超意義」或「過度詮釋」。

語境定義讓意義平安地築居於歷史和大地之中，而意圖擺脫語境限制的形式定義則為文學文本安裝了一套抽象符號遊戲的意義處理常式。巴赫金曾認為形式主義的基本概念充滿了虛無主義[9]。實際上虛無

9 ［俄國］巴赫金，李輝凡等譯，《文藝學中的形式主義方法》（桂林：灕江出版社，一九八九年），頁八〇。

主義是現代性的思想和知識的必然結果。喬納森・弗里德曼說：「現代性意味著象徵與它所指的東西的分離。符碼、範式、語義學這些文化觀念正是現代認同的產物。」[10]當所有的符號形式都告別了它所指涉的物象時，我們的思想和知識就只能在一些空泛的概念、原理、數字中展開了。所以諸如海德格爾這樣奮力抵抗現代性的思想家，一心一意地想要擺脫虛無主義，返歸大地之鄉。形式定義追求超語境的意義，也有將文學意義推入虛無主義泥坑的危險。

形式定義的方法與文學的符號學特徵之間也存在著某種不相容現象。起源於對事物「命名」的語言天然地具有指涉性，這是它不同於色彩線條音響的地方，文學活動中純粹的「能指遊戲」事實上是不可能的。早在俄國形式主義時代日爾蒙斯基就意識到：「文字材料並不服從於形式結構的規律，……詩歌作品的結構在很大程度上也取決於質料、實體和意義上的統一。」[11]他認為不可能離開主題對詩歌作品進行美學研究。在漢語文學中，要完全擺脫物像的糾纏分析純形式的句法、音韻等尤其困難，因為這種分析不符合漢語以字形狀物的特性。

三、學科自主與學科互涉

現代性對人類社會進行了一次分解手術。當古典時代建立在神權或王權基礎上的整一性被打破之後，

10 [美]喬納森・弗里德曼，郭建如譯，《文化認同與全球化過程》（北京：商務印書館，二〇〇三年），頁二一七。
11 [俄國]維克托・日爾蒙斯基，方珊等譯，《論「形式化方法」問題》，《俄國形式主義文論選》（北京：三聯書店，一九八九年），頁三六七。

社會逐漸走向條塊分割的結構狀態。馬克思、塗爾幹等很早就發現「分工」在現代社會中的重大意義。就像上帝死了人必須為自己立法一樣，現代性的分解也要求每一種職業每一種技藝每一種知識以及每一族群或階級為自身的存在建立合法化的依據和規則。在此背景下，知識的學科化出現了。美國學者伯頓・克拉克在《高等教育體系》中稱，學科知識的分類是現代高等教育的「第一原理」，因為知識的專業化是「構成其他一切的基石」[12]。這就使得知識的生產和傳播走入了學科化；不同專業的知識活動表現出各自特有的視域、規則、術語、程式等。最重要的是，每一種知識都必須為自己的知識對象設立一套元話語作為其生存的合法性依據，比如牛頓的三大力學定律成為經典物理學的元話語、審美自律成為藝術理論的元話語。元話語為學科化的知識活動劃定了邊界，即一種闡釋有效性的範圍。在現代性的知識學科化背景下，文學研究也努力為自己量身製作學科專業性的職業套裝。近代以來，文學研究擺脫古典時代文史哲不分家的知識整一性傳統，為自己設立了研究對象、基本理論概念、價值座標、知識模組等。「文學性」或「審美意識形態」逐步取得元話語的地位。文學研究的學科性質、知識範圍及研究方法等方面的獨立性日益明顯地體現在大學漢語言文學專業的教學和學術活動之中。

獨立的文學研究體系的建立是現代性的成果之一，這成果也顯露出現代性的隱憂，即知識活動的單面化。學科化的知識生產像職業化的社會生活一樣，使人喪失了精神的豐富性；它把知識活動的主體固定在一座程式化的裝置之中，在單一的視點上用單一的尺度理解多元的文學世界。隨著法蘭克福學派對單面社會的批判，文學理論領域也出現了跨學科研究的趨勢[13]。形式主義誕生以來，現代思想一直在依據藝術

---

12 Burton R. Clarke, "The Higher Education System: Academic Organization in Cross-National Perspective", Berkeley: Univ. of California Press. 1983,p.35.

13 霍克海默在一九三七年寫的《傳統理論與批判理論》一文中提出了批判理論要跨越學科分類的想法。

自主性原則為文學研究建立理論元話語、學科規範和知識邊界，但批判理論以及後現代文化提醒人們，這種關於學科知識自主自立、單純單一的追求，其結果很可能是知識主體的精神單面化和對文本意義的理解走向簡單甚至狹隘，於是在現代學術界又出現了學科互涉的研究方法。美國學者克萊恩（Julie Thompson Klein）在《跨越邊界——知識・學科・學科互涉》一書中描繪了二十世紀文學批評怎樣由追尋文學研究的學科化到自覺運用學科互涉來分析文學作品的變化[14]。這種學科互涉的方法深得文化研究學者的青睞，因為他們眼中本來就沒有什麼文學藝術的獨立性。雷蒙・威廉斯說：「我們不能將文學和藝術與其他的社會實踐種類分離開來，以至於將文藝劃屬於十分獨特的規律之中。」[15]文化研究聲稱的「學科大聯合」實際上是要取消文學的自主性，進而取消現代性的知識學科化原則。

文學研究的學科化是在康得美學、唯美主義和形式主義文論的綜合作用下形成的，它們以諸如「審美無功利性」、「藝術自律」、「文學性」等概念為元話語，構築了一整套分析和詮釋文學文本的術語和範式，如文體、風格、形象、題材、體裁、修辭、敘事、悲劇、喜劇、浪漫主義、現實主義、象徵主義等等。文學研究的學科化工程意在建立獨立自主的文學學術範式，使文學研究獲得真正意義上的職業屬性，而且使文學文本意義的詮釋不再受制於政治學、倫理學、心理學、人類學等外學科知識的訓導。在文學研究學科化的進程中，美學和語言學逐步成為文學研究的知識依據和思想資源。其原因在於：語言分析切近了文學研究的最自明的對象，而美學則提供了關於文學文本之藝術屬性的闡釋依據。學科化的文學研究常

14 [美]朱麗・湯普森・克萊恩，姜智芹譯，《跨越邊界——知識・學科・學科互涉》（南京：南京大學出版社，二〇〇五年），頁一二四至一六二。

15 [英]雷蒙・威廉斯，《馬克思主義文化理論中的經濟基礎與上層建築》，轉引自斯圖亞特・霍爾，《文化研究：兩種範式》，載羅鋼、劉象愚編《文化研究讀本》（北京：中國社會科學出版社，二〇〇〇年）。

常意味著意義論層面上的審美內涵描述和表現論層面上的的語言形式分析。

學科化的研究在關於重寫文學史和「二十世紀中國文學」問題的討論中成為一種方法論訴求。中國現當代文學是在劇烈的社會變革中一路走過來的，因此它處處顯示了政治或社會學的內涵。長期以來，對中國現當代文學的研究都是以闡釋其社會革命內涵為主，美學、詩學或文體學難以享有最後解釋權。所以學術界有人呼籲：「建立現當代文學研究規範——現在也許確實需要建立，目前顯然不可能產生完整的方案，但卻是可以確認的出發點，那就是：頑強回到文學經驗本身，回到審美體驗本身。」[16]比如在學科化意識尚未自覺的時代，關於魯迅的研究主要集中在魯迅作為「戰士」的精神或人格之上，而在審美和文體意識強化以至於要以此為基礎構建獨立的文學研究學科的時代，便有了比如陳平原先生對魯迅文體的研究[17]。學科化的研究範式能夠使意義的詮釋回到真正的文學經驗中來，能夠為文學研究的合法化存在提供自主性的元話語，而且還能夠賦予文學研究以普遍有效的學術範式。

但是學科化的研究也有明顯的缺陷。詩性語言文本的產生並不受學科分類的制約，相反它是前學科性質的，即是語言主體對存在之意義的發現，正如海德格爾所言——詩是真理的自我顯現。因此文學文本在意義上就具有強大的包容性，我們可以在其中辨析出多重的學科化內涵，如政治的、宗教的、倫理的、美學的、心理的、哲學的等等。文學是極其重要的，因為它是一切意義的起源，它提供了意義誕生的經驗。面對這種包容著多重意義的話語活動，倘若按照學科分類的原則進行單一視點的詮釋，就會有「單面化」或「脫魅」之虞。也正是因為文學意義經驗的包容性，所以在知識學科化的時代出現了各種學科知識輪番

16 陳曉明，《絕望地回到文學本身——關於重建現當代文學研究規範的思考》，廣西：《南方文壇》二〇〇三年第一期。

17 陳平原，《分裂的趣味與抵抗的立場——魯迅的述學文體及其接受》，北京：《文學評論》二〇〇五年第五期。

介入文學研究並企圖充任文學學術之元話語角色的現象：心理學提出「白日夢」說、文化人類學提出「原型」說、語言學提出「等價原則」說、政治學提出「工具」說……。二十世紀的文學研究是一座各學科知識輪流表演的舞臺，表演者們都想成為解釋文學文本意義的知識依據或思想資源。這就形成了克萊恩所說的「學科互涉」的研究方式。其實中國傳統學術中「文史哲不分家」的做法，就是一種學科互涉。當然在現代性的知識學科化時代，我們不可能回到前學科時代重操舊業，於是學科化研究的負面效應顯露之後，出現了打著跨學科研究旗號的文化研究。

美國學者林塞・沃特斯稱當代思想文化處於「不可通約性的時代」[18]，即各種知識範式之間無法取得相互理解的尷尬狀態。作為現代性之成果的知識學科化在各種現代性批判的理論中遭到非難。學者們希望運用學科互涉的方法來超越現代性對知識整一性的破壞，他們啟動多學科交叉的手段來創造一種新的闡釋技術，這種技術能夠完整地揭示文學文本那繁複多元的意義。美國學者羅賓・洛克夫抱怨說：「語言學家研究語言；文學批評家研究文體（包括敘事方式）。……但這許許多多的界定更多地是人為的藩籬，它只會阻擾人們全面地理解事物。」[19]但多學科交叉的研究有著極大的難度。在知識大爆炸的時代，掌握多學科的資訊都很困難，何況還要從這些紛繁的知識中提取並熟練地運用學科化的闡釋方式！能夠從兩三個學科理論的角度對文學文本進行交叉辨析，已屬成功之作。比如王一川關於卡里斯馬型人物的研究，就是在修辭學和意識形態理論的交叉視野中完成的。

18 [美]林塞・沃特斯，蔡新樂譯，《不可通約性的時代》，王逢振選編《疆界二——國際文學與文化》（北京：人民文學出版社。二〇〇五年）。

19 [美]R・洛克夫，劉豐海譯，《語言的戰爭》（北京：新華出版社，二〇〇一年），頁一八一。

文化研究的所謂「學科大聯合」是一種研究對象的擴張而非研究方法的開拓。文化研究所採取的「批判性話語分析」的闡釋技術，乃是批判理論、話語分析和症候分析幾種方法綜合的產物，它有一定的學科互涉的效率。但是文化研究放棄了文學研究的元理論，即審美本體論或藝術自律論，甚至放棄了文學研究的自明性對象，即語言文本，它不受限制地把自己的解碼對象擴張至非文學性的領域。因此文化研究事實上破壞了文學研究的學科合法性。學科互涉的研究方法倘若走到破壞學科自身存在的地步，那麼這種方法帶來的可能就是更加難解的方法論困境。

從上世紀八十年代至今，文學研究者一直在探索文學研究的有效性範式。我們渴望掌握一種既有實證理論的知識確定性又有批判理論的思想者話語權力、既有語境定義的歷史主義內涵又有形式定義的藝術自主性觀念、既有學科化的獨立性知識體系又有學科互涉的開闊視野的文學研究方法，但是這些研究範式之間的不相容性，導致我們的文學研究在方法論層面上逐漸陷入困境。

第六章　本質主義與歷史主義的對立

本質主義和歷史主義是文學研究中的兩種主要的思維方式。作為知識生產實踐，文學研究和文學理論試圖提供有關文學現象的確定性的知識；這種知識或者建立在關於文學現象的普遍有效的本質屬性定義之上，或者建立在關於文學現象的具體存在的闡釋之上。於是，本質主義定義和歷史主義闡釋之間的對立，便成為文學研究和文學理論活動中的一道學術景觀。

一、文學研究的兩種理論路徑

就方法論而言，文學研究和文學理論的思維啟動點有二：（一）設定普遍規定性並以之作為詮釋原則對文學事實進行意義闡釋；（二）置文學事實於歷史語境之中描述其種種差異性的意義、價值或屬性。我們稱前者為文學研究的本質主義路徑、後者為文學研究的歷史主義路徑。

余虹認為在文藝學知識建構中存在著一種「一體化」的衝動，即以神學的、人學的或語言學的普遍原理統攝文藝學的知識體系[1]。這種「一體化衝動」就是典型的本質主義思維方式的體現。本質主義思維方式將一種預設的普世性觀念投射到文學現象之中，賦予紛紜複雜的文學現象以同一性的意義、屬性和價值。比如誕生於十八世紀的審美主義文學觀念對文學研究的理論整合工程，其要旨就在於用「審美」作為定義力量將全部文學活動統一為一個具有超越歷史語境的審美屬性、審美內涵和審美價值的獨立場域。上世紀八十年代，中國的文學學術界掀起「美學熱」，人們試圖用審美主義的文學觀念將文學研究從「工具論」文學觀念中拯救出來。殊不知，在以預設的「本質」為思維啟點的同一性理論訴求這一意義上，審美主義與工具論有相似之處，因為工具論也是以預設的政治意識形態整合全部文學現象。

本質主義的知識學訴求表現為決定論和一元論的理論傾向。當我們將某種預設的——而非從對象的具體存在中觀察、歸納出來的——普遍原則投向文學現象並整合出有關文學的意義、屬性和價值的同一性存在規定性時，我們實際上是將文學的存在交給了那「超文學」的宇宙意志。而在這裡文學是被決定的，或者說文學被殖民化了。問題的核心在於，我們用以作為「本質」的那些預設原則，比如歷史理性或審美倫理，都具有先驗的普世性，因此它們賦予文學的「本質」能夠將文學的存在由有限的個別經驗上升成為宇宙、歷史或人類命運等必然性的表現，這一點在黑格爾的藝術哲學中有過精彩的展示。在中國古代，因為文學有「載道」的功能，所以它變成了經國大業不朽盛事。本質主義一方面殖民化文學，另一方面又提升了文學的社會地位。而且，決定論的知識學立場有著促進文學研究學科化的功能。由於用同一性的存在論反思文學，所以文學被賦予了一種「自律性」的品格，繼而文學研究也成為一種有著自己專屬對象的專業

1 余虹，《理解文學的三大路徑——兼談中國文藝學知識建構的「一體化」衝動》，北京：《文藝研究》二〇〇六年第十期。

性知識生產實踐。事實上我們看到，正是審美主義的出現，引導出文學、文學理論和文學研究由自律走向職業化。

本質主義的知識學訴求還表現為一元論的理論話語，因為本質主義用作決定文學屬性和意義的普遍原則是一元論性質的。當我們用一種超歷史語境的終極性知識來定義文學的存在時，文學就擺脫了複雜的社會規定性而被「脫魅」成單純的存在狀態。比如在佛洛德主義的文學觀念中，全部文學活動都被賦予了以「白日夢」這一單純的屬性，這一屬性被任何語境中的文學所共有；再比如黑格爾主義的文學觀念，不同時代不同地域的文學藝術只是理念的不同顯現方式而已。這種一元論的知識學訴求使得文學研究超越了社會歷史的具體規定或限制，呈現出人類文化實踐的特定場域的同一性屬性；它具有將文學研究統一為專業性知識活動整體的功能。正是這種一元論的定義，文學的自律性或自主性才得以建立在合法化的基礎之上，因為它讓文學有了獨立的屬性、意義和價值。但是一元論的知識學訴求同決定論一樣，也反映了本質主義思維方式的缺陷，那就是文學活動因超越歷史語境而趨向「脫魅」、趨向「單面化」。

文學研究中的歷史主義思維方式是出於克服本質主義之弊病而得到人們推崇的。二〇〇二年，陶東風在一篇關於文藝學學科屬性反思的文章中借張揚文化研究呼籲恢復文學研究的歷史維度；他指責本質主義的思維方式脫離了大眾文化盛行的當代文化現實[2]。歷史主義並非要將文學變成歷史的記錄或重樹「反映論」的旗幟，而是要把文學屬性的定義和文本意義的闡釋置於歷史語境之中；它以一種「生成主義」的視角看待文學的意義生產實踐；迴避關於文學的普遍化定義，視文學的屬性、意義和功能為特定歷史語境中

2 陶東風，《日常生活審美化與文化研究的興起》，浙江：《浙江社會科學》二〇〇二年第一期。

建構的產物。歷史主義否定超歷史的文學本質，它重視的是文學的歷史差異性。比如R·威廉斯就認為文學藝術沒有外在於種種社會實踐的獨特規律[3]；陶東風主編的《文學理論基本問題》也極力迴避對文學的本質屬性的形式化定義。實際上經典馬克思主義在文學問題上也持一種歷史主義的態度。

歷史主義的語境論知識訴求與本質主義的決定論訴求的差異類似於當年功能學派與結構主義的差異。語境論保持了文學與歷史、與社會、與人的直接的意義經驗的密切關係，由之可以通過一種功能主義的反思重新張揚文學的「介入」、「生產」、「抵抗」的價值，讓文學從形式遊戲的象牙塔回到人間。但歷史主義也有解構文學自律性的傾向，而這一傾向若激進化，則會否定文學作為意義的生產和消費之場域的獨立性，進而文學、文學研究和文學理論的專業性存在也將失去其合法化依據。

現代學術論壇上的歷史主義理論路徑不同於古典歷史主義之處在於它是一種「建構論」的知識學訴求。古典歷史主義強調文學對歷史的服從；它以語言的指涉性為思維起點，用模仿、再現或反映界定文學的「工具」屬性。而在新歷史主義的「文化詩學」和當代的文化研究中，文學作為一種特殊的語言活動是意義生產的實踐，進而更是一種創造歷史的力量，因而文學的屬性、意義和價值是文學自身介入歷史、參與社會實踐的過程中被建構出來的。文學理論和文學研究不能依據預設的本質對歷史中的文學現象進行判斷，而只能將具體的歷史語境中存在的文學作為自我建構的過程。比如現代主義文學的最突出的特性——叛逆感——就是這樣被建構出來的。叛逆感作為現代主義文學的顯明屬性，乃是審美現代性反抗啟蒙現代性、想像性寫作反抗文化體制的歷史產物。這種建構論的思維方式給歷史主義理論路徑添加了一道規避歷

3 參見[英]S·霍爾，《文化研究：兩種範式》，載羅鋼、劉象愚編《文化研究讀本》（北京：中國社會科學出版社，二〇〇二年），頁五五。

史霸權殖民文學的風險的防火牆。但建構論仍然面臨著某種危險，那就是它可能導致文學的終結。如果任何一種文化實踐都可以在具體的語境中自我建構自身的文學屬性，那麼還有什麼可以不是文學？這種相對主義價值論可能造成一種「無邊的」文學，也可能使我們無法判斷文學性意義生產的優劣高低。倘若如此，文學也就終結了。

本質主義和歷史主義的對立體現了現代性工程的知識學建設方案，即對知識確定性的推崇。知識的確定性引導我們走出古典的神學或道統的意識形態，進入人類解放的現代性軌道。但是隨著解放論神話的破滅，知識確定性訴求的隱憂也逐步顯露了出來。

二、先驗理性與經驗實證

現代性是十八世紀思想家們為逃離神學意識形態的控制而設計出來的一種人類解放工程。在知識學問題上，現代性追求的是與神學相對立的確定性。這一追求導致知識走向實證化、理性化、形式化、精確化，從而帶來了科學技術的進步，技術進步又形成現代社會的技術霸權，於是全部知識生產實踐都以知識的確定性為終極價值。文學研究面對的是「想像力的自由遊戲」，但它也不得不用知識的確定性來規訓自己的知識生產活動。比如十九世紀盛行的自然論和傳記研究，前者用自然條件決定民族精神的觀念為理解特定民族的文學藝術風格提供精確的證據，後者則在文學家的個人生活經歷與作品內涵之間建立起確定性的因果關係。這種研究從知識學的角度來看，都體現出對確定性的追求，而且一直延續到當代。但是在如何獲得知識確定性的問題上，現代性工程的設計者們卻產生了分歧。

英國經驗主義通過論證認知判斷中的客觀指涉性內涵來構建知識的確定性。在經驗主義的視野中，可實證的知識，即排除一切先驗判斷的、來自於對客觀實在物的經驗的存在判斷，才會引領我們真正準確地理解這個世界。實證事物的首要性是人類理解活動的出發點，一切預設的先驗觀念——比如神的意志——都是在遮蔽我們的赤子之心。正確的認知活動應該是以這份赤子之心去觀察諸如蘋果落地一類的事實，由此獲得的知識才具有排除了一切神學虛妄的可靠而準確的價值；包括反思我們自己時，也應當持有這種客觀實證的知識學立場。約翰・洛克寫道：

> 我們的全部知識是建立在經驗上面的；知識歸根到底都是導源於經驗的。我們對於外界可感事物的觀察，或者對我們所知覺到、反省到的我們的心靈的內部活動的觀察，就是供給我們的理智以全部思維材料的東西。這兩者乃是知識的源泉，從其中湧出我們所具有的或者能夠具有的全部觀念。[4]

經驗主義的這種對實證化知識的推崇對於走出神學意識形態陰影來說有著極為重要的意義；它開啟了近代以至於當代思想界的實證主義潮流，也深刻地影響到文學研究的方法論。自十九世紀起，歐洲就出現了以丹納的自然論為代表的實證主義文學理論。這一傾向後來發展成為一種歷史主義的理論話語。像知識學中的實證主義一樣，文學理論中的歷史主義也反對一切先驗的屬性定義對具體的文學事實的控制，它強

4　參見北京大學哲學系編，《西方哲學原著選讀・上》（北京：商務印書館，一九九九年），頁四五〇。

調文學的屬性定義只能在文學事實這一歷史性存在中獲得理解。歷史主義的文學研究以實證的態度將文學置於特定時代特定社會的歷史語境之中，力求準確地理解文學與社會歷史實踐的因果性、表現性或生產性的聯繫。歷史主義的文學研究主張在這些聯繫中確定文學的屬性、意義和價值。歷史主義理論話語的語境論和建構論，其真正的源泉是經驗主義的知識學。經驗主義為文學研究中的歷史主義理論話語提供了一種獲得知識確定性——文學事實的存在——的理論路徑和價值準則。

但是經驗主義依靠經驗實證來達成知識確定性的做法存在著明顯的弊病。洛克的「白板說」不能解決認知活動中人類主體性問題，更不能說明後來胡塞爾描述的那種先驗的意向性對認知的作用；而且經驗主義無法解決我們對事物屬性的判斷與物作為「物自體」存在的關係問題。這就像歷史主義的文學研究掌握了特定時代特定社會中想像性寫作與傳播的「事實」，但無法提供這種事實獨立自主的同一性規定。於是與英國經驗主義相對立的大陸理性主義便反其道而行之地從先驗理性角度探尋知識的確定性。

大陸理性主義認定知識的確定性來自於認知判斷的普遍有效性。笛卡爾等人設計的反抗神學意識形態控制的思想策略是用人的先驗理性構建人在知識生產中的主體地位。理性主義者通過否定宇宙運動的預成意義將客觀事物中立化，繼而設定理性的判斷功能，達到逃離神學意識形態控制的目的。在理性主義的視野中，理性的投射、整合、推理、歸納、聯想等先驗能力使得「零度」的物獲得了意義，因而知識是理性活動的結果。同時理性又是人的類屬性，具有先驗的共通性，所以真正的認知判斷必然具有普遍有效性，而普遍有效性的知識才是確定性的知識；客觀事實在知識生產中只起著「材料」的作用。康得在《純粹理性批判・導言》中說：

> 雖然我們的一切知識都開始於經驗，但我們不能得出它們全部都是從經驗產生的，因為即使我們的經驗知識很可能也是由我們通過印象而得到的東西與我們自己的認識能力從自身提供的東西共同形成的……。[5]

康得並未完全否定經驗的認知意義，但問題不在這裡，而在於先驗理性使認知超越了物自體的個別狀態，達到先天綜合判斷的普遍有效性。跟英國經驗主義不同的是，大陸理性主義的知識論認為知識的普遍有效性才是知識確定性的條件。普遍有效性無法從個別事實的經驗中獲得，只能是人類共通的先驗能力的體現。所以理性主義更強調對超然於個別事實之上的普遍本質的把握；他們宣導一種形式化的知識，認為描述事物類屬性的抽象原理才是具有確定性價值的知識表達方式。但是這種對恆定的普遍原理的崇信還不是理性主義者通向本質主義思維方式的必然路徑，他們以先驗理性為知識源泉的做法使柏拉圖傳統得以在近代思辨哲學中延續，其中真正導致了理性主義走向本質主義的便是先驗理性的主體化形成了預設類屬性的知識生產方式。預設類屬性猶如海德格爾批判的「主體性形而上學」，它以「主題先行」的方式構建有關事物之存在的普遍原理。由此，古典的本質主義藉理性主義的知識論轉型成為現代性的本質主義。這種本質主義用「思辨」的方式設立有關事物的類屬性，其追求普遍有效性的知識訴求使現代性的知識學獲得了普適性和形式化的表述。

在文學理論和文學研究中，邏各斯中心主義早已深有影響，而理性主義營造的這種非神學的現代性本質主義，使得近代以來的文學研究出現了一種「自上而下」的理論路徑，即，先「思辨」出關於文學的

---

5 [德]康得，鄧曉芒譯，《純粹理性批判》（北京：人民出版社，二〇〇四年），頁一。

一般性的、超語境的定義——諸如「理念的感性顯現」等等，然後將其下放到文學事實之中加以「案例確證」；或者按定義的規定性闡述「事件性」的文學現象並比對判斷它是否具備了文學屬性、是否表現了文學性的意義，等等。本質主義擺脫了歷史主義對個別事實的依賴，它超越個別事實達到了普遍性。但本質主義卻因為源於先驗理性的預設定義而遮蔽了文學性呈現方式的地方性和差異性。

理性主義和經驗主義的分歧一直延續到現代思想文化論壇。K・曼海姆描述的「歷史主義」與「形式有效性」的對立、S・霍爾描述的「文化主義」與「結構主義」的對立，等等，實際上都是理性主義與經驗主義分歧的現代版本。

三、知識的學科化與跨學科

古典知識依賴某種超驗本體的絕對統治構成了自身的整一性體系。雖然也有關於知識類型學的實驗，如亞里斯多德的分類論述，但超驗本體的規訓力量使各門類的知識無法形成真正的獨立品格。知識的學科分類是現代性的產物。現代性破除了超驗本體的統治地位後，類型學意義上的知識失去了共有的家園，它們必須「為自己立法」。十八世紀以來，各門知識致力於劃定自身的專屬性對象的邊界、構建自己獨有的闡釋方法和分析技術、確認知識內涵的不可重複的獨特屬性和價值，由此形成自己的學科化和專業化的存在方式。一旦知識的學科化和專業化形成，它就將進入作為職業訓練的高等教育體制，從而成為一種文化資本意義上的知識生產和傳播實踐。與此對應的是現代性工程對人類社會進行職業化分工和權力關係的分解，因而社會生活中專業化謀生技能與高等教育中的知識學科化得以相互支撐，形成了一個文化資本積累、投資、生產、分配的場域。所以，現代高等教育對知識學科化有著非同尋常的依賴，甚至可以說現代高等教育就是建立在知識學科化體制基礎之上的。

知識的學科化意味著各門類的知識的自主性存在。這種自主性存在的達成需要知識生產者對自身從事的實踐活動進行以構建專屬性對象、獨特的屬性和自有的方法為宗旨的反思。當一種知識獲得了自己獨有的對象並以獨有的方法構建出關於對象的獨有的本質屬性時，這種知識的學科自主性便大致成型。現代社會學、心理學等，大都是沿著這一程式走向學科化和專業化的，但是文學理論有所不同。文學在古典時代曾經是知識活動的主體或中心，因為那是一個「智慧」依賴「詩性」的時代，「詩」在塑造超驗本體的想像活動中扮演了主要角色。而在近代，當文學研究作為一種知識活動登場的時候，現代性卻取締了超驗本體的合法性地位，要求各門類的知識，包括文學理論和文學研究，都必須以謙恭的態度重新自我確證，否則它就無法以學科化身份進入現代知識體制。

文學理論和文學研究的學科化體現為兩方面的進程，即學術體制的建構和關於文學自主性的論述。「作為一門學科，文學最早出現在十七世紀後期英國的研究院中；作為一門大學學科，則於十八世紀中期出現在蘇格蘭的大學裡……。」[6]進入二十世紀後，文學研究成為大學裡的一門顯學，其中活躍著一個獨特的知識份子群體，生產和傳播著他們堅信其具有不可重複的獨立性的知識，並依靠這種學科知識的自主獨立而獲取文化資本的投資回報。

[6] [美]朱麗・湯普森・克萊恩，姜智芹譯，《跨越邊界——知識・學科・學科互涉》（南京：南京大學出版社，二〇〇五年），頁一三五。

比之學科組織體制建設的獨立性，關於自身專屬性對象的獨立屬性的理論闡述，對於文學研究的學科自主化更為重要。在現代性歷史中，康得是最早為文學（詩）的獨特本質進行論證的思想家。康得用審美判斷為詩提供了一種特有的意義類型、一種人與世界的獨特關係的類型。由此文學研究的專屬性對象及其邊界、文學研究的自主性方法等均逐步確立。十九世紀，英國浪漫主義的天才詩學、法國的唯美主義運動等在藝術自律或文學場的營建等方面推波助瀾，形成了一種審美主義的、超越社會歷史的文學本質論。進入二十世紀後，審美主義的文學自律本質論經語言學的介入昇華為形式主義的自律本質論。建立在言語形式之上的「文學性」進一步完成了文學本質屬性的一元化和超然化。有了專屬性的研究對象、自主的本質屬性和獨享的闡釋技術，文學研究的學科化工程進展順利，它開始成為具有相對嚴格的邊界的知識體系。

文學研究的學科化帶來的理論後果是，那種支撐著學科自主性的、一元論的、超歷史的本質主義反思進一步發展成為普遍化的思維方式或學科性的理論範式。學科自主性要求有知識對象的專屬性、文學本質的超然性、闡釋技術的特許使用權等作為學理支撐，因而它必然要用一種一元論的、超語境的本體論來解釋文學的存在，而單一性的超然本體論恰恰就是本質主義思維的特色。當文學借著審美形式或語言遊戲的翅膀遠離塵囂、獨來獨往的時候，文學研究也成了一座他人無法進入的「單體別墅」。所以，堅持學院派立場的學者對審美主義情有獨鍾，那是因為建立在審美主義基礎上的知識學科化給學院派知識份子帶來了文化資本的增值效應。

但是學科化同時也意味著權力體制對知識活動的規訓。學科（discipline）一詞的另一涵義就是「紀律」，I・華勒斯坦等人的《學科・知識・權力》一書中文版將discipline譯作「學科規訓」[7]是很準確的。學科化的知識亦即體制化的知識，它在知識活動場域內製造權力關係和等級秩序，最後達到對人的規訓、控制。儘管知識的學科化像技術的職業化——如競技體育的職業化——一樣提升了學術研究的水準，但它的規訓功能也像技術化社會製造「單面人」一樣對知識主體的生命經驗進行壓抑和裁剪，所以文學研究的學科化及其學理基礎——本質主義——常常遭受質疑。而質疑的結果便是一種跨學科或學科互涉的知識學訴求。

更為重要的是，建立在審美形式或語言遊戲基礎上的一元化的超然本體論，它在催生文學研究學科化的同時也將這一學科拖出了社會歷史實踐，成為人文社會科學中的一門最為象牙塔化的知識，其從業者常常以審美倫理為職業倫理。美國學者Elizabeth Wilson認為，當社會科學已借助於聯結進步的社會教育運動和統計學而建立起具備社會效用的地位時，文學研究卻回到十九世紀的高尚涵養和個人教化的價值中去，「大部分文學研究建制的反應是退守到貴族教養的傳統後面去」，結果是文學研究在進步教育的衝擊下不斷地失去領地。[8]其實這並不是文學知識份子們故作高雅，而是因為他們受制於現代性；現代性的知識學工程要求他們不識人間煙火地拜倒在那超然於社會實踐之外的審美女神面前，否則他們便失去了安身立命的「本體」。

進入二十世紀後，現代性之隱憂日漸顯露。思想界展開了一場持續至今的現代性批判運動。知識學科化的規訓功能也為學者們所覺察，於是有人提出了跨學科的社會研究。一九三一年霍克海默在出任法蘭克

7　［美］I・華勒斯坦等，劉健芝等譯，《學科・知識・權力》（北京：三聯書店，一九九九年），頁一二。
8　［美］I・華勒斯坦等，劉健芝等譯，《學科・知識・權力》（北京：三聯書店，一九九九年），頁二三。

福社會學研究所所長的就職演說中提出了「批判理論」。該理論的一個重要內涵就是用跨學科的研究克服各門具體的經驗學科（即「傳統學科」）的片面性。跨學科研究以動態的、系統的、綜合的視野超越了傳統理論以固定的本質解讀現代社會的做法。在文學研究領域裡，二戰後學者們開始對審美主義和形式主義的象牙塔傾向表示不滿，希圖讓文學恢復歷史性。恢復文學歷史性的一個重要策略就是把文學從一元論超然本質的統治下解放出來，將其置於歷史實踐的普遍聯繫之中生成其屬性。在T・伊格爾頓看來，文學本來就沒有單一的固定本質，「何謂文學」是一個歷史問題[9]。喬納森・卡勒也認為，關於「什麼是文學」問題的解答不可能有一個固定的、超歷史的學理定義[10]。文化研究興起之後，學科化的文學本質論再也無法單獨占有文學文本的解讀權了。文化研究在當代社會的影響下成為各門學科知識交叉滲透的場所。一種歷史主義的闡釋技術取代了形式化的文學定義。學者們動用各種學科知識在歷史語境中觀察文學怎樣建構出自身的屬性和意義。

當前文學理論界發生的本質主義與建構主義的討論，典型地顯現了學科化立場和跨學科研究之間的分歧。

四、理論範式的建構與轉型

就關於文學的理論反思而言，很難說本質主義的一元論、決定論和歷史主義的語境論、建構論孰優孰

9 [英]T・伊格爾頓，伍曉明譯，《二十世紀西方文學理論》（西安：陝西師範大學出版社，一九八六年），頁一四至一五。
10 [美]喬納森・卡勒，李平譯，《當代學術入門：文學理論》（瀋陽：遼寧教育出版社，一九九八年），頁二三。

劣，它們都只是現代性本身的知識學訴求的呈現方式而已。就像現代性本身一言難盡、甚至充滿自相矛盾的內涵一樣，文學研究中的本質主義和歷史主義也是一對難兄難弟，它們交替出現在現代學術史上，以各自不同的方式生產和傳播知識，形成相互對立又相互補充的理論範式。

金元浦先生這樣描述文藝學理論範式的運作邏輯：「文藝學前學科→常規研究（形成範式）→反常→危機（非常態時期）→文藝學範式變革（新範式取代舊範式）→新常規研究。」[11]這一歷史演進程式圖準確地描繪了二十世紀以來文藝學理論範式的嬗變。假如我們把文藝學理論範式「構建－解體－再構建－再解體……」這些過程總括起來看的話，其中的範式轉型的歷史就是本質主義的一元論、決定論與歷史主義的語境論、建構論之間主導地位的輪換史。

文學研究理論範式的構建涉及三個方面的內涵：思想資源、知識依據和闡釋技術。思想資源指的是文學研究中指導性的文學觀念；知識依據指的是文學研究者的知識視野；闡釋技術指的是研究者運用的解讀方法。這幾者都指向文學現象的中心——文本。文學研究就是我們在一種特定的文學觀念的指導下、站在特定的視角、動用特定的解讀手段，對文學文本的意義進行辨析和判斷。從上述三方面的內涵來看，在構建文學研究範式、證偽研究範式和重構研究範式的知識生產實踐中，我們無非持有兩種理論立場，即本質主義和歷史主義。

在近現代西方人文學術舞臺上，圍繞著「文學性」問題上演了一部本質主義與歷史主義「爭寵」的喜劇。其中一方是主張「內部研究」的代表形式主義、新批評等，另一方是主張「外部研究」的代表神話－

[11] 金元浦，《改革開放以來文藝學的若干理論問題探索》，北京：《文藝研究》二〇〇八年第九期。

原型批評和馬克思主義文論等。前者以藝術自律、語言運算式的意義自足為基本的文學觀念，站在美學和語言學的知識視角上，用語言結構分析作為闡釋技術。其理論宗旨是借助語言結構的功能性分析找尋文學超越歷史的自主性質。所以這種研究範式特別強調文學文字屬性的一元論存在，用諸如「陌生化」、「等價原則」、「張力」、「悖論」等單一的形式化原理界定文學本質。而且這些本質對於文學屬性都具有超歷史的決定權。「外部研究」範式則以文化原型論和社會語境論為基本的文學觀念，站在文化人類學和社會學的知識視角上，以文本意義與歷史之間的因果關係分析為闡釋技術。其理論宗旨是借助於意識形態或文化心理的總體性分析找尋文學在社會歷史中的生成機制。這種研究範式承認文學文字屬性的語境生成，承認歷史語境造成文學文字屬性和意義的變異性與多元性。他們反對用超然的單一本質決定文學，而寧願將文學屬性和意義視為歷史實踐的產物。比如悲劇，就是由「歷史的必然要求和這個要求實際上不可能實現之間的悲劇性衝突」[12]造成的。

近三十年來中國的文學學術界也經歷過主導性研究範式的對立和輪換。上世紀八十年代，我們竭力呼籲「文學研究向內轉」，以文學的自主性來逃避權力意識形態的控制。美學和語言學成為我們獲取思想資源和知識依據的源泉，「審美意識形態論」這一本質主義化的屬性定義得以形成。但是進入九十年代後，學者們發現文學和文學研究正在被歷史遺忘，那些超然於社會歷史之上的審美主義本質使文學研究「牢籠化」。於是學者們又借助文化研究呼籲文學研究走出審美象牙塔。他們把尋找思想資源和知識依據的眼光投向了社會學、後結構主義、意識形態理論等等。歷史主義研究範式在主導權爭奪中獲得越來越多的選票。

[12] [德]恩格斯，《致拉薩爾的信》，《馬克思恩格斯選集》（第四卷）（北京：人民出版社，一九九五年）。

在我看來，文學研究範式的知識建構及範式的主導地位的轉換輪替，關鍵環節在於文學與社會實踐的關係問題。在文學與社會實踐關係密切、甚至成為社會實踐中的一種歷史性力量的時候，文學研究常常趨向於本質主義，因為只有一元論、決定論的超然本質才能維護文學的主宰地位；在文學與社會實踐之間呈現為略有距離而彼此包容的時代，文學研究常常趨向於一種溫和的本質主義，比如審美意識形態論，因為這恰恰能夠維持文學與社會實踐之間的「和平共處」的關係；在文學與社會實踐之間關係冷淡的時代，文學研究常常走向一種溫和的歷史主義，比如神話－原型論，因為這能夠保證文學「安全」地享有社會批判或反思的權力；在文學與社會實踐對立的時代，文學研究常常走向一種激進的歷史主義，比如文化研究，因為這一研究範式能夠保證文學在社會實踐中的話語權力。

不過，在晚期現代性的思想語境中，各學科知識之間的關係像話語與權力之間的關係一樣，彼此融合相互交叉，因此文學研究中的本質主義與歷史主義之間也出現了互涉互滲的情況。實際上，「審美意識形態論」就很有一些中和審美本質主義和意識形態理論的意味。在對話理論、互文性、主體間性等論題提出並得到深入思考之後，學科知識及闡釋技術概念上的「間性」也許是我們走出現代性的知識學訴求之隱憂的一條合適的理論路徑。

第七章　文學史論：總體歷史與學科歷史

在現行文學研究和文學教學體制中，經驗學科的文學史比邏輯學科的文學理論所占權重比例要大得多，甚至可以說，文學史的研究和教學構成了文學學科的基本內涵。文學史一方面是對文學性的歷史敘述，另一方面又是對歷史的文學性敘述。它一方面需要文獻學的考據，另一方面又需要詩性意義的闡釋。作為學科史的文學史研究，其中「史實」和「史論」的裂隙，滋生出一種強烈的方法論困惑。

一、文學研究的史學化

歷史編撰學是一門極為古老的學科知識生產活動，但是關於文學的專門性歷史紀錄卻是近代以來才出現的。在西方，由於從亞里斯多德開始的一種以建構普遍範式為宗旨的對文學屬性、價值和結構方式的敘述，遵循古典規範成為文學活動的一般原則。因此文學的歷史性演變，即文學性作為歷史變數的呈現形態，並未得到古典學者們的重視，文學的歷史性存在也就成了一個被遮蔽的話題。直到「古今之爭」的時代，西方人才認真地思考文學的「通變」關係。中國古代思想由於較少受到邏各斯中心主義的規訓，因此也較少去尋求超歷史的文學性範式或普遍有效的規定性，文學活動作為存在的現實性，即其歷史變數的呈現形態和內涵，得以保留在關於文學的經驗性敘述之中。這不僅體現為以《文心雕龍》為代表的古代文論對「通變」問題的思考，也體現在歷代史著關於文學活動的記述之中，尤其是體現為古代文論在闡釋詩文意義時的那種強烈的歷史意識，諸如文章流別、詩體正變等等觀念。當然，歷史主義的文學觀念並不等於文學史研究，只是其中蘊含著一種關於文學的歷史反思而已。

相對於總體化歷史而言，文學史只能是學科史。學科史的形成需要社會實踐場域的界分與自主，亦即需要文學場自身的獨立。只有在文學活動作為人類社會實踐的一個獨立的場域獲得自律性的屬性和形態之後，它自身的歷史意義和歷史價值才會提供歷史研究的確定性對象和特有的內涵。因此真正意義上的文學史、或者說作為獨立學科的文學史研究，應該是現代性工程對人類社會施行場域界分的產物。儘管古代的史著典籍中有《文苑傳》一類關於文學人物的歷史記載，但是那些附著在總體性歷史上的記載並不等於作為自主性學科知識活動的文學史研究。西方學術界早於中國出現了系統的文學史編撰活動，但那也是現代性工程展開之後的事情。現代知識學意義上的文學史研究形成的條件是：（一）學科知識對象——文學活動——的自主性存在；（二）歷史主義作為方法指向人類社會實踐的所有場域；（三）文學研究形成了普遍有效的闡釋技術和價值原則。

歐洲的文學史編撰大約是在浪漫主義時代出現的。R・韋勒克認為：「敘述性的文學史在浪漫主義之前並不存在。施萊格爾兄弟是近代文學史的始祖，西斯蒙第、弗里埃、安貝爾和維爾曼接踵而至，草創了法國文學史的編撰。」[1]在一七七〇年代，法國出現了不少的文學史著作，如《文學三百年》、《文學

---

1 ［奧地利］雷納・韋勒克，楊自伍譯，《近代文學批評史》（第三卷）（上海：上海譯文出版社，一九九一年），頁二。

史備忘錄》等等。韋勒克之所以把施萊格爾兄弟稱為文學史研究的始祖，是因為施萊格爾兄弟不僅編寫過《古今文學史》這樣的著作，而且他們把時代精神和民族精神引入文學批評之中，形成了一種歷史主義的批評觀念。由民族國家的文化精神入手進行文學史的反思，這恰恰是現代意義上的文學史研究的基本學理品格。進入十九世紀後，民族精神的觀念與實證主義方法結合，孕育出以泰納為代表的自然主義文學史理論。

像十九世紀的大多數學者一樣，泰納致力於把實證與理性結合，追求一種「原子事實」與「總體屬性」相統一的知識生產模式。泰納在《英國文學史・導言》中說：「人類感情與觀念中有一種系統：這個系統有某些總體特徵，有屬於同一個種族、年代或國家的人們共同擁有的理智和心靈的某些標誌，這一切是這個系統的原動力。」[2]另一方面，泰納又把這種總體特徵歸結於「種族、環境和時代」三種所謂「自然性」因素作用的結果。在歷史理性與實證知識共同主宰思想文化的時代裡，泰納從黑格爾處借來歷史理性並以之規訓文學史，使文學的歷史變得合符秩序、有章可循，成為一部現代意義上的歷史；同時他又從實驗科學那裡借來實證知識的方法，將文學現象「自然」化為客觀事實，這又使得文學研究具有了知識確定性的素質。可以說，泰納的文學史理論真正開啟了以近代理性為主導觀念的文學史編撰學。

十九世紀也是建立在康得美學基礎上的藝術自律觀念深入人心的時代。藝術自律將文學從整體性歷史中獨立出來形成學科史研究的對象，它以文學意義的自洽為文學場中的各種實踐活動提供了合法化的依據，也為文學史研究提供了專屬性的闡釋維度和評價準則。十九世紀還是一個主體性高揚的時代。在主體

[2] ［英］拉曼・塞爾登編，劉象愚、陳永國譯，《文學批評理論——從柏拉圖到現在》（北京：北京大學出版社，二〇〇三年），頁四二九。

性哲學的激勵下，傳記研究應運而生。由聖伯夫等人宣導的傳記研究為文學史奠定了一個文學活動主體的概念，並用這主體的生命經驗形成了文學研究的「實證事實」的基礎。

在諸種思想文化潮流的合力作用下，十九世紀末至二十世紀初，歐洲產生了近代以來最成熟的文學史研究成果，即朗松的《法國文學史》和勃蘭兌斯的《十九世紀文學主流》。

朗松的《法國文學史》至今仍然可以算作文學史編撰的典範。其典範性來自於它將十九世紀幾種主要的文學批評理論和文學史理論融為一體，體現了該時代文學史編撰學的最高成就。在朗松的文學史研究中，源於康得的藝術自律論、源於德國浪漫派的民族精神意識、源於泰納等人的實證主義文學觀念以及源於聖伯夫的傳記研究等，綜合成了一種新的文學史觀。朗松消除了十九世紀影響甚大的那些文學史觀念和方法的激進之處，同時又對其加以合理的繼承，因此他的《法國文學史》為後來歐洲的文學史編撰學建立了普遍認可的範式。這個範式即是：社會生活描述＋作者傳記考據＋文本意義解讀。直到當今中國學者編撰的文學史著作，朗松範式仍然得到繼承。

朗松文學史觀相容了歷史學和文藝學兩大學科的知識學特質。早在希臘時代，亞里斯多德就思考過詩與歷史的差異。維科、黑格爾等人力圖用歷史理性建立總體化的普遍歷史；詩被他們納入歷史理性的規約之下。十九世紀是歷史主義的時代，所以泰納、聖伯夫等人的文學史觀實際上體現了歷史對文學的統治。朗松卻清醒地意識到，文學史家面對的是以個人獨創性意義見長的文學文本，這些文本既作為歷史文獻也作為現實經驗而存在著，所以文學史不同於一般意義上的歷史。朗松承認文學史研究的基本方法是歷史的方法，但他堅持文學史的學科獨特性。「歷史學家探索一般事實，只是當個人代表一群人或改變運動方向時才處理個人，而我們則首先強調個人，因為感覺、激情、趣味、美，這些都是個人的東西。」[3]最為重要的在於，朗松反對聖伯夫那種以傳記代替作品意義的理解方式，堅守一種來自於藝術自律觀念的作品中心理論；而且他已經意識到，對作品的經驗是文學史研究的出發點，這恰恰是文學史研究不同於一般歷史學的根本性差異，因為歷史學家面對文獻時只是將其作為探索背後的歷史事實的材料，文學史家則必須將所面對的作品視為直接的研究對象，作品之外的歷史事實只是理解這作品的材料。

進入二十世紀後，雖然文學理論界新說迭出，但文學史的編撰卻基本上是沿著朗松模式進行。直到N·弗萊的《批評的剖析》，關於西方文學的演進歷史的理解才發生了一次根本性的變革。弗萊之前統治了文學理論界近半個世紀之久的形式主義文論一直致力於構建一種超歷史的文學性結構模型，這種理論訴求使形式主義對文學史研究不甚熱心。弗萊正是在力圖使文學回歸歷史的衝動激勵下，借道文化人類學給文學實施了歷史主義的塑型。弗萊不喜歡那種「認為藝術既不進化也不改進；它生產的是經典或典範」的文學觀念[4]，他認為文學批評作為一門學科知識，其成熟必須經歷一種理論歸納的飛躍，「這種歸納的飛躍的第一個基本原理是對全部連貫性（coherence）假定」。連貫性則來自於文學中的一個僅有的組織原則，即「年譜的原則」[5]由人類學觀念出發，弗萊把西方文學史的演進理解為對應於季節變換的四種敘述結構模式，即喜劇、浪漫故事、悲劇和諷刺。四種結構模式的循環式發展，構成了西方文學的基本歷史內涵。

文學的歷史性被形式主義遮蔽了很久之後再次由弗萊推到了前臺。《批評的剖析》結束了新批評的統

3 [法]居斯塔夫·朗松，徐繼曾譯，《朗松文論選》（天津：百花文藝出版社，二〇〇三年），頁六。
4 [加拿大]諾斯羅普·弗萊，陳慧譯，《批評的剖析》（天津：百花文藝出版社，一九九八年），頁四五二。
5 [加拿大]諾斯羅普·弗萊，陳慧譯，《批評的剖析》（天津：百花文藝出版社，一九九八年），頁二〇至二一。

治，也啟發學界重新思考文學的歷史性問題。但是弗萊思想卻顯露出嚴重的歷史決定論傾向。假如由波普爾或者福柯的歷史觀來思考文學史的話，我們很難認同弗萊的敘述結構模式循環演進的說法，而且這種總體性訴求的文學史觀本身也無法解釋文學史上的個人獨創性和意義的多元性。

弗萊之後，西方學術界最有影響的文學史觀就是新歷史主義的「歷史的文本化」理論。新歷史主義的文化詩學引入福柯的後結構主義話語理論，把歷史編撰學歸結為話語實踐，歷史書寫的意義在於一種修辭或敘述——隱喻性地表達著意識形態的敘事策略。這種後現代的理論很難轉化成文學史編撰的實踐，因為它所認定的歷史學的知識屬性與作為經驗學科的文學史編撰學差異很大。

在中國，文學屬性和價值的歷史性呈現早已為古人所重視，而且歷代史著也頗多關於文學人物和事件的記述，但現代意義上的文學史卻是在近代西學東漸運動中才出現的。世界上首部中國文學史並非國人的著述，而是俄國漢學家王西里〔瓦・巴・瓦西里耶夫（V. P. Vasiliev），一八一八至一九〇〇年〕編著的《中國文學史綱要》，一八八〇年由彼得堡斯塔秀列維奇印刷所出版[6]。英國人翟里斯和德國人顧魯梅分別在一九〇一年、一九〇五年出版過《中國文學史》；日本人也編寫過好幾種《支那文學史》。中國人自己的首部文學史是林傳甲為京師大學堂優級師範學生授課而編寫的講義，一九〇四年以《中國文學史》之名出版。此後，黃人（黃摩西）、謝無量等人的文學史也相繼問世。

早期的文學史編撰者力圖構建學科化的文學史知識體系，但他們尚未準確地理解現代意義上的「文學」概念。而且古代的那種渾然一體的文學觀念仍然影響著他們，就像一九〇四年的《奏定學堂章程》把地理

6　李明濱，《世界第一部中國文學史的發現》，北京：《北京大學學報・社哲版》二〇〇二年第一期。

學、史學也歸入「文學」一樣。五四以後，現代意義上的文學觀念逐漸普及，文學史的編撰也顯示出新的氣象。五四至一九五〇年代初期，大批影響深遠的中國文學史著作問世，如胡適的《白話文學史》（一九二八年）、鄭振鐸的《插圖本中國文學史》（一九三二年）、譚正壁的《中國文學進化史》（一九三五年）、劉大傑的《中國文學發展史》（一九四一年）、林庚的《中國文學史》（一九四七年）、蔣祖怡的《中國人民文學史》（一九五〇年）等等。這一時期還出現了許多有關中國文學之歷史規律的反思性探討，比如胡適、周作人等關於中國文學演進之基本路徑的論述。現代意義上的文學史學科知識體系在這一時期基本成型。

一九五〇年代初期的知識份子思想改造運動和高校院系調整給中國的人文學術帶來了根本性的變化，文學史編撰工作也因此發生重要的轉向。隨著「人民性」、「階級鬥爭」、「兩結合的創作方法」等成為主導性的文學觀念，文學史研究逐漸轉向一種總體性歷史元敘事的範型。一九五七年高等教育部頒佈了《中國文學史教學大綱》，將總體性歷史元敘事的文學史範型確定為統一的學科準則。當國家權力介入知識生產實踐並對諸如文學史研究一類的知識生產活動做出意識形態化的規訓，文學史的編撰工作便以集體編寫的方式來接受這一規訓並成為國家意識形態的宣傳機器，北京大學中文系一九五五級學生和復旦大學中文系學生集體編寫的兩種《中國文學史》便是這方面的典型。一九六〇年出版的社科院文研所和游國恩等人編寫的兩部文學史，都是排除了個人獨創性之後的集體工作成果。這兩部文學史曾長期被各高校中文系採用為教材，它們都鮮明地體現了那個時代國家意識形態規訓下的文學史觀。陶東風在《文學史哲學》中歸納出來的文學史編撰的五條「文學史八股」[7]都完整地體現於這兩部文學史著作之中。

7 陶東風，《文學史哲學》（鄭州：河南人民出版社，一九九四年），頁一二至二〇。

一九八〇年代以來，西方現代文學理論的「東漸」以及「美學熱」、「文學主體性」、「新方法」等學術熱潮的影響下，文學史研究亦日益更新，尤其是運用諸如神話原型理論、語言結構分析、佛洛德主義等新觀念新方法於文學史研究之中，給我們理解中國文學史的演變規律和文化品性提供了全新的視野。這些新的觀念或隱或顯地體現在袁行霈和章培恆等分別主編的兩部《中國文學史》當中，儘管這兩部文學史也是集體編寫而成。

在文學史編撰領域裡我們固然推出過眾多的成果，但是文學史研究中的問題卻大量存在，比如文學史的學科知識屬性到底是歷史學還是文學評論，這個極為重要的問題一直沒有得到深入的思考。

二、文學研究與歷史理性

從事文學史研究的學者們忙碌於搜集資料、細讀文本、劃分文類和時期、編撰出各種大同小異的文學史。多數人並未反思和追究這樣一些問題：作為學科史的文學史與總體性歷史之間有著怎樣的異同？文學史是否具有一種由歷史理性規訓而生成的連續性？文學史的知識對象是本體論意義的文學性的進化歷史，還是建構論意義上的文學性變異的歷史？以文學文本的意義闡釋為中心任務的文學史研究有否可能回復文學文本的初始內涵，抑或它只是一種當代視野的思想話語？作為自主性的社會實踐場域的文學活動與其他社會實踐場域究竟以怎樣的方式發生著歷史關聯？等等。倘若我們未能對這些問題做出解答，那麼我們的文學史研究肯定只能在文獻資料的搜集整理解釋的低層次上進行。

文學史是歷史理性與學科化知識之間對話性關係的產物。

在走出了神學歷史觀的統治之後，現代性工程的設計者們提出一種理性主義的歷史演進模型——歷史理性——以構建歷史發展的整體性和連續性。理性是神學意識形態對宇宙的統治崩潰之後歐洲思想家們用以重建生活世界同一性的基本依據；正是由於把自然世界和人類存在置於理性的基石之上，上帝死後宇宙仍舊井然有序，博大而澄明。維科、伏爾泰、黑格爾等人讓理性的統治權伸入歷史；賦予歷史以同一性的秩序，用「歷史發展的必然規律」為歷史搭建邏輯，書寫出整體性的、連續性和目的論的「大歷史」。在維科的《關於各民族共性的新科學原理》、杜谷的《論人類精神進步》、孔多塞的《人類精神進步史綱》、康得的《世界公民觀點之下的普遍歷史》、黑格爾的《歷史哲學》等論著中，我們看到現代性工程的設計者們怎樣將一種超越於地方性和事件性之上的普遍理性注入歷史，讓同一性的邏各斯主宰作為存在之現實性的歷史。最重要的還在於，從此歷史就不僅僅只是人類生存活動的記載，它進而變成了某種普遍理性在不同的時間、不同的地方、不同的族群和不同的生活場域中的「案例」性的表現。在這種大寫的總體性歷史中，學科史的知識學屬性被定位在一個對普遍理性的敘述性事例的地位上，這一方面使得文學史等學科史獲得了合法性，另一方面又否定了學科史的自主性，比如黑格爾關於藝術史的敘述就是典型。

黑格爾不僅把藝術定位於一種歷史性的存在，更是將其視為絕對心靈在生活世界中展開並走向自由這一「大歷史」進程中的階段性存在。藝術之所以存在，那是因為它在這大歷史中的某一階段承擔了表述絕對心靈與實在之間辯證關係的任務。於是，藝術的歷史性存在就成為了歷史理性的一個表述性的成分。這個規訓著文學的歷史力量被赫爾德理解為「民族精神」；對他而言，文學史是民族精神的表述歷史。此後「依波利特・泰納（一八二九至一八九三年）首次詳細闡發了文學發展的歷史嚴格由歷史決定的說法。他的第一個假想是各民族的歷史只能由它們的『精神和靈魂中某種普遍的性情』來解釋」[8]。歷史理性影響下的文學史觀把文學的歷史性存在交付至高無上的理性來管理，這種觀念給了文學史以有序性和連續性，同時也遮蔽著文學性的陌生化功能。

現代性的知識學工程的另一專案即是學科的專業性界分。我們現有的高等教育學科體制，尤其是其中「分科立學」的知識生產和傳授制度，基本上都是在十九世紀成型的。文學活動從古典時代的知識生產的中心地位降為普通學科身份，也是十九世紀社會生活的一個歷史現象。在分科立學的時代，文學研究同樣必須為自身的知識學合法化論證出一套理論依據，無論它是用人與世界的審美關係構成理論依據，還是用民族文化精神孕育出來的理論依據。當這套理論依據被注入文學的歷史性存在的時候，文學史也就有了區別於其他社會實踐場域之歷史的學科自主性。於是十九世紀的知識份子們從現代性關於社會實踐場域界分的觀念中推論出文學史的學科史性質。專門性的文學史編撰開始逃離總體性歷史對文學的歷史性存在的規訓，尋求文學史特有的方法、對象和價值準則。

一端是總體性的歷史理性要將文學納入「大歷史」的管轄之下，另一端是文學尋求自主性的學科身份，二者間的裂隙形成了十九世紀文學史編撰的兩種模式，即民族文化精神模式和傳記模式。前者如泰納的《英國文學史》，以所謂「三要素」整合民族國家文學現象，為特定民族建立理性化的文學進化程式；後者如勃蘭兌斯的《十九世紀文學主流》，把文學史的內涵歸結為一種來自於詩學天才們的生命經驗的意義呈現形態，以此形成文學史的自洽性知識對象。現代性工程在其誕生之初就暴露出「人類解放」與「個

8 ［英］拉曼・塞爾登編，劉象愚、陳永國譯，《文學批評理論——從柏拉圖到現在》（北京：北京大學出版社，二〇〇三年），頁四二。

性解放」的差異，這種差異體現在文學史編撰學上，即表現為出自歷史理性的總體化文學史與出自藝術自律性的學科史二者的分野。朗松的文學史研究則在一定意義上做出了彌合二者差異的努力，他力圖融合泰納和聖伯夫，但同時又對二人的觀念、方法加以限定，消除其激進因素而合理利用。朗松沒提出多少創新性的文學思想，他的成功在於溫和地吸收了泰納和聖伯夫的遺產，即：郎松找到了作為歷史理性的民族文化精神與作為學科知識對象的文學性之間的平衡點。

文學史是文學性的陌生化屬性即其歷史變數特質與文學性的互文性屬性即其文化規定性特質之間對話的產物。

歷史連續性問題是歷史哲學的核心問題。古典時代的神學歷史觀預設了一種普世性的歷史循環論程式，理性主義時代的現代性工程設計者們也沒有因為個人先驗性和實證知識而放棄歷史進程的普世性和統一性。維科、赫爾德開創了給人類歷史賦予抽象的演進模型的歷史哲學傳統，黑格爾則以絕對心靈與實在的辯證關係為邏輯設想了一種宇宙論的統一歷史。康得在《世界公民觀點之下的普遍歷史》中寫道：「人類歷史大體上可以看作是大自然的一項隱蔽計畫的實現。」[9]後來馬克思同樣相信歷史的有序化演變規律，只不過他將這規律置於生產關係之上。

對歷史連續性的信仰使現代性的歷史編撰學接受了進步論、因果論和目的論的歷史意識，並且以整體性的邏輯框架來序化全部歷史事件。大多數文學史編撰者都相信，文學史受著某一基礎性原則的制約因而表現為一種精神現象學意義上的進化程式。於是他們力圖找尋到那一基礎性原則並由之構成文學史演進的

9 ［德］康得，何兆武譯，《歷史理性批判文集》（北京：商務印書館，一九九六年），頁一五。

歷史學主題。它或者被定義為「載道」與「言志」的雙線發展，或者被定義為「浪漫」與「寫實」的並肩前行，或者被定義為階級鬥爭、甚至儒法鬥爭等等。直至章培恆、駱玉明的《中國文學史》，「人性」這一抽象概念仍然扮演著整合文學現象為一部連續性歷史的角色。這裡最典型的要算是N・弗萊關於西方文學史的研究。他用四季循環來界定文學類型，即：喜劇——春天、浪漫故事——夏天、悲劇——秋天、反諷——冬天。然後將這四種類型置於循環往復式演進的歷時性框架之中。追求同一性的歷史意識使文學史獲得了連續性和整體性。

隨著法國年鑑學派的出現，二十世紀逐漸生成了一種全新的歷史觀。這種歷史觀反對歷史理性對歷史事件的統治，強調歷史事件的譜系學特徵，主張歷史的非連續性和非同一性。年鑑學派的歷史觀隱含著一種對進步論、因果論和目的論歷史觀的解構傾向；到二十世紀中期，出現了後現代歷史觀的代表——福柯。福柯在評述尼采的譜系學歷史觀時提出歷史的本質特徵在於一種「事件性」。他反對那種「傾向於將特殊事件納入理想的連續性——目的論的進程或自然因果序列」的神學或理性主義的歷史認識論。在福柯看來，「『實際』歷史要使事件帶著它的獨特性和戲劇性重現」……「在歷史中起作用的力量既不遵循目的，也不遵循機械性，它只是順應鬥爭的偶然性。它既不表現為原初意想的形式，也不是某個結論的推導步驟。它總是顯現於事件的獨特與偶然」[10]。

福柯用譜系學解構同一性的歷史編撰學，這意味著那種以總體性統攝全部文學現象的文學史遭遇了合法化危機。當我們把文學的歷史性存在視作諸多的個人創造性的特殊「事件」時，同一性原則統治下的

10 [法]福柯，王簡譯，《尼采、譜系學、歷史》，杜小真編《福柯集》（上海：遠東出版社，一九九八年），頁一五七至一五八。

文學史的連續性也就消失了。比如，當F・R・李維斯以人文主義的審美倫理來闡述英國文學的「偉大傳統」時，他無法看到《呼嘯山莊》的價值，因為他的英國文學史是人文主義審美倫理被建構和被表現的連續性歷史。而美國批評家約翰・瑪西（John Macy）的《文學的故事》則顯示出一些「事件」歷史的色彩。

文學史編撰學無法回答關於歷史有否同一性和連續性的問題，但是文學史編撰學在此卻有著非常典範的意義，因為它的知識對象——文學性的歷史呈現——在歷史連續性和歷史的事件性兩個方面都極為突出而鮮明。文學性總是內在於民族文化傳統，因此它顯示出一種歷史習性的持續性存在，這使得文學性的歷史具有同一性和連續性。比如中國文學中的「怨刺上政」的意義形態，就是一種同一性的民族文化精神，它造成了文學史上的一種連續發展的意義序列。就此種現象而言，文學史的確具有連續性。但是文學性不同於一般社會實踐現象之處在於它以歷史變數的形式在場。俄國形式主義者發現，文學性總是表現為「陌生化」的意義經驗；這種有意違背歷史習性的意義經驗準確地顯示了作為創意活動的文學實踐的特徵，即阿多諾描述的那種「新異原則」，因此「斷裂」是我們在文學史中看到的一種「常態」。文學性一方面內在於民族文化精神共同體之中因而體現為文化習性的延續和反復，另一方面它又以否定精神超越習性的規定因而體現為歷史變數，正如古代文論家所言：「詩不可有我而無古，更不可有古而無我。」[11]所以文學史的演進既有文化習性造成的同一性和連續性，也有歷史變數造成的異質性和事件性。從這個意義來說，文學史編撰的一個重要任務即是處理「通變」關係。

11 劉熙載，《藝概》（上海：上海古籍出版社，一九七八年），頁八四。

文學史是文學文本作為檔案的存在與作為當代話語經驗之間對話的產物。

歷史學素來被認為是一門實證知識的學科，通過解讀檔案和文獻還原真實的既往生活情景是歷史學的基本學理品格。從古希臘的波利比阿宣導歷史應當「如實記載」到十九世紀朗克提出「要讓親臨其景者說話」[12]，堅信檔案、文獻的實證史學一直是西方史學的主流。即使是在現代性工程設計者們追捧歷史理性的時代，關於知識實證性的信仰仍然形成了諸如孔德的實證主義史學觀一類的理論。年鑑學派對朗克史學的批判其實並不指向其客觀主義學理訴求，而是指向其精英主義的價值觀和以軍事－政治為中心內涵的史學知識論，年鑑學派主張的跨學科視野本身就是一種客觀還原論的史觀。正是在客觀主義史觀的影響下，文學史編撰學自形成起就自覺地以搜集整理解讀文獻資料來定位自身的學科知識身份特徵。中國古代學術本來就有考據傳統，因此文學史學術界很容易接受實證主義的學術價值觀。中國文學史的研究者們，尤其是古代文學的研究者們，大都把學術工作的核心放在文獻資料檔案的搜尋、整理和釋讀。他們堅守經驗學科的知識學立場，排斥邏輯學科的理論話語對文獻學形態的文學現象的解構或重構。

大多數中國文學史著作中，編撰者對過去時代文學文本的意義解讀都力圖還原文本生產時的經驗狀態，這種還原論的學術話語被認為能夠引導學習者真實地體驗歷史。毫無疑問，文學史的研究和書寫的首要功能就是還原歷史，就是讓讀者真切體會到特定時代的意義經驗。全部文學史的研究的基石就是詳實完整的文獻資料，對客觀的文學現象的真實掌握為文學史的研究提供了必備的條件。但這也導致了一種偏激的學術訴求，那就是將文獻資料的搜尋、整理和釋讀等前提性工作當成了文學史研究的全部內容甚至終極

12　何平，《西方歷史編纂學史》（北京：商務印書館，二〇一〇年），頁二一一、一八四。

旨歸，從而無法對史料做出更有思想創新價值的闡釋。實證性材料的掌握也許能夠形成一部文學編年史意義上的學術成果，但是真正的文學史研究不能僅僅停留在此階段。

自從克羅齊提出「一切歷史都是當代史」，現代歷史學越來越懷疑實證主義方法在史學領域的統治權。尤其是語言論轉向之後，話語的意義生產功能得到現代思想家的普遍認可，由此出現了關於歷史編撰學作為敘事話語的知識學屬性的理論反思，這就是所謂新歷史主義的歷史編撰學。海頓・懷特稱：「我將從最明顯的方面看待歷史著作，即是說，把歷史著作看作以敘事散文話語為形式的語言結構，其目的是要成為過去各種結構和過程的一個模式或肖像，以便通過再現來說明它們究竟是什麼。」[13]他從敘事策略層面上細緻地研究了歷史著作怎樣由編年史意義上的客觀事件上升成為一種關於事件的解釋。在海頓・懷特看來，歷史是特定敘事話語的產物，這似乎是在論證克羅齊的說法。新歷史主義借助於闡釋學和後結構主義來反思實證主義影響下的歷史編撰學，其最重要的思想啟迪即在於使我們意識到歷史編撰學本身體現為一種意識形態、社會身份或權力關係的表達，因為一切歷史都是敘事、是話語、是闡釋。這一點在文學史編撰學中可能更為突出，因為文學史編撰者解讀文學文本時當代經驗的介入更為強烈。喬國強先生曾經分析比較過羅伯特・E・斯皮勒等編撰的《美國文學史》和愛默瑞・埃里奧特等編撰的《哥倫比亞美國文學史》。他認為這兩部文學史之間的明顯差異來源於編撰者的敘述策略[14]。敘述策略操縱著歷史編撰學，因此文學史的客觀性永遠只是一個幻想。

13 [美]海頓・懷特，陳永國譯，《歷史詩學》（《元歷史：十九世紀歐洲的歷史想像・前言》），王逢振主編《二〇〇一年度新譯西方文論選》（桂林：灕江出版社，二〇〇二年），頁四三。

14 喬國強，《文學史：一種沒有走出虛構的敘事文本》，江西：《江西社會科學》二〇〇七年第八期。

新歷史主義史學強調歷史不是事件的實證性顯現而是特定意識形態生成的敘事話語對事件的編碼；歷史是修辭的產物。這一點似乎更接近文學史的學理特徵。一般史學是通過解讀文獻檔案還原其背後的事件，在這裡文獻檔案只是通往真正的研究對象的條件或手段；而在文學史研究中，研究者直接解讀的文學文本就是其研究的對象，這些對象既是歷史同時又現實地存在著。正如朗松所言：「我們研究的材料是放在我們面前的作品，今天它們跟當年影響它們最初的讀者一樣在影響著我們。」[15]這就是說，當我們帶著現代人文知識份子的「前理解」和「期待視野」解讀古典文學文本時，這場文學史研究的活動不可能還原文學文本生產時的原始經驗的狀態，當代研究者描述的是他們的閱讀經驗。因此文學史更像是一場對話——當代人文學術知識份子與李白杜甫曹雪芹們的對話。

三、走出方法論困境

一九七〇年，R・韋勒克在為《國際比較文學學會第二次大會會刊》寫的《文學史的衰落》一文中一方面承認文學作品的歷史性，另一方面又對文學史能否揭示文學作品的審美特徵表示懷疑[16]。二十世紀以來，文學史的編撰遭遇了許多西方學者的質疑。形式主義認為文學的特性在於一種超出歷史的特殊的語言

15 [法]居斯塔夫・朗松，徐繼曾譯，《朗松文論選》（天津：百花文藝出版社，二〇〇三年），頁四。
16 參見[德]瑙曼，范大燦譯，《作品與文學史》，范大燦編《作品、文學史與讀者》（北京：文化藝術出版社，一九九七年），頁一八〇至一八一。

結構；闡釋－接受理論認為我們不可能還原到客觀的歷史之中；後結構主義則認為建立在因果邏輯關係之上的連續性歷史只是人們心造的幻影；文化研究雖然盡力恢復文學的歷史性，但是它的跨學科視野實際上否定了文學史的學科自主性。

長期以來我們與時俱進地編寫了數量龐大的文學史，甚至於形成了陶東風說的那種「文學史八股」的編撰模式[17]。這套編撰模式的最大問題是缺乏方法論的自覺；它將實證主義的文獻考據、審美主義的意義經驗描述和馬克思主義的階級分析拿來，分別對付作者、作品和社會背景，拼合出特定時代的文學史狀況的闡述，最後聯結為整體的文學史。關於文學現象的歷史性存在的思考指向文學性的生成、文學性的演變和文學性事件，因此文學史研究的方法論應該引入學科間性、建構論和譜系學這幾個基本範疇。

關於文學性的歷史研究首先應該指向文學性的起源。雖然「懂得了起源就懂得了本質」這句話不全對，但是事物的起源總是能夠透露出事物區別於其他存在的屬性的資訊。福柯反對關於起源的預設性定位，卻並未反對關於起源本身的思考。他要排斥的是那種把歷史置於一個宏大起因的規定之下的所謂起源研究，關於文學性起源的研究同樣應該消除那預設的「偉大文學」橫空出世的幻覺。

在藝術自律觀念和實證主義方法規訓下生長起來的文學研究，其學科自主性的必要前提是知識對象——文學性——的獨立存在，文學的獨立即是文學史的開端。起源的搜尋並不是為文學性設定一個宏大的出場儀式從而使文學史變成某一偉大事業的表現性事件；搜尋起源的真正意義在於設定文學史作為學科史而非總體性歷史的知識學屬性。由於長期相信反映論哲學為文學設定的「反映社會生活」的屬性，因此

17 陶東風，《文學史哲學》（河南人民出版社，一九九四年），頁一一二至二〇。

我們總是將文學性視為生成於其他社會實踐之後的表現性活動，以為先有政治經濟宗教等等然後再生出文學來「反映」這些「生活」。許多文學史在闡述某一時代的文學現象時大都先要描述該時代的「社會生活」，給文學性的生成以一個預設的外在機制。反映論的文學觀念實際上取消了文學性的意義生產權力，也取消了文學性參與歷史的權力，因為它視文學為歷史的表現工具而非歷史本身的內涵，這也隱含著取消文學史這一知識範疇的可能。

其實文學性是全部意義的起源。語言論轉向使現代思想走出指涉性意義範式，把語言活動從表述工具昇華為意義生產的實踐。在海德格爾、索緒爾、維特根斯坦、德里達、福柯等人的論述中，語言是人類的一種本體論活動，它是意義的誕生而非意義的表述。在人類與大地遭遇的那一頃刻，語言活動尚未發展成為形式化的、確定性的和專業性的表述體制，那只是隱喻性的語言活動，它生產著一種前邏輯性的意義。在隱喻性的語言活動中追問和理解存在的意義，這恰恰就是文學性的本質特徵。因此當我們認可全部意義都起源於隱喻性的語言活動時，我們實際上是在說，一切意義起源於文學性。在隱喻性的語言活動中人類感悟著大地和自身存在的意義，這種前邏輯性的意義後來隨著人類的社會實踐逐漸進化至形式化、確定性和專業化的體制性意義，其中文學性也逐漸消褪。

文學研究的對象——文學性——是前學科性的意義生產活動，而文學研究本身卻是學科性的知識體系，這也就是文學研究在現代的學科化知識體制中地位尷尬的原因。身處學科體制之中的文學研究面對著前學科性的文學，無法找到學科性的理論話語來限定文學性的專業屬性，於是只好不斷地從其他學科知識中尋找文學性的生成機制，如政治學、倫理學、宗教學、心理學、美學等等，希圖能夠照顧到文學性超學科專業的性質。在文學史研究中，關於文學起源的探討也傾向於到其他社會實踐場域中去尋找文學性之

「因」。許多文學史都是先敘述某一時代的政治等社會狀況然後再敘述文學狀況，這裡隱含著一種關於文學性起源的外在動因論的觀念。

認定文學性的前學科屬性並不意味著我們可以脫離現代知識的學科界分的體制，而只是提出一種學科間性的知識學觀念。這就是說，我們首先應當放棄那種在其他學科知識提供的有關政治等社會實踐場域的認識中尋找文學性起源的做法，轉而去關注特定時代出現的那些隱喻性的語言現象，從中探索特定話語形式的文學性如何生成為一種歷史性的文學現象。就那些在特定時代出現並生成為普遍的文學現象的隱喻性語言活動而言，它的前學科性需要我們以一種學科間性即關注話語的意義經驗生成和蔓延而放棄對這意義經驗類型劃分的知識學態度去探尋其歷史功能。比如紅色經典這種政治獻祭的文學性形態，作為文學史現象，它並非單單生成於某種政治實踐或倫理實踐，其真正的源頭在五四以來的一種話語現象；這些話語把民族國家意志、人類解放論、社會革命思想等等隱喻性地匯集成具有歷史張力的詢喚權力，繼而演化為一種價值並孕育出紅色經典這一特殊的文學性形態。

我們這裡的文學性不是形式主義所張揚的那種超歷史的句法結構。文學性內在於歷史，它就是歷史的一種建構活動，而絕非外在於歷史的所謂反映社會生活的表現工具。在關於文學性的起源與演進的問題上，傳統觀念不僅依賴反映論哲學取消了文學的自主性歷史權力，還借助本質主義的思維方式給予文學性以「形而上」的規定性，取消了文學性在歷史中自我建構的功能。只有用建構論代替本質主義的思維方式，我們才有可能找到文學性在歷史中起源和演進的機制。

本質主義的思維方式預設了一種類似於歷史理性的文學性範式——諸如等價原則、張力、表現、原型等等——來整合文學史。這種文學史觀把文學性視為超歷史語境的先驗範式，全部文學現象就是這一範式在不同的歷史語境中的呈現。它就像將儒法鬥爭設定為中國古代歷史的主題一樣，遮蔽了歷史的事件性存在。文學性作為一種隱喻性的語言活動，它以意義經驗的形態呈現；而歷史語境又建構出形態各異的文學性景觀。比如宋詞中的婉約豪放兩種文學性的形態，其差異並非是同一個文學性原理在不同的文體中的表現，而是兩種不同的意義經驗。同理，齊梁詩風與盛唐詩風也不僅是「體」的差異，更表現為兩種不同的文學性，因為這裡的差異是意義經驗的差異。

文學性是由特定的歷史語境建構而成的；文學史實際上就是各種不同的文學性被建構、蔓延、轉型和終結的歷時性過程。

英國經驗主義和大陸理性主義為現代思想提供了實證主義和本質主義兩種方法，文學史研究也長期由這兩種方法統治著。一方面，我們致力於從文獻資料中描述所謂「客觀的」文學現象，似乎那些被我們名之為「浪漫」、「象徵」、「古典」、「前衛」一類的意義形態先驗地具備了文學性的本質，它們外在於歷史運動中各種力量的交互活動。事實上文學性不可能像運動物質那樣自然地展現其本質，文學性是在對話中（比如當代讀者對古典文本的閱讀）被建構出來的。另一方面，我們又設定一種文學性的形式化定義，以此作為座標來鑑別、評價歷史上的各種文學現象，這不僅排斥了那些異質性文學現象的合法性，進而更製造出一種同一性的、連續性的文學史，使我們難以審理以特立獨行見長的文學性如何被納入那個總體性的座標體系之中，在連續性歷史中獲得一席之地。比如，用反映論作文學性定義，如何解釋《西遊記》在文學史上的出現及其地位？

語言論轉向的發生使西方思想界開始懷疑實證主義和本質主義。跟相對論、量子論引導人們放棄運動物體的確定性、絕對性存在的觀念一樣，語言本體論否定了先在、外在的意義，而把意義置於結構的運作之中。對於現代語言哲學來說，意義這一概念已經不再體現為先驗觀念的單純表達，它被放在多重實踐性現象的交互活動的結構體中呈現其對話性生成機制。皮亞傑的建構認識論將知識的生成視為主客體互動的結果；福柯在近代文明的各種話語交互活動中尋找瘋癲、監獄、診所、性觀念的形成，視這些東西為權力規訓的產物。社會學中出現了用建構論代替社會事實論和功能論的新潮流。一九七七年，美國學者Malcolm Spector和John Kitsuse出版《建構社會問題》，主張社會問題不是一種個別的對象性存在物，而是社會實踐場域的互動過程的結果。實際上吉登斯、布林迪厄等人的理論已經體現了建構論的理論特徵。建構論社會學方法曾經在性別問題上有過出色的表現，女性主義者們用建構論闡述了性別差異並非一種生物學屬性的差異，而是長期的社會實踐中各種權力交互作用的結果。還有比如羅爾斯的《正義論》，其方法同樣屬於建構論。

文論家克里斯泰娃的「互文性」理論也是一種建構論。在文學文本的意義問題上，天才詩學論述的作者個人獨創性觀念一直占據著主流地位。而在互文性理論看來，文本意義生成於各種文化觀念、文本、意義、形式等交互作用之間，所有獨語式的個人創造性都只是個性解放論製造的幻覺，一個文本是背後多個文本協作的產物。後來，英國建構主義社會學家、科學知識社會學的代表人物拉圖爾（B. Latour）用互文性概念取代因果關係概念表現社會問題生成於各種社會現象相互糾纏的複雜關聯之中。

建構論啟發我們應當將文學史上特定的文學性形態視為歷史語境的產物。並不存在先驗的、單純的、普遍規定的文學性，每一個時代都有其文學性的特定形態，該形態是這一時代中各種話語實踐相互對抗、協商、聯合、替代等複雜關係的產物。比如關於中國文學史上「一代有一代之文學」的現象，僅僅從文體演變過程上解釋是不夠的，宋詞中的豪放婉約二派呈現的就是兩種不同的意義經驗形態。倘若我們秉執著一種超歷史的文學性觀念，唐詩宋詞和明清小說這些不同的意義經驗形態很難同時被歸於那個同一性的文學性定義之下；而我們更應當做的是闡述那些曾經在不同時代體現為主流文學性的意義經驗的建構史。如果像福柯研究瘋癲的生成歷史那樣去研究宮體詩如何被中國古代專制社會的核心價值——倫理學本體論——所排斥而走向邊緣和異質的地位，那麼我們的文學史研究就有了全新的意義。

譜系學的歷史觀是我們應當汲取的另一種學術營養。長期信奉整體化的連續性歷史的結果就是日益失去對歷史演進中的變異、斷裂、逆反等異質性現象的關注。在由歷史理性造就的同一性歷史編撰學視野中，歷史現象的偉大起源、因果聯繫、連續性和目的論的演進程式等等，使得處於存在邊緣之處的那些事件失去了表明歷史規律的作用，因而它們是不能進入歷史的，就像張愛玲小說難入「革命論」的文學史一樣。

福柯通過解讀尼采而清晰地論述了譜系學作為歷史研究方法的學理特徵，這對我們思考文學史問題極有啟發意義。

首先是在起源問題上，譜系學反對所謂偉大開端的說法。當近代思想家們用歷史理性來規訓歷史事件時，歷史總是被賦予了一個直接來自於所謂「歷史發展根本規律」的偉大開端，猶如我們的文學形態常被賦予「勞動」、「民間文學」、「階級鬥爭」等等體現「文學本質」的起源一樣。福柯說：「歷史的開端是卑微的。不是謙和意義上的卑微，也不是鴿子腳步般羞怯意義上的卑微，而是微不足道、具有諷刺意味的、足以消除一切自命不凡的卑微」，「只有形而上學家才到遙遠的起源的觀念中為自己尋找靈魂」[18]。倘若把上古社會中出現的那些文學性事件都歸結為「言志」或「載道」以表明中國文學偉大傳統

[18] [法]福柯，王簡譯，《尼采、譜系學、歷史》，杜小真編《福柯集》（上海：遠東出版社，一九九八年），頁一四九至一五〇。

的開端，這實際上就是一種歷史宿命論，因為這種偉大起源在開端時就規定了所有的過程，我們要做的無非就是絞盡腦汁地論證後來的文學怎樣體現著那偉大的基因。在文學史研究中，我們需要引入譜系學的起源觀，即展示各種文學性事件，回到它們的日常狀態。比如關於《詩經》，居於中國文學史開端處的這部詩歌集總是被冠以某種神聖的稟賦——比如一種重要的倫理精神（「后妃之德」等等）、一種重要的政治內涵（「階級鬥爭」等等）、一種重要的藝術技藝（「賦比興」等等），彷彿有了這偉大的出身，中國文學家族的高貴血液就萬世流傳不絕。其實《詩經》記錄的是上古社會中的一些文學性的事件，它們平凡地出現在人間，而絕不是在創立偉大王朝。回到文學性的日常生活狀態，這是譜系學給文學史研究的首先一個啟示。

其次是關於歷史的變異性的問題。歷史理性建造了同一性的邏輯模型，它清理出一條人類生活有序演進的大道。在這部連續性的歷史中，沒有逆反、斷裂、變異，只有循序漸進的進步和發展。當文學性被理解為同一性的概念（等價原則、反映生活等等）並被用來整合文學史的時候，各種叛逆、異質、邊緣、反主流的文學性事件便失去了進入歷史的資質，比如在弗萊建造的西方文學循環演進模型中就沒有玄學派的地位。福柯寫道：「『實際』歷史區別於歷史學家的歷史的根本點在於，它不以任何恆定性為基礎」，「總有一種歷史傳統（神學或理性主義的）傾向於將特殊事件納入理想的連續性——目的論進程或自然因果序列，而『實際』歷史要使事件帶著它的獨特性和劇烈性重現」[19]。歷史不是依照同一性和連續性的模型演進的，而被這些模型遮蔽了的變異性才是譜系學的歷史觀意圖尋找的東西。文學史上同樣也有著大量

[19] [法]福柯，王簡譯，《尼采、譜系學、歷史》杜小真編《福柯集》（上海：遠東出版社，一九九八年），頁一五七。

的斷裂、逆反等現象，中國文學史上「一代有一代之文學」就顯示了文學性作為歷史變數的革命性發展。恰恰是那些突變、逆轉等現象深刻地表明了一種歷史力量對抗的內涵，比如關於杜甫在文學史上的地位問題，其中的變異比延續更能昭示中國歷史的隱祕屬性。杜甫在唐代的地位很是普通，到宋代驟然升高，之後日益變成了「詩聖」[20]。杜甫文學地位在宋代迅速上升剛好跟儒學倫理的國家意識形態化的歷史相吻合，這裡潛藏著深刻的思想史意義。文學性是一個歷史變數，它以陌生化的形態不斷地破壞習性、傳統和規範，因此文學史研究應當比其他學科史的研究更多地注重非連續性的現象。往往是在主流的文學性形態崩潰的時刻蘊含著深刻的歷史內涵。

最後是關於異質性歷史現象的問題。「正如煽動者援引真理、本質規律和永恆的必然性，歷史學家乞靈於客觀性、事實的精確性和凝滯的往昔。」[21]但是大多數歷史學家同樣很難逃避「真理、本質規律和永恆的必然性」的誘惑，他們致力於將全部客觀事實整合序化為歷史演進的路線圖或進度表。在這幅圖案或表格中，只有那些顯示了「真理、本質規律或永恆的必然性」的事件才能進入歷史獲得存在的意義。在「一個階級取代另一個階級」的歷史學視野中，「日瓦戈醫生」式的生活方式是沒有意義的，正如在「中國人民爭取民族解放和自由的鬥爭」史中沒有張愛玲的意義一樣。文學史家們依據同一性的文學性概念來整合全部文學現象，這完全取消了所有異質、邊緣甚至純個人性的意義經驗的歷史合法性。

就歷史學的知識對象而言，一切存在過的人類生活現象都理應得到審理；而一切存在過的生活都是以個別的方式在場的，所以個別狀態的歷史事件有著遠比先驗的同一性概念重要得多的知識學價值。尤其是

20 參見莫礪鋒，《重讀《古今詩選》》，江蘇：《古典文學知識》二〇一〇年第三期。

21 [法]福柯，王簡譯，《尼采、譜系學、歷史》杜小真編《福柯集》（上海：遠東出版社，一九九八年），頁一六〇。

在文學史研究中，非主流的異質性文學現象更能體現文學性的陌生化功能。文學性作為一種意義經驗的表達，其特徵性的呈現方式就是對規範、體制和習性的抵抗或超越，因此文學性提供的意義經驗必然地表現為異質性狀態。文學史研究應當去關注那些在主流歷史邊緣處生存的文學性事件和主導型文學性事件中的邊緣意義，前者如寒山的詩歌、鴛鴦蝴蝶派的小說，後者如紅色經典中的古典倫理元素、宮體詩中的民間文學元素，等等。

第八章　意義論：闡釋的學科化與學科間性

「文學批評的基本任務在於分析說明作品的語義。」[1] 由知識論角度觀之，所有的的文學理論都可以歸結為意義論；文學研究的知識學旨歸就是意義理論的實踐。意義的生產、傳播與消費構成了文學活動的基本內容，因此關於文本意義的闡釋就成為了文學研究的首要職責。近代以來文學研究領域裡的流派紛爭，其起因大都是關於文學文本意義的內涵、屬性和價值的分歧。在二十紀，各種時尚的外部學科知識不斷介入文學研究，引發了文學研究的學科化危機，這一危機在很大程度上緣起於各種外部學科知識對文學文本意義闡釋的殖民性侵占。

一、知識學科化與文學意義論

知識的學科化跟知識的實證化和形式化一樣都是現代性的產物。古典時代的知識尚未被「分解式理性」區隔為自主性場域，因此在關於文學意義的屬性問題上，古典思想沒有特意地關照所謂文學性的意

1 [美]M・H・艾布拉姆斯，朱金鵬等譯，《歐美文學術語詞典》（北京：北京大學出版社，一九九〇年），頁一三二。

義。但是由於文學活動在古典文化中占據著意義生產源頭的地位，因此文學的意義又獲得了一種「宇宙論」的普適功能。

古典時代的文學意義理論也常用「詩」這一概念來劃定理論對象的意義範圍，但諸如「言志」、「模仿」、「載道」等等說法中用以界定「詩」之內涵的概念（志、道、自然等）都是一些遠大於文學性的宇宙論或存在論的概念。把「詩」的意義供奉於普適性的大敘事寶座上，這說明古典思想並不是把文學活動僅僅當作某一獨特意義的生產場域，也說明詩在古典時代具有總體性言說的霸權地位。

古希臘的模仿說認定「史詩和悲劇、喜劇和酒神頌以及大部分雙管簫樂和豎琴樂——這一切實際上是模仿」[2]。以亞里斯多德為代表的希臘哲人們還不可能有現代學科化知識的意識，因此詩的模仿性意義也並未得到類型學意義上的進一步界分；這意義是對人類活動的全部內容而非特定內容的模仿。與之相似，中國古代哲人們提出的「詩言志」、「詩緣情」、「文以載道」等等說法，其中被認定為文學意義的「志」、「情」、「道」等似乎都來自「先天綜合判斷」。沒有人對這些概念的內涵進一步作類型學的辨析，像現代性工程展開後文學意義之「情」被界定為「審美」之情那樣。當然文學在古典時代的意義生產平臺上至高無上的地位也由此而來，即文學的意義是人類乃至宇宙的全部意義的體現。

文藝復興之後，思想文化出現了兩個重大變化：其一是知識的實證化，其二是意義的個人化。這兩種思想文化趨勢的出現使得文藝復興朝向現代性工程發展。知識的實證化將「模仿」推進至「鏡子」，讓文學的意義變成了現實世界的「鏡像」。莎士比亞藉哈姆萊特之口說：「自有戲劇以來，它的目的始終是

2 [古希臘]亞里斯多德，羅念生譯，《詩學》，載亞里斯多德、賀拉斯，《詩學・詩藝》（北京：人民出版社，一九六二年），頁三。

反映自然……。」[3]直到實證科學普及之後，仍有學者認為文學的意義即現實的映射，不過這現實不是物質的自然而是人類社會。就像知識的實證化消解了神學宇宙論的知識學霸權一樣，意義的個人化作為個性解放運動的一種文化訴求也挑戰了神學意識形態的總體性敘事。個性精神的普及帶來了一種全新的文學意義，即創造性。對個人創造精神的肯定和追求最終形成了浪漫主義的文學意義論。浪漫主義給文學意義論注入了一種詩學天才的、獨一無二的意義，這種徹底的個人化使得歐洲文學走出了遵循古典規範的傳統，顯現了審美現代性的雛形。

浪漫主義詩學的理論代表柯勒律治在《文學傳記》中寫道：「在詩歌創作中，同樣也在哲學研究中，天才將最為普遍承認的真理從普遍認可的環境造成的軟弱無力的境地拯救出來，同時創造了最為強烈的新奇效果。」[4]這意味著，詩的生產者雖然是非凡的天才，但是其文本意義卻是「普遍真理」，而不是僅僅屬於詩歌活動的特定範疇。亞里斯多德認為詩和歷史的差異在前者敘述可能發生的事情而後者則敘述已經發生的事情，詩模仿的對象更具普遍意義。直到柯勒律治，這種總體性或綜合性的意義論一直是文學意義論的主流。其他浪漫主義者關於文學意義的說法，如赫爾德的民族精神、赫士列特的「激情」等等，同樣不是發生在分析層面而只是一種綜合判斷。

在近代學科知識形成以至於為人類的各種社會實踐劃分特定意義類型的歷史進程中，美學的出現對文學意義的自主性有著極為重要的功能。當各種知識走出神學的整一性宇宙論大廈尋求自主性存在時，人們嘗試著用審美來為詩學提供學科化知識的合法化依據。

---

3 上海戲劇學院戲劇文學系編選，朱生豪譯，《外國劇作選》（第二冊）（上海：上海文藝出版社，一九八〇年），頁二八一。

4 [英]拉曼・塞爾登編，劉象愚、陳永國等譯，《文學批評理論：從柏拉圖到現在》（北京：北京大學出版社，二〇〇三年），頁一三八。

康得對理性進行了分析性的審理。在康得那裡，純粹理性、實踐理性和判斷力分別指向三種認知活動，即合概念性、合目的性以及形式遊戲。這一區分適應了現代知識學發展的基本走向即分科立學。在康得關於判斷力活動的辨析中，指向形式遊戲的審美判斷構成了藝術活動的基本內涵。康得寫道：「詩的藝術隨意的用假相遊戲著，而不是用這個來欺騙人，因它自己聲明它的事是單純的遊戲……。」[5]於是詩所涉及的內涵就與概念及目的的判斷區別了開來，成為一個獨立的場域，即形式遊戲的場域。康得之後，美學作為一門具有特定知識對象的學科逐漸成型，這一學科將藝術當作典範來探討人與其生活世界的審美關係，並且將人在形式遊戲中實現精神自由作為其知識活動的價值準則。

各專業學科知識從上帝、邏各斯那裡奪來意義生產的權力之後，它們紛紛致力於劃定自身的知識對象的邊界、構建自主性的闡釋技術和價值準則，探尋專屬性的表意話語。文學研究原本缺乏知識學科化意義上的自主性，於是從美學中借來了知識對象自主性的理論依據。美學在藝術活動中抽取出的獨立性質——審美意識——為文學研究劃定了知識對象的範圍；而且通過將審美置於超功利的形式遊戲中釋放出人類精神自由的解放論價值，文學批評引入這價值作為自己關於文學文本意義闡釋的座標。文學研究從美學那裡獲得了自己的學科身份合法化依據，因此審美意義的闡釋也被許多學者們設定為自身的知識生產旨歸。從十九世紀的浪漫主義到二十世紀的審美救世主義，從唯美主義到形式主義，近代以來產生重大影響的文學批評理論思潮大都秉持著審美主義的文學意義論。這種意義論把文學批評從關於作品總體風格的描述提升至關於作品中所潛藏的一種人與世界的本體論關係的闡釋，這也使得文學和文學批評具有了一種救贖或解放的偉大功能。

5 ［德］康得，宗白華譯，《判斷力批判》（上）（北京：商務印書館，一九六四年），頁一七三。

T・伊格爾頓在《美學意識形態》中寫道：「與藝術語言正好相反，美學話語的特殊性在於，它一方面植根於日常生活經驗的領域，另一方面，它詳細地闡述了假定是自然的、自發的表現方式，並把它提升到複雜的學科知識的水準。」十八世紀後期思想直到現代的各種審美主義理論——諸如海德格爾的美學本體論、新左派的審美批判理論，美學逐漸擺脫了「關於藝術品的統一性和完整性的概念」狀態，走向意識形態體系[6]。文學批評和文學理論之所以能夠在現代學科知識大廈中占有一片自主性的空間，得益於美學話語提供的意義闡釋路徑、方法和價值準則。其中最重要的在於，美學為文學批評鑑定文本意義屬性——這屬性的自主性存在將確證文學批評的知識學身份——製造了一整套理論話語。

在文學研究和文學批評中，用審美意義來規定文學文本的情感或思想的內涵，這已經成為一種普遍的理論範式。一九八〇年代的美學熱後，一部由官方組織編撰的《文學理論教程》將文學的屬性規定為：「文學是顯現在話語蘊藉中的審美意識形態。」[7]這就是說，文學批評和文學研究的基本任務即從文學文本中提取審美意義。

但是，從知識的學科化層面來看，美學意義論卻缺乏明晰的表意判斷。大多數關於文學文本的美學涵義的闡釋都處於一種意義經驗描述的狀態，而這些被描述的意義經驗並非只是「形式遊戲」，它們包含著多重繁複的涵義，甚至涉及政治、倫理、性等等。事實上，文學活動是人類生活實踐的整體呈現，對之動用奧卡姆剃刀的結果常常令人尷尬。儘管在二十世紀美學發展成為一種具有終極救贖功能的審美主義價值體系，但仍有許多非美學的學科知識介入文學意義闡釋活動。早在十九世紀，泰納、聖伯夫、阿諾德等人

6　［英］特里・伊格爾頓，王傑等譯，《美學意識形態》（桂林：廣西師範大學出版社，一九九七年），頁二、四。

7　童慶炳主編，《文學理論教程》（修訂版）（北京：高等教育出版社，一九九八年），頁七一。

的批評就大大超出審美意義範疇；進入二十世紀後，語言學、心理學、人類學、社會學等等眾多的學科都曾經充當文學意義闡釋的理論依據。比如關於《哈姆萊特》主題的研究，從人類學角度將其釋義為一種遠古獻祭儀式的再現、從心理學角度將其釋義為戀母情結借白日夢方式昇華、從社會學角度將其釋義為資產階級上升時期的歷史性悲劇，當然也可以從美學角度將其釋義為自由意志與世俗世界的普遍衝突，等等，這些釋義幾乎都可以成立。在現代學科化知識體制中，文學批評和文學研究大概是最缺乏單純性的知識活動，它們的闡釋成果游離於各個學科之間。

法國學者愛德格・莫蘭（Edgar Morin）寫道：「思想的古代病理學表現在給予神話和思想所創造的神祇以獨立的生命。思想的現代病理學存在於使人對現實的複雜性茫然不見的超級簡單化中。」[8]文學理論中的意義論可以說是這種「思想的現代病理學」重症病例。文學研究的知識對象——文學活動——的意義閾限涉及到人類全部生活實踐，而現代學科知識則僅僅賦予它單一的闡釋路徑，致使文學研究在現代學科體制中經常性地調換「駐地」，因為它一方面無法回到前學科時代知識生產的總體性範式，另一方面又無法對文學意義的複雜性視而不見，於是只好多方「引資」來實現對文學意義的包容性言說。莫蘭說：「人們誤以為由大學創立的學科劃分就是現實本身，而忘記了比如在經濟中存在著人類的需要和欲望。在貨幣的後面，存在著整個情欲世界，還有人類的心理學。」[9]現代性的知識學工程的三大專案——學科化、實證化和形式化——排斥那些與情欲世界密切相關的釋義活動，而文學研究恰恰就是屬於此類活動。

8 [法]愛德格・莫蘭，陳一壯譯，《複雜性思想導論》（上海：華東師範大學出版社，二〇〇八年），頁九。
9 [法]愛德格・莫蘭，陳一壯譯，《複雜性思想導論》（上海：華東師範大學出版社，二〇〇八年），頁六九至七〇。

二、語言論轉向與文學意義論

二十世紀思想文化領域裡的語言論轉向催生了一系列全新的文學意義論觀念。由結構主義到後結構主義的發展、由邏輯經驗主義到分析哲學的發展、由現象學到闡釋學的發展，這三大思潮形成了一種語言本體論哲學，終結了長期主宰文學意義論的指涉性、表現性和獨創性的意義觀念。

語言論轉向為文學意義論帶來的首先一個變化是：古典意義論的核心範疇是「真理」而現代思想則認為人文科學的核心範疇是「意義」。

古典思想的宗旨在於設定諸如「道」、「邏各斯」等宇宙本體，就其普遍有效性和客觀必然性而言，這種宇宙本體被認定義為「真理」。同時因為宇宙本體論真理具有關於存在的屬性和價值的終極判斷的功能，所以全部思想話語都必須表述本質、規律、必然性等等「真理」形態的意義。這種思想文化語境也對關於文學文本意義的判斷做出了規定，即文學文本應該以真理為表意對象。以「真理」為主旨的意義論演化出多種文學本質論，如模仿說、反映論、再現論等，這些理論大都強調文學意義在於對某種客觀存在的、普遍性的必然現象的表述。亞里斯多德認為詩所描述的事帶有普遍性，比敘述個別事實的歷史更富於哲學意味。這意思是，詩的涵義比歷史更接近真理。直到新古典主義，這種以普遍真理為主旨的文學意義論長期主導著西方學者們對文學文本意義的闡釋，浪漫主義興起之後才出現了一種「個人情感表現」的意義論與之抗衡。中國古代的文以載道論也屬於真理論的意義觀。「文以載道」、「文以明道」、「文以貫道」等等說法都主張文學文本的意義指向終極性的真理——道。

道或邏各斯掌握著意義生產的最高權力，這就形成了一種真理論的闡釋話語，而語言也就被定位為既定意義的表述工具。因為一切語言文本的涵義都是那先於、外於和高於語言活動而存在的真理本體，所以語言只能充當表述真理的工具。亞里斯多德認定「語言的表達」在悲劇體詩的創作中只占「第四位」[10]，語言論轉向潮流中的現代思想家們則聲稱「文本之外無一物」（德里達）。在語言本體論的審視之下，文學活動中居於首位的就是語言，文學性的書寫就是一場能指遊戲。

語言論轉向用語言本體論把語言從工具論地位上解放出來，讓言語活動成為一種自主性的意義生產機制。對於結構主義、後結構主義、分析哲學、闡釋學等現代思想潮流而言，語言運算式的涵義並不指向「真理」，因為它生成於語言運算式內在的結構，即所謂「用法」、「策略」等話語遊戲。不是那外於、先於、高於語言活動的「真理」規定著語言運算式的構成，而是語言運算式的結構在生產著「邏各斯」、「道」一類宇宙本體。「真理」這一範疇所包含的「客觀必然性」被語言本體論思想逐出語義學的殿堂，而一個超然於主體與客體二分、個別性與必然性二分之外的概念——意義——取代真理，成為語義分析和判斷的主軸。

語言論轉向後，文學理論界傾向於把文學意義理解為語言活動生成的心理經驗。從形式主義的「等價原則」、「陌生化」到新批評的「張力」、「反諷」，從闡釋學的「視界融合」、「誤讀」到解構主義的「蹤跡」、「播撒」，文學話語的涵義日益遠離客觀的、確定性和必然性的真理。二十世紀的人文科學

---

10 〔古希臘〕亞里斯多德，羅念生譯，《詩學》，亞里斯多德、賀拉斯，《詩學・詩藝》（北京：人民出版社，一九六二年），頁二四。

似乎將真理讓給了自然科學，而將意義的闡釋視作自身知識生產的內容。現代批評不再從文本中搜尋邏各斯、道或者相類似的社會本質、歷史規律、人類本性等等，批評家們要做的只是描述一種由話語活動生發出來的意義經驗，這經驗不具備真理的客觀性、確定性和必然性。

語言論轉向帶給文學意義論的其次一個變化是：在文學意義生成機制問題上，近代的表現主義演變為現代的結構主義意義生成論。

表現論相信文學文本的意義生成於作者心靈。羅馬時代的朗吉納斯稱崇高是偉大心靈的回聲[11]，認定意義形態（崇高）與作者的心靈之間存在著因果關係。這種重視主觀表現的文學觀念到浪漫主義時代升格為「一切好詩都是強烈情感的自然流露」[12]。近代個性解放運動給予表現論文學觀以文化精神的動力，使得人們普遍接受了文學文本意義來自於作者心靈這一觀念。表現主義的意義論在文學研究和文學批評領域裡集中體現為傳記研究。十九世紀歐洲學者們熱衷於研究作者傳記，他們用傳記事實來解釋文本涵義，因為他們相信文本涵義的源頭是作者的心理活動，而這心理活動是由傳記事實塑造的。

在中國古代，表現主義的意義論一直占據著文學理論的核心。早期的「詩言志」一說就奠定了文學文本意義來自於作者心靈的觀念。漢代的《詩大序》更是在情感活動與藝術表現之間搭建起直線因果關聯，後來又有「詩緣情」一說進一步強調詩歌文本的情感涵義。由於肯定了文本意義源於作者心靈，所以古代文論和詩論都主張作者讀萬卷書行萬里路，因為生命經驗賦予文本以特定的涵義。

11 [古羅馬]朗吉納斯，《論崇高》，《繆靈珠美學譯文集》（第一卷）（北京：中國人民大學出版社，一九八七年），頁一二四。

12 [英]威廉·華茲華斯，劉象愚、陳永國譯，《抒情歌謠集·前言》，拉曼·塞爾登編《文學批評理論——從柏拉圖到現在》（北京：北京大學出版社，二〇〇三年），頁一七二。

語言論轉向推出了語言自主性的觀念，將語言從主體的表現工具地位上解放出來，使之成為一種憑藉自身的結構而自主地生產意義的功能性活動。結構語言學帶來現代思想的一個重大變化乃是語言的結構功能取代指涉功能而承擔意義生產者的職責，正是這一變化引發了現代思想走向語言本體論。分析哲學認為意義來自語言的用法，結構主義認為意義來自句法結構，闡釋學認為意義來自對話，後結構主義甚至認為權力是被話語生產出來的。海德格爾聲稱：「詞語缺失處，無物存在」，因為「詞語乃物之造化」[13]。人這個所謂的意義主體並非在說著語言，相反人是被語言說出來的。語言運算式的意義是由句法結構、修辭策略製造而成，不存在先於語言活動的主體，也不存在先於語言的意義。

語言本體論引起現代批評熱衷於細緻分析文學文本的句式、詞彙、音韻等等，從符號學、語義學、修辭學等視角對文本進行細讀，現代批評家們堅信文本意義是由這些因素釀造的。他們不像十九世紀批評家那樣去考據作者生平，因為語言論轉向之後所謂「表現性主體」對於意義的建構作用甚微。威姆薩特和比爾茲利寫道：「詩的意義是通過一首詩的語義和句法，通過我們對語言的普通知識、通過語言和詞典、以及詞典來源的全部文獻達到的，總之是通過形成語言和文化的一切手段達到的，……詞語的意義就是詞語的歷史，而一個作者的傳記，他對於詞語的使用以及這個詞語對他個人所引起的聯想——這些都是這個詞的歷史和意義的一部分。」[14]文學文本的意義不是先窖藏在作者生平事實中然後灌裝進文本而得以呈現，它本身就是被文本語言建構而成。

13 [德]海德格爾，孫周興譯，《在通向語言的途中》（北京：商務印書館，一九九七年），頁一三一、一九七。
14 [美]威姆薩特、比爾茲利，丁涪海譯，《意圖說的謬誤》，大衛・洛奇編《二十世紀文學批評》（上）（上海：上海譯文出版社，一九八七年），頁五七九。

語言論轉向給文學意義論帶來的第三個變化是：近代的個人獨創性意義讓位於現代的互文性意義。

自文藝復興高揚個性解放大旗始，近代思想一直把個人的主體性視作現代性工程的重要內容。個性解放運動將「自我」塑造成為個別主體，由此個人的獨創精神上升為一種普遍價值。浪漫主義的天才詩學更是把這種個人獨創精神提升到至高無上的地位。進入十九世紀後，文學意義的個人獨創性逐漸為西方學術界普遍接受。丹納說：「藝術家由於種族、氣質、教育的差別，從同一事物上感受的印象也有差別；各人從中辨別出一個鮮明的特徵；各人對事物構成一個獨特的觀念，這觀念一朝在新的作品中表現出來，就會在理想形式的陳列室中加進一件新的傑作。」[15]傑作來自個人獨創性，這一普遍觀念既為歌德、雨果、左拉等藝術家信仰，也促使著聖伯夫、阿諾德、丹納、勃蘭兌斯等文學研究者認真地辨析文學文本中體現出的某種特立獨行的精神蹤跡。在主體論哲學和個性解放大旗的推動下，近代以來的文學批評一直把通過文本結構的獨特之處尋找作者的個性化精神作為首要的理論任務。

類似於「風格即人」等說法，在中國古已有之，如唐代書法家李邕的「似我者俗，學我者死」[16]，同樣顯示出一種文本意義個人化的傾向。

隨著結構語言學的普及，意義個人化的觀念開始遭受來自於結構主義的質疑。結構主義對結構模型的肯定排斥了任何單一結構元素的意義生產功能。當我們把全部社會實踐納入到一種類似於「二項對立」那樣的普遍有效的結構之中時，作為社會實踐之元素的個人就失去了意義生產主體的地位。雅克布森雖然還認可作者的獨創性，但事實上從他把「等價分佈」的結構原則加之於一切詩歌文本上開始，詩歌意義就與

15 [法]丹納，傅雷譯，《藝術哲學》（北京：人民文學出版社，一九六三年），頁三三八。
16 劉熙載，《藝概》（上海：上海古籍出版社，一九七八年），頁一五六。

個體精神漸行漸遠了。艾略特則反感浪漫主義的天才詩學，提出「非個人化」來強調個人情感對普遍宇宙秩序的遵從。一九六〇年代列維－斯特勞斯與薩特的那場爭論的核心分歧也在於意義的個人化問題。堅持個人主體性的薩特在這場爭論之後影響力下降，而堅持結構首要性的列維－斯特勞斯則影響日甚，其中原因就在於列維－斯特勞斯的思想更適應語言論轉向這一當代思想文化語境。後來在法國先後出現德里達的「延異」理論、克里斯泰娃的「互文性」理論和羅蘭・巴爾特的「作者之死」理論，這些理論都直接或間接地否定了文學文本意義的個人化。

互文性作為一種意義理論，其源頭可追溯到巴赫金的「複調小說」理論，對互文性概念做清晰、系統的闡述的則是一九六〇至一九七〇年代的一批法國理論家，如克里斯泰娃、羅蘭・巴爾特、熱奈特等。福柯論及福樓拜小說《聖安東的誘惑》時寫道：「這篇作品從一開始就形成於知識的空間裡：它本身就處於和其他書籍所保持的基本關係之中……。它所從屬的文學只能依靠現存作品所形成的網路而存在，也只能存在於其中，……福樓拜之於書庫類似馬奈之於美術館：他們的藝術往往屹立於洋洋典籍之間。」[17] 費力普・索賴爾斯對這種非獨創性的互文理論作了一個定義：「每一篇文本都聯繫著若干篇文本，並且對這些文本起著複讀、強調、濃縮、轉移和深化的作用。」[18] 這樣，文藝復興以來人們趨之若鶩的意義獨創性就被解構了。在互文性理論的視野中，任何文本都只是無盡的文本網路中的一個環節，依賴與其他文本的相互關聯而存在，因此文本意義的個人獨創性只是一個心造的幻影。

17 [法]蒂費納・薩莫瓦約，邵煒譯，《互文性研究》（天津：天津人民出版社，二〇〇三年），頁一一七。
18 [法]蒂費納・薩莫瓦約，邵煒譯，《互文性研究》（天津：天津人民出版社，二〇〇三年），頁五。

深受德里達思想影響的希利斯・米勒在《小說與重複》一書中細緻分析《德伯家的苔絲》的敘事策略。他發現哈代的敘事只是以往既有的多種敘事方式的重組而已，所以「任何小說都是重複和重複中的重複的編織物」[19]。互文性理論對個人獨創性的否定在這裡得到了呼應。語言論轉向之後的現代思想放棄了個人主體性，而更傾向於在社會文化的複雜關聯這一歷史性結構層面上討論個別作者或個別文本的互文性存在。

語言論轉向為文學意義論帶來的第四個變化是：對話性意義取代自律性意義。

現代性工程的展開在藝術文化領域裡孕育了一個重要成果，即藝術自律。現代性的「分解式理性」將社會實踐區隔為眾多自主性的場域，藝術亦因此借助審美自律性而發展成為自主性的存在。經過康得美學的理論論證、浪漫主義的天才詩學、唯美主義的審美倫理實踐，文學乘上審美的彩車天馬行空羽化登仙。在關於文學文本意義的問題上，藝術自律的觀念為批評家們劃定了一個自足性的界限，即：文學生產並表現著一種與其他社會實踐場域相隔絕且只能由文學來生產並表現的審美意義。文學活動的主體是詩學天才，他們超然於世俗社會的現實和歷史之上，創造出終極性的自由人生的意義。因為堅信文學意義的自律性質，所以在十九世紀中期以後的大多數批評家眼中，文學文本的意義是一種審美「獨語」；它發自詩學天才們的自由意志，指向遊戲性的審美經驗，因而遠離塵囂超凡脫俗。這種審美自律的意義一方面為文學的存在提供合法化的依據，另一方面又將文學隔絕於其他社會實踐，面臨被遺忘的危險。進入二十世紀後，自律性的文學意義論仍然為許多理論家所秉執，即使在受到語言本體論影響的形式主義文論中，也有諸如雅克布森等人致力於在句法結構中尋找語言的詩歌功能。

---

19 J. Hillis Miller, "Fiction and Repetition", Harvard University Press, 1982.p.16.

但是，隨著語言學理論逐步滲入現代人文社會科學知識的各個角落，封閉於語言運算式內部的結構擴展成為關於社會、文化和歷史的闡釋座標，文學意義論開始嘗試著衝破自律論的藩籬，重新輸入普適性的言說力量。

巴赫金在批評形式主義文論時提出用「對話」概念來理解文本意義。在巴赫金看來，「語言只能存在於使用者的對話交際之中。對話交際才是語言的生命真正所在之處」[20]。小說同樣不是所謂審美主體的獨語，而是多聲部的對話的結果。小說的複調性質正是源自於多聲部的對話。巴赫金意圖將被藝術自律拔出大地的文學意義拉回歷史，他的策略是把意義置於多重主體的話語交流之中以重建意義的歷史性。

現代闡釋學哲學則徹底走出了個別主體決定文本意義的思想模式，將意義論建立在閱讀經驗之上。海德格爾的「闡釋循環」概念指的是意義判斷形成於理解與文本的互動關係中。這一說法在伽達默爾那裡演化為「視界融合」；「視界融合」中生成的意義不是單一的主體性而是「主體間性」。對於哈貝馬斯來說，多重主體在對話交往中達成理解乃是通往意義的有效途徑。由於現代語言哲學重視話語在知識生產中的特殊功能，因而話語中蘊含的主體間性亦受到特別的關注。主體間性的凸現否定了近代思想對個別主體及其意義生產權力的崇拜。在文學理論界，闡釋學將文學研究的對象擴展為文學活動，認為文學的意義是在作者與讀者的對話之中產生的。伊瑟爾寫道：「文本與讀者兩極以及發生在它們之間的相互作用，構成了文學交流理論所賴以建立的藍圖。可以假定，文學作品是一種交流形式，因為它撞擊著世界、流行的社會結構和現成的文學。」[21]現代批評家們大都注意到文學活動中意義的「間性」或「複調」的特點，這是

20 [俄國]M．巴赫金，白春仁、顧亞鈴譯，《陀斯妥耶夫斯基詩學問題》（北京：三聯書店，一九八八年），頁二五二。
21 [德]W．伊瑟爾，金惠敏譯，《閱讀行為》（英文版原序）（長沙：湖南文藝出版社，一九九一年），頁二六。

因為他們不再把意義理解為個別主體的喃喃自語，而是在話語（discourse）——其本義就是討論——中理解意義的生成和內涵。

三、意義闡釋與方法論

二十世紀文學理論是諸多理論話語眾語喧嘩的場所，各種學術流派的爭論實際上集中在有關文學意義的理解這一終極性問題之上，各種思潮都渴望通過意義闡釋的有效性獲得學術統治力。

C・K・奧格登和I・A・理查茲在*The Meaning of Meaning: A Study of the Influence of Language upon Thought and of the Science of Symbolism*（一九二三年）一書中羅列了十六種關於意義的定義。該書關於語言運算式意義的探討依據於馬林諾夫斯基的功能主義和語境定義的原則，後來的新批評實際上也秉執這種意義論。在意義的客觀性問題上，結構主義跟表現論、再現論一樣，都反對相對主義的意義論。比較來看，由現象學發展起來的闡釋學文論則不再崇拜意義的客觀性。闡釋學文論將意義的生成機制視作文學閱讀者與文本書寫者之間話語交流活動，肯定了文學意義的流動性、個別性。E・D・赫施為保衛文本意義的客觀性和確定性，提出區分開意義（meeaning）和意味（significance），前者源於作者而後者則是讀者的經驗。

在文學文本中辨析出一種抽象的、邏輯化的思想命題，這正是邏各斯中心主義思想文化傳統的必然後果。蘇珊・桑塔格聲稱：「我們現在需要的絕不是進一步將藝術同化於思想，或者（更糟）將藝術同化於文化。」[22]這跟德里達的「延異」論一樣，體現出後現代思想反邏各斯中心主義的理論立場。在解構哲學眼中，意義即蹤跡，屬於個體經驗，無法納入普遍理論的邏輯框架。

近代以來文學意義論的首先一個誤區是將文本內涵理解為一種學科化的知識。我們一直由某單一學科的知識視界入手來進行意義的闡釋。文學作為一切意義之源這一事實造就了文學意義的前學科屬性，當文學意義被歸入某單一學科的知識內涵時——諸如從政治學入手來解釋《紅樓夢》，文學意義的前學科性就遭遇了遮蔽乃至異化。

現代性工程展開的一個重要的後果即是社會實踐場域的專業性劃分，這在知識生產活動中則表現為知識的學科化。知識學科化將古典時代關於宇宙的整一性言說分解為關於宇宙現象的「小系統」的言說。每一個小系統知識都必須要有自身的方法、對象、評價準則等等，於是形成了諸如數理化政史地等等學科類別。每一種類的學科知識都由自己獨有的視界來觀察理解世界。

但是文學卻屬於前現代性。當各種現代學科知識在各自的知識學領地裡指點江山激揚文字時，文學研究和文學批評卻難以找尋到自己的知識學位置，只能借助於其他「顯學」來對文學文本進行意義的闡釋。儘管文學研究學者們致力於探尋文學研究的自主性話語系統——文學性，但事實上至今關於文學性的諸多界定也是來自於其他學科的知識視界，比如「文學性」概念的提出者雅克布森的解釋就明顯是建立在語言學知識視界之上的。形式主義用語言學作為意義闡釋的依據，馬克思主義用政治學作為意義闡釋的依據，精神分析學批評用心理學作為意義闡釋的依據，等等。在知識學科化的時代中，文學意義的知識學屬性成了一個理論難題，這

22 [美]蘇珊·桑塔格，程巍譯，《反對闡釋》（上海：上海譯文出版社，二〇一一年），頁一五。

裡的原因不在於現代性的知識學體制，而在於文學本身的前學科性質。文學的意義生產是一切現代知識的起源，它是全部意義（全部學科化意義）的原始形態，因此文學研究的意義闡釋無法被現代學科知識體制定位。

海德格爾對詩的前現代性有清醒的認識。在他看來，詩是真理的發生，「藝術作品的本源……，它是真理進入存在的獨特方式……」[23]。人存在於語言與大地相逢的那一頃刻，在那一刻人用隱喻性的語言言說大地，大地在語言的隱喻中敞開，因而人詩意地棲居，這詩意即真理的發生。「相反，科學在根本上不是真理的發生，而總是在已經敞開了的真理領域裡的擴充，特別是靠理論和論證那些在此領域顯現為必然正確的東西。當科學超過正確而達到真理時，這已經意味它達到了存在者作為存在者的本質揭示，它便成為哲學。」[24]所有成為了科學的那些現代學科知識，都是真理發生以後被邏輯化、形式化、系統化的產物，它們是詩的轉基因後代。現代性工程展開之後，由詩生發出來的各種知識紛紛自立門戶，而作為一切知識之源的詩——所謂真理的生發——卻無法將自身學科化，因為它不屬於「科學」。

但現代知識的學科化卻是無法扭轉的歷史趨勢，因此在學科化浪潮中文學研究相反找不到自己關於意義的言說空間了，它只好到其他學科那裡去借取理論話語來言說自身的意義，這就是現代文論總是跟在其他學科知識後面借石攻玉的原因。現代文論的這一缺陷在某種意義上又是其優點，即它啟發人們從多學科知識視點進行文學意義的闡釋。文學文本意義的前學科性意味著文學批評作為知識生產實踐難以進入現代學科體制，同時也意味著文學批評可以在各學科之間生存並發展。儘管我們無法回到前現代性的世界，但是現代性的「分科立學」卻提供了「學科間性」的生存空間。

23 [德]海德格爾，彭富春譯，《詩・語言・思》（北京：文化藝術出版社，一九九〇年），頁七二。
24 [德]海德格爾，彭富春譯，《詩・語言・思》（北京：文化藝術出版社，一九九〇年），頁五九。

文學文本的話語涵義處於一種多元包容的狀態。我們可以從大多數現代學科的視角對之進行闡釋；文學研究和文學批評跟眾多現代學科知識之間呈現為一種「家族類似」的關係。因此文學意義論的一個重要特點即是學科間性的知識視界。

近代以來的文學意義論的其次一個缺陷是用形式化的理論話語來進行文學文本意義的闡釋。文學文本是語言主體追問意義的經驗的蹤跡，其語義呈現為一種話語經驗，與邏輯判斷無涉。當我們力圖在文學文本的話語中提取出某種「命題」或「論斷」時，文學留給我們的生動而豐富的生命經驗便消失殆盡。

現代語言哲學的意義理論主要有五種形態：指稱論、觀念論、功用論、行為論和語義論[25]。其中指稱論對於文學話語意義的闡釋有效性不足，因為它從邏輯經驗主義中生成，強調意義是一種判斷。而功用論、行為論和語義論則看到了語言運算式意義的經驗狀態。比較而言，英美語言哲學比較排斥詩性語言，而大陸哲學——如闡釋學和後結構主義——更為注重對詩性語言活動的反思。詩性語言活動始於語言主體對存在的追問，它留給我們的是這追問的經驗——即所謂「蹤跡」——而非判斷。詩性語言活動的特性在於其隱喻性，隱喻性的語言活動與形式化的邏輯判斷有著明顯的差異。就此而言，詩既是語言的發生也是意義的發生，這種語言活動給我們提供的就是一種追問大地時的生命經驗。

現代知識是形式化的知識。知識的學科化使得各門類的知識失去了古典時代的宇宙論哲學的那種強大的闡釋力量，但幾乎每一學科的現代知識都致力於建立一套抽象的、邏輯化的和普適性的公理性話語，這使得現代知識日益走向超越存在的個別性和具象性的形式化知識。即使是在文學理論領域，也出現了比如

25 涂紀亮，《英美語言哲學概論》（北京：人民出版社，一九八八年），頁一二六至一六五。

雅克布森的「等價分佈」一類關於文學性的抽象定義。由文學意義的原初性和表象性觀之，形式化定義的闡釋方法無疑有言不及義之慮。比如，作為中國古典審美文化精神之代表的詩歌意境，倘若被形式化為主觀之意與客觀之境的統一，那麼意境中蘊含的那種特殊的意義經驗就被過濾掉了，而真正的文學性恰恰就在那經驗之中。

文學話語的涵義表現為一種原初性的意義經驗，這一點啟發我們，文本意義闡釋的有效方法是現象學。現象學哲學致力於探究人類意識的發生機制，它超越現代知識的學科化、形式化和實證化，對人類意識的起源，即意向性與純粹客體之間的本源關係以及自由聯想在意識起源中的展開機制進行反思。這恰恰與詩性語言活動作為意義生發功能相吻合。伽達默爾說：「現象學曾是一種無先入之見的描述現象的方法論態度。」[26]這跟藝術家展現人的直接生命經驗是一致的。胡塞爾寫道：藝術家「對待世界的態度與現象學家對待世界的態度是相似的」[27]。現象還原、經驗描述、本質直觀這一套方法，用於文學文本意義的闡釋很是恰當。國內有學者發現，「本質直觀固然是一種方法，但它同時也是一種『解讀意義』、『發現意義』、『賦予意義』的精神活動」[28]。從意義論層面的文學研究來看，現象學方法引導我們去掉所有現代知識學的先入之見向文本語言這一純粹客體還原，通過描述和反思我們的閱讀經驗展示出一種普遍的意識內涵和意識形式。現象學批評在文學意義論方面的一個典範是日內瓦學派的喬治・普萊的《人類時間研究》，僅就關於普遍觀念的起源研究而言，該書對文學意義理論應有方法論的啟發。

26 嚴平編選，鄧安慶譯，《伽達默爾文集》（上海：上海遠東出版社，一九九七年），頁三一三。
27 倪梁康編選，《胡塞爾選集》（上海：三聯書店，一九九七年），頁一二〇三。
28 張永清，《現象學與西方現代美學問題》（北京：人民出版社，二〇一一年），頁三五。

近代以來的文學意義論還有一個缺陷，即它總是在文學意義自律和文學意義他律之間搖擺不定。審美自律論為文學理論在現代學科體制中提供了身份論證的依據，這一依據也給文學的存在注入了一種象牙塔功能，使得文學借助於審美意識的生產與表述而獨立於其他社會實踐場域。由此形成了近代以來的自律論意義觀念，從浪漫主義到形式主義，自律論的意義觀念一直強調文學文本的意義與社會歷史無關，它或者屬於遺世獨立的自由人性，或者屬於能指的遊戲性出場。

自律論的意義觀固然帶來了文學意義的自主性和獨立性，但它同時也建構了一種逃亡者詩學，導致文學面對社會歷史失去言說功能，於是又有他律論的意義觀念出來聲言文學的歷史性。他律論的意義觀認為文學意義來自於文學之外的社會實踐，政治、宗教、倫理等等深刻地影響著文學甚至決定著文學文本的涵義及表達。倫理批評、馬克思主義批評和人類學批評大都堅信這種他律論的意義觀念。他律論提升了文學關於社會歷史的言說力量，但其中也暗含著取消文學的自主性存在的危險。

也有一些學者力圖將他律論和自律論統一起來。阿多爾諾堅決主張藝術自律，但他的藝術自律不是逃亡者詩學而是充滿社會革命激情的抵抗詩學。阿多爾諾理解的藝術內涵是完全自律的「異樣事物」，憑藉其「異樣」而超越自律且具有引發革命激情的功能，因此藝術既屬於審美也屬於歷史。但是這套理論的藝術意義論和藝術功能論是分裂的，對於自律性的意義何以必然具有他律性的功能的問題，其解釋頗顯模糊。另一位調和自律論與他律論的學者是T‧伊格爾頓。伊格爾頓反對阿多爾諾那種超歷史的審美形式反抗著歷史的觀念，他提出的「美學意識形態」概念意在將審美意識本身拉回歷史。在伊格爾頓看來，任何一種特定的審美意識都只是特定歷史語境中生發出來的意識形態。即使阿多爾諾的那種反總體性的自律論美學，也體現出新左派的政治訴求。新歷史主義的文化詩學在文學意義論問題上也持類似看法，即歷史是由話語生產的，就像文學藝術中的審美意識生產出了某種政治形態一樣。

結構語言學對現代思想的一個重大貢獻在於它揭示了意義產生於語言結構這一普遍原理。實際上語言論轉向中許多現代思想家都認可意義的語言性而放棄了意義的指涉性，如維特根斯坦、伽達默爾、德里達、福柯等。這在後結構主義那裡形成了所謂話語理論，權力關係、意識形態、知識系統等等都被認為是話語活動的結果，文本意義同樣是由敘事或修辭的策略生產出來的，而這意義又不斷地生產出社會歷史的種種存在。比如在新歷史主義的文化詩學中，文藝復興時代「自我」的凸現就是一系列敘事文學編碼的成果。話語理論在意義論上超越了自律和他律的對立，它把關於話語形式特徵的技術性分析與權力關係、意識形態的批判結合為一體，把作為結構或句法的話語與作為文化或政治的話語結合為一體。

就文本意義的闡釋而言，文化研究大量採用的批判性話語分析是一種值得借鑑的方法。文化研究本身就是多學科聚合的產物，批判性話語分析則綜合了話語理論、分析哲學、精神分析、批判理論等在方法論上的優勢，既超越了內部研究與外部研究的分離，也超越了實證理論與批判理論的分離，它匯集了現代思想文化主要潮流的方法論特徵並化合為一種全新的闡釋技術。艾倫．盧克（Allan Luke）認為：「批判性話語分析更類似於一系列政治的、認識論的立場的集合體：為了在不斷變化著的當代各種社會的、經濟的和文化的狀況下對語言、話語、文本和圖像的位置與力量做批判性的分析，而對各種立場與實踐進行有原則的解讀。」[29]對於文學文本意義的解讀來說，批判性話語分析以學科間性切合了文學意義的前學科性，同時也消除了所謂內部研究和外部研究的分歧。

[29] [美]艾倫．盧克，吳冠軍譯，《超越科學和意識形態批判——批判性話語分析的諸種發展》，陶東風、金元浦、高丙中主編《文化研究》（第五輯）（桂林：廣西師範大學出版社，二〇〇五年），頁八四。

第九章　作者論：詩學天才與意義主體

大多數從事文學研究的學者都相信，文學文本的生產者——作者——是文本意義的創造者。作者作為意義生產實踐活動的主體，決定著意義的類屬性和呈現方式；而傳記則以經驗事實的客觀形態提供了關於「作者」這一主體的內涵，因此傳記的研究被認為是文本意義詮釋的依據和入口。在文學研究領域，充斥著大量的以署名作者的生活經歷為主題的研究成果，比如各類文學史大都以作者的署名來標識文本的類型或意義形態。這構成了現代性知識學語境下文學研究的一項權重比例最大的課題：傳記研究。

一、傳記研究之「傳記」

傳記研究起源於關於作者的意義創造主體地位的信仰。在版權制度形成之前的古典社會中，作者署名早已成為文學文本之存在的一個功能性的標識。比如嚴羽說：「子美不能為太白之飄逸，太白不能為子美之沉鬱。」[1]這就表明了古代人關於署名對風格的專屬權力的認識；亞里斯多德《詩學》則用荷馬或希臘

1 嚴羽，《滄浪詩話・詩評》，北京大學哲學系美學教研室編《中國美學史資料選編》（下冊）（北京：中華書局，一九八一年），頁七九。

悲劇家的名字標識模仿行為的各類形態。在古代思想家那裡，文學文本與作者的生命經驗之間並無決定論的關係，他們更多地還是在特稱名詞的功能上使用作者的名字。中國古代文學批評講究作者的見識，如對「感物」的強調；王夫之甚至聲稱：「身之所歷，目之所見，是鐵門限。」在他們眼中，文本意義是對宇宙生命之氣的表現，作者的經歷是獲得這一意義的條件，而不是這意義本身，因此傳記在中國古代文論家手中並非文本意義的決定者，因為作者只是一個從自然中提取出意義來的人的名字而已，這種作者觀與傳記研究關於作者係意義創造者的觀念還很不相同。

以作者獨特的生命歷程為決定性元素解釋文本意義，此乃傳記研究的基本學理品性，而這一學理品性的成型需要關於個人主體性的論證。因此我們看到，真正意義上的傳記研究是在現代性工程設計者們的思想影響下出現的。現代性宣導個性解放意味著文學性書寫掙脫了神學一元論意義的束縛，個人生命經驗因此取代神學的超驗性價值規定成為文學文本闡釋的依據。前現代性時代神學意識形態對全部意義進行了一元論和決定論的預設，於是個人及其生命經驗不可能充任意義的源始，它只能是預定的普遍性意義的表述工具。在從笛卡爾到康得的現代性工程設計者手中，個人的主體性才開始取代神學的普遍性意義預設。笛卡爾的「我思」和康得的先驗理性為人類塑造了一個作為一切意義來源的最具「自明性」的真實而具體的存在。德國學者彼得•比格爾說：「我們將現代主體定義為：透過自己的特殊性來感知自己為普遍性的代表。」[2]個人的主體性是啟蒙的開端，也是全部現代性工程的開端。在文學場，個人主體性不僅激發出浪漫主義的天才詩學，同時也開創了一種作為主體性個人的作者對意義生產的終極支配權，並迫使上帝把文

[2] [德]彼得•比格爾，陳良梅、夏清譯，《主體的退隱》（南京：南京大學出版社，二〇〇四年），頁五八。

學文本意義的決定權移交給了作者。文學批評家們清醒地意識到新時代的這一變化，他們隨之將學術觀照的聚焦點從文本與存在的關係轉移到了文本與作者的關係。

最早系統地撰寫作者傳記並以之為文本意義解讀依據的是撒母耳・詹森博士。這位莎士比亞的崇拜者堅定奉行「鏡子說」；在他看來，文學是「現存的客觀事物和實際進行的活動的一種公正的再現」[3]。他甚至否認虛構和想像在文學活動中的功能。所以，在他的《詩人傳》以及諸多的莎士比亞評論中，作者生活狀態和社會事件成為了文學文本的意義來源。詹森博士有意識地為詩人作傳，這實際上開創了作者崇拜及傳記研究的文學批評思潮。

十八世紀後期，浪漫主義以一種更為激進的姿態把作者崇拜推到了極致。浪漫主義文學觀念的核心是強烈的自我中心意識，它把文學文本的意義全部歸於作者那超凡脫俗的「心靈」。浪漫主義者們堅信詩是詩人心靈的表現，他們將「激情」和「想像」視為詩人獨有的稟賦，正是這獨有的稟賦使得詩人的作品有了詩性的品質。濟茲甚至認為，詩人天生具有一種「消極能力」（negative capacity）。這能力使他專注於自己的心理世界，從而展現人類心靈的隱祕內涵。雪萊寫道：「詩人是不可領會的靈感之祭司；是反映出『未來』投射到『現在』上的巨影之明鏡；是表現了連自己也不解是甚麼之文字；是唱著戰歌而又不感到何所激發之號角；是能動而不被動之力量。詩人是世間未經公認的立法者。」[4]待到唯美主義者出世，這種對詩人無限崇拜的「天才詩學」更是顯現出「舉世皆濁我獨清」孤傲氣質；詩人在「文學場」中的主體性也逐漸演變為一種審美倫理，生成為救世的教主。

3 [奧地利]雷納・韋勒克，楊豈深、楊自伍譯，《近代文學批評史》（第一卷）（上海：上海譯文出版社，一九八七年），頁一〇八。
4 [英]雪萊，繆靈珠譯，《詩辯》，《古典文藝理論譯叢》（第一冊）（北京：人民文學出版社，一九六二年），頁一一。

對後世思想產生重大影響的康得美學在作者主體論問題上與浪漫主義的天才詩學是相通的。康得的「判斷力」是人的一種先驗性，判斷力的活動即審美遊戲，因此審美的藝術是天才的表現。「美的藝術必然地要作為天才的藝術來考察」，「美的藝術只有作為天才的作品才有可能」[5]。康得美學與浪漫主義、唯美主義一道借助於主體論哲學製作了一幅詩人君臨大地的圖景，它把作者推及到無所不能的地位上，形成了傳記研究的最重要的理論前提——作者崇拜。

近代自然科學的勝利使得十九世紀歐洲知識界對實證主義方法趨之如鶩，作為知識生產場域的文學研究也開始接受實證主義的統治。實證主義思維方式與浪漫主義天才詩學的作者崇拜結合，形成了一種以作者生活經歷為客觀事實進行文本意義闡釋的文學研究新範式。這一範式將現代性工程中的主體論哲學和實證主義方法融為一體，構建出真正意義上的傳記研究，即，以設定作者的意義創造主體地位為前提，細緻地考據作者的身世，在經驗事實（作者的生平）與文本意義之間建立具有詮釋功能的因果關係。

聖伯夫的文學批評實踐意味著傳記研究的完全成型。聖伯夫的作者研究是要建立一種以「性格類型」為內涵的「精神家譜」。斯達爾夫人和泰納也曾經致力於用實證主義認識論來為作者的精神提供因果論的解釋，他們把所謂客觀存在的「民族精神」當作作者心靈內涵的來源。但是聖伯夫不相信歷史哲學關於宏大的歷史主題的解釋，包括所謂民族精神的解釋，儘管他同樣認為認可作者的主體性地位，也認可作者與文本之間的因果關係。聖伯夫寧可用具體的事件來解釋作者主觀精神及其在文本中的表現。「他的興趣大都明擺著是在生平方面，聖伯夫建立理論時十分注意根據遺傳、體質、環境、早年教育或重要經歷來系統

5　［德］康得，宗白華譯，《判斷力批判》（上卷）（北京：商務印書館，一九八五年），頁一五三。

地進行傳記研究。」[6]聖伯夫細緻地考據作者生命經歷中的重要事件，大至家庭身份、文化教養，小至日常起居、交友等等，由這些傳記事件推理出文學文本意義的具有決定論功能的來源。所以韋勒克說：「他首先根本不是文藝批評家，興趣多半放在傳記、作家心理及社會史方面。他一向混淆生活與藝術、人品與文品。」[7]聖伯夫或許像中國古代文人一樣相信「文如其人」，相信評判作品只能以作者的人品為依據。聖伯夫所開創的傳記研究體現了那個時代歐洲人文學術界構建實證主義人文知識生產體制的知識學訴求。就像孔德設想的「社會物理學」（social phsics）[8]一樣，聖伯夫希望有確定性的客觀事實為意義的闡釋提供證據。聖伯夫的文學批評在歐洲的巨大影響使得傳記研究逐漸發展成為西方文學批評界勢力最大成果最為斐然的一種批評學派，進而成為一種具有體制化意味的文學研究範式。二十世紀初期，丹麥批評家喬治·勃蘭兌斯的《十九世紀文學主流》用傳記研究的方法對十九世紀歐洲文學進行完整系統的反思，創造了傳記研究的又一個典範。同聖伯夫一樣，勃蘭兌斯在討論十九世紀大師們作品的內容時，首先是詳盡地描述作者的身世，尤其是其中的重要事件，然後依據這些生平事件對應性地闡述文本意義。勃蘭兌斯讓「評傳」成為了最普遍的文學研究樣態。十九世紀後期以來，大量的作家評傳流行於文學研究領域，比如安德列·莫洛亞的《屠格涅夫的藝術》、《普魯斯特傳》等等。

其實作家們自己並不看好這種研究方式，他們認為以傳記事實作為闡釋依據遮蔽了創造者對現實的超越。普魯斯特在《駁聖伯夫》（一九五四年）中就聲稱：「一本書是我們與在社會生活中的自我完全

6 [奧地利]雷納·韋勒克，楊自伍譯，《近代文學批評史》（第三卷）（上海：上海譯文出版社，一九九一年），頁四四。
7 [奧地利]雷納·韋勒克，楊自伍譯，《近代文學批評史》（第三卷）（上海：上海譯文出版社，一九九一年），頁四一。
8 參見[美]華勒斯坦等，劉鋒譯，《開放社會科學：重建社會科學報告書》（北京：三聯書店，一九九七年），頁八、一三。

不同的另一個自我。」[9]儘管《追憶流水年華》也描述了普魯斯特的社會生活中的「自我」，但他認為作品的根本還是那個超越性或想像性的「自我」，所以他要否定傳記研究將意義限制在生平事實之中的做法。

佛洛德也意識到生平事實與文本意義之間的關係並不那麼簡單。佛洛德同樣是用傳記研究的方式看待文學，但他將寫作活動對自我的超越一併歸入了傳記。對於心理學家佛洛德來說，傳記、寫作、文本都只是關於「自我」的解釋材料，它們共同構成了作家的「自我」，而不是像聖伯夫理解的那樣先有一個傳記意義上的「自我」，然後被寫作活動表述於文本之中。佛洛德把寫作視為一場轉移和昇華那被壓抑的本我的白日夢；先前的生命經歷與文本意義之間不是一種決定論或表現性的關係，而是一場前後相接的功能性實踐活動，即寫作對經歷的治療性的延續。佛洛德主義的傳記研究跟經典的傳記研究在基本觀念上有著明顯的差異，儘管佛洛德及其弟子們也借助於文獻考據、也強調作者中心論，但是他們比聖伯夫清醒的地方在於他們沒有將經歷、寫作和文本切分開來，而是將其視為作者的整體性的「自我」的一個組成部分。佛洛德主義的傳記研究把寫作活動對經歷的超越納入意義闡釋的範圍，這或許是佛洛德主義的傳記研究比聖伯夫模式的傳記研究高明的地方。

佛洛德主義對經典傳記研究的改革說明支撐傳記研究的那些理論前提——主體論哲學、個人中心主義觀念、實證主義方法、因果論或決定論思維——陷入了「現代性之隱憂」。進入二十世紀後，理性主義的主體論哲學和實證主義的指涉性意義開始受到思想家們的懷疑，從馬克思主義歷經佛洛德主義直至結構

9 [法]普魯斯特，王道幹譯，《駁聖伯夫》（天津：百花文藝出版社，一九九二年），頁七一。

主義，我們看到了一條個別主體和實證意義不斷被消解的思想路徑。傳記研究賴以為理論前提的主體論觀念，遭遇生產關係、無意識和結構模型的限定，變得越來越脆弱。針對結構概念的凸顯，J・卡勒寫道：「正是由於這條原則，引出了被某些人認為是結構主義的最重要的結果：對於『主體』概念的摒棄。」[10]於是傳記研究認定的主體性自我對意義的決定權力也難以維持了，因為結構語言學把意義的生成視為先於個體的普遍模型或規範的運作結果。「意識主體一旦被剝奪了意義之源的作用——一旦意義是按照規範系統來解釋，而這一規範系統又不是意識主體所能把握的——自我與意識就再也不是一回事了。」[11]到一九六〇年代，結構語言學發展出「互文性」概念，更是取消了個別自我作為意識主體的意義獨創權力。文學文本意義闡釋中的實證性原則——個體生命經驗事實——也隨之失去了知識學功能，因為由它來證實的那個自我意識跟文本意義之間已經沒有了因果關聯。

對於形式主義文論而言，意義生成於封閉的文本之中，即等價分佈或張力性結構的句法關係生產出了詩性的意義，這就從根本上拆解了傳記研究的理論依據。此後新闡釋學介入文學理論，形成了以閱讀活動為文學研究的理論焦點的接受美學及讀者反應理論，這標誌著長期統治文學研究的作者中心論模式讓位於讀者中心論模式，也是舊有的主體論哲學讓位於主體間性哲學的一個標誌。當闡釋學把「前理解」、「理解的歷史性」、「視界融合」、「闡釋循環」等概念施之於文學意義的解讀和經驗時，傳記研究所依賴的作者的意義生產權力就陷入了合法性危機。儘管有諸如赫施（E・D・Hirsch）這樣的學者致力於「保衛作者」，但事實上二十世紀中期以後作者已經成為了一個日益失去話語權力的角色。

10 [美]喬納森・卡勒，盛寧譯，《結構主義詩學》（北京：中國社會科學出版社，一九九一年），頁五六。
11 [美]喬納森・卡勒，盛寧譯，《結構主義詩學》（北京：中國社會科學出版社，一九九一年），頁五六至五七。

闡釋學在學科知識屬性問題上關於人文科學中「真理」非實證性的思考也使人們開始懷疑文獻考據這一傳記研究的主流方法的知識學合法性。早在十九世紀，狄爾泰就提出闡釋是人文科學的不同於實證性自然科學的方法，闡釋的旨歸是一種生命經驗的生成和表述，其間蘊含著人文科學的真理性。後來分析哲學對實證知識的確定性與普遍性也提出了質疑。這些新思潮在方法論層面上向傳記研究所依賴的實證主義（通過文獻考據確證作者生平事實）提出了挑戰。在比如人類學的文學批評或新歷史主義文化詩學中，作者的生命經驗就不再是意義唯一來源，一種超個人生活經驗的民族文化、意識形態或權力關係潛在地操縱著意義的生產。

後結構主義者們提出的「作者之死」（R・巴爾特）以至於「人之死」（福柯），徹底取消了傳記研究的知識學合法性。

二、傳記研究在中國

中國古代有較為發達的史傳體文學，古代史書也大都設《文苑傳》記錄文人身世，而且學術體系中文獻考據方法也十分成熟。但是作為一種學科知識生產的傳記研究，需要以主體論哲學為依據的作者中心論文學觀念和以實證主義為原則的生平事實決定論意義解讀方法。從這些體制性的學理規定來看，無論西方還是中國，古典時代的文學研究都未能形成真正的傳記研究。也正是在這個意義上，我們可以說傳記研究是現代性知識學工程的結果，我們也可以說《唐才子傳》是傳記但不是傳記研究。

在尚未建立版權制度的前現代性社會裡，「署名」還只是像福柯說的那樣一種「功能性」的標記，它不表明署名項下的某些經驗事實（生平）對文本意義的特權。古典社會存在著對署名的崇拜，這種崇拜的依據是署名指向一種特定的意義經驗，比如嚴羽以「子美」為「沉鬱」的標記、「太白」為「飄逸」的標記。這種將署名視為意義經驗標記的做法並不認可署名之外的事件與意義經驗之間的因果關係，因此也不能從那些事件必然地推斷文本意義的內涵。古代學術史上經常出現某一作品署名有誤的情況，如《二十四詩品》之於司空圖，但這並不影響人們對該作品的意義闡釋。這說明在古代作者僅僅只是一個署名，人們不會追究該署名的生平事實來規定文本意義。因此即使詩人在中國古代有著較高的地位和聲望，文學研究中仍未能形成傳記研究的學理範式。由此觀之，現代版權制度也並非傳記研究興起的主要原因，因為版權制度也只是規定了作者署名與文本之間的一種符號性關聯，版權制度規定的作者署名未限定文本意義闡釋的範圍和原則。

在中國文學學術界開創現代性意義上的傳記研究的是胡適。作為英美經驗主義哲學影響下的中國學者，胡適極力宣導一種以實證知識為起點的現代性；他在文學研究場域實施這一現代性工程的具體表現即是所謂「新紅學」。

中國古代的文學研究大都以意義經驗描述見長。儘管有較為成熟的文獻考據方法，但很少有人將文獻考據中的實證觀念用之於文學文本的意義闡釋。《紅樓夢》問世後，有人曾以為該小說是家事實錄，如脂評中就常見「真有其事」、「真有是語」的說法。清皇族裕瑞在《棗窗閒筆》中曾明確提出所謂「曹家本事說」。但這些有傳記研究意味的猜想和推測都無法跟胡適以實證方法進行論證的「自傳說」同日而語。一九二〇年，上海亞東圖書館計畫出版標點版《紅樓夢》，老闆汪孟鄒請此前寫過《水滸傳考證》、《吳敬梓傳》的胡適為《紅樓夢》作序。於是在一九二二年出版的上海亞東圖書館標點版《紅樓夢》中，胡適的《紅樓夢考證》用「自敘傳」說宣佈了傳記研究在中國學術界登臺。

新紅學和舊紅學最大的差異在於胡適把實證科學的觀念和方法運用到文學研究之中，力圖用確定的證據證明《紅樓夢》文本的意義與作者身世之間的同一性。作為「新文化中舊道德的楷模、舊倫理中新思想的師表」，胡適把西方實證科學精神與清代乾嘉學派的文獻考據方法結合在一起，宣導一種經驗主義的知識學觀念。一九二七年胡適購得《脂硯齋重評石頭記》（甲戌本），隨即寫成《考證《紅樓夢》的新材料》一文發表在《新月》雜誌上。甲戌本提供了很多有關作者家事和生平方面的資料，這使得胡適更加確信他的「自敘傳」說。最關鍵的還在於，因甲戌本的面世而出現「紅學」向「曹學」的轉向。俞平伯、顧頡剛等人根據文獻資料進行所謂「曹賈互證」的研究，從曹雪芹的生平事件入手解釋賈寶玉，又由賈寶玉的故事推測曹雪芹的生活。文學文本的內容與作者傳記在新紅學學者手中成了同一件事情。

把「紅學」完全弄成「曹學」的是周汝昌先生。一九四八年，周汝昌從胡適手中借得甲戌本以考據作者生平。一九五三年出版的《紅樓夢新證》稱：「現在這一部考證，唯一的目的即在以科學的方法運用歷史材料證明寫實自傳說之不誤。」[12]周先生認為整部小說都是曹雪芹家事、身世的記錄，「曹雪芹的小說是當年表寫，脂硯齋也是當年表看」，人物是真實的，「連年月日也竟都是真真確確的」[13]。傳記研究這一在西方學術界成果斐然的文學研究範式，在中國的新紅學家手中發展成為一種與文學性基本絕緣的「文

12 周汝昌，《紅樓夢新證》（上海：棠棣出版社，一九五三年），頁五六六。
13 周汝昌，《紅樓夢新證》（上海：棠棣出版社，一九五三年），頁二〇三。

學研究」學派。有關作者曹雪芹的各種細瑣的考據[14]，涉及家族、身世、婚姻、交友、生卒等，取代了關於小說文本的文學性內涵的闡釋。

一九五四年，一場關於《紅樓夢》研究中的資產階級思想批判的政治運動使得胡適開創的新紅學難以為繼。但是這場運動及之後的幾次涉及文學界的政治運動，其真實意圖並非要取消作為文學研究範式的傳記研究，也不是要從學理上否認作者的意義生產權力，而是要從意識形態上對新紅學的實證主義進行清算。事實上，在一九五〇至一九七〇年代，國家意識形態管理機構更重視文學作品的作者身世，認為這是作品思想內涵評價的依據。這種畸形的「傳記研究」觀念甚至導致許多政治悲劇。

從胡適的《紅樓夢考證》到一九五四年的運動，中國學術界借助於西方現代性的實證科學精神和古典學術的文獻考據方法，建立了中國式的傳記研究模式，新紅學就是這一模式的極端性體現。此外李長之的文學家傳記和聞一多的杜甫研究也屬於傳記研究的範疇。也許是中國古代本來就有「知人論世」和作者崇拜的傳統，所以傳記批評很容易被中國學術界接受。不過極左時代的那種按作者的階級身份判斷文本意義的政治內涵的所謂「傳記研究」，如郭沫若的《李白與杜甫》（一九七一年），已經完全沒有了傳記研究創始者們的科學主義知識學訴求。

傳記研究在中國的發展的另一個結果是形成了一種以作者生平為闡釋依據的文學史撰寫模式。一九五九年，朱東潤先生在思考陸游詩作時說：「要理解陸游，必須抓住三個關鍵：隆興二年他在鎮江的工作，

14 有意思的是，關於《紅樓夢》作者情況的研究也頗多爭議，參見《人民日報》一九九四年七月七日第五版許建平文章《〈紅樓夢〉作者研究的新進展》。

乾道八年他在南鄭的工作和開禧二年他對於韓侂冑北伐所取的政治態度。」[15]這典型地表明了那個時代裡文學研究者們的一種普遍的理論話語設計。從那時起直到當今，中國文學學術界編寫了數以百計的文學史著作，傳記研究在這些文學史著作的編寫中充當著主要的角色。

至今問世的各類文學史著作，雖選題範圍有所不同（中國古代文學史、中國現代文學史、中國當代文學史等等），敘述重點有所不同（重思想內容、重藝術風格、重文體等等），但是它們幾乎都遵循著一個共同的結構模型，即「社會生活狀況＋作者生平＋文本解讀」。這一文學史編撰模式實際上是傳記研究帶給整個文學研究學科知識生產的重要成果，它意味著文學研究者共同認可了文學文本意義的解讀需要有作者生平作為實證性的「史實」提供知識學依據。這一模式把閱讀經驗描述與歷史敘事結合起來，形成了一種兼顧歷史與文學批評的文學史敘事方法。幾十年來，雖然我們的文學史編撰中政治性敘述和歷史理性規訓的成分日益減弱，但上述編撰模式的基本框架並未改變。這是因為傳記研究給我們提供的經驗實證的學理訴求已經得到文學史研究者的普遍認同。

一九八〇年代，西方現代文論潮水般湧入中國的文學學術界，各種新觀念新方法強烈地衝擊著中國的文學學術體制。過去那種建立在近代理性基礎之上的傳記批評也面臨著革命性的變異。這首先是佛洛德主義的傳播使得學術界開始關注政治身份、階級關係、家族故事和文化教養之外的一種非理性的心理歷程對文學書寫的作用。這尤其是在關於二十世紀中國文學家的研究當中出現了許多討論早年經歷在文本中隱喻性表達問題的論著。一九九二年謝泳在一篇文章中論及「寡母撫孤」現象對胡適、魯迅、茅盾、老舍等

15　朱東潤，《朱東潤傳記作品全集》（第一卷）（上海：東方出版中心，一九九九年），頁四二八。

現代作家的影響，他認為這些作家身上那種思想、性格的二重性，即新文化的宣導者和舊文化的道德楷模（孝子）的二項對立結構，其心理根源在於童年時期寡母撫孤的經歷[16]。還有論者注意到曹禺戲劇創作與其童年經驗的密切聯繫。

作為傳記研究的代表，新紅學在一九八〇年代重新登臺。周汝昌先生連續發表數篇紅學文章，再次主張他關於《紅樓夢》是曹雪芹家事實錄的觀點。「紅學」於是又變成了「曹學」，甚至具體落實到考古實踐之中去尋找曹雪芹或者曹家生活的痕跡。

但是新紅學所秉執的文學觀念屬於十九世紀，它不足以與結構主義、後結構主義、新歷史主義以及神話原型批評、接受美學等文論潮流影響下的新型作者觀相抗衡。結構主義和人類學批評從文化的整體構成性層面解釋文本意義的生成，後結構主義用互文性否定意義的個人性，現象學文論則將閱讀活動視為意義生產的元素，這一切促使人們放棄意義生產領域裡的作者的個別自我的主體性，繼而放棄作者生平事實對文本意義的決定權力，最後則是放棄單一的傳記研究。進入新世紀後，文學研究越來越傾向於關注話語形式的意義生產機制，比如通過對文學話語策略的分析尋找某種意識形態的生成及其內涵。在這樣一種知識生產語境中，傳記研究逐漸被邊緣化了。

另外，大眾文化理論也動搖了作者中心論和主體論的文學觀念。大眾文化的生產方式脫離了個人化的創意和表意的體制，它以文化產業的形式體現出社會化大生產的一系列特質。因此在大眾文化的時代，建

16 謝泳，《「寡母撫孤」現象與對中國現代作家的影響——對胡適、魯迅、茅盾、老舍童年經歷的一種理解》，北京：《中國現代文學研究叢刊》一九九二年第三期。

立在對作者的個人崇拜基礎上的傳記研究很難再有突出的闡釋效能。隨之而來的是傳記研究在學理上的一些缺陷也進入人們反思的視野。

三、傳記研究的知識學合法性

在現代性工程展開之初，張揚個人主體性的作者崇拜和張揚知識實證性的生平事實決定文本意義的觀念，被文學研究者當作基本的學理規定性加以運用。因為傳記研究適應了現代性的知識學訴求，所以它在十九世紀發展成為一種闡釋效能強大的文學研究範式。但是隨著現代性之隱憂的日益顯露，學者們開始質疑傳記研究的知識學合法性。

在作者主體性問題上，傳記研究秉承現代性工程的設計者們的思想，賦予作者以文本意義創造者的身份。這種作者中心論、作者主體論的觀念體現了個性解放論的現代性設計，也適應了浪漫主義天才詩學的自我崇拜精神。尤其重要的在於，肯定作者為意義生產的主體，這意味著文學走上了個人創造意義的自由之路。同時又為文本意義設定了一個可靠的策源地，從而保證文學研究者的文本意義闡釋有一個確定性的依據。

D・貝爾曾指出：「把自我（熱衷於原創與獨特性的自我）封為鑑定文化的準繩」是現代主義文化的重要特徵[17]。就像人類主體論本身帶有強烈的自戀和虛無主義的毛病一樣，把意義的決定權完全交予絕對

17 〔美〕D・貝爾，趙一凡等譯，《資本主義文化矛盾》（北京：三聯書店，一九八九年），頁三〇。

化的自我，這種極端性的主體論遮蔽了意義生成的「大地」——文本的自足性構成、閱讀經驗、文化的歷史積澱，以及語言與習俗等等。當詩人被遵為超歷史語境超文化習性的自由遊戲天才時，他才可能成為文本意義的絕對的「創造者」，但這不是詩人而是上帝。早在艾略特的「非個人化」和新批評關於「意圖謬誤」的批評中，我們就見出西方知識界發現了作者中心論的文學觀念包含著「現代性之隱憂」。

二十世紀思想文化史上的語言論轉向產生了一個重要的結果，即結構對主體性的消解。尤其是克里斯泰娃的「互文性」概念，在形式主義文論用文本自足性將意義從作者手中奪回交給文本之後，歷史性地揭示了意義生成的非個人性和文化規定性。一九六八年，R・巴特在《作者之死》一文中稱作者為「抄寫人」；他激烈地反對傳記研究所依賴的那種視作者為天才的文學觀念。在他看來，文本是「由多種寫作相互組合、相互競爭相互爭執但沒有一種原始寫作的多維空間的，由各種引證組成的編織物」[18]。傳記研究崇信作者的獨創性，是因為這些學者沒有意識到作者本身所受到的社會歷史和文化的規定因而世上不可能有所謂獨創性的神話。人類學批評提出的「原型」概念，實際上也否定了作者對文本意義的絕對統治，因為原型屬於超個人的歷史性範疇。

在作者與文本意義的關係問題上，傳記研究設定了一個「自明性」的事實提供意義的來源，從而使意義獲得了確定性的形態。這種用因果論界定作者與文本關係的方法，為文學研究實施以知識的確定性為宗旨的現代性工程開啟了通道，這也正是中國的傳記研究由胡適來宣導的原因。

[18] [法]羅蘭・巴特，懷宇譯，《羅蘭・巴特隨筆選》（天津：百花文藝出版社，一九九五年），頁二二九。

啟蒙時代歐洲有過「懂得了起源就懂得了本質」的口號。傳記研究同樣也是將作者生平事實當作文本意義的起源，並以此「起源」來鑑定文本意義的內涵。比如周汝昌先生關於《紅樓夢》係曹雪芹「寫實自傳」的說法即是這方面的典範。這種因果論帶來的首先一個問題就是一種決定論的思維方式使得文本被貶低為一個表現性的符號，寫作也只是一種對先在意義的表述性活動而已，文本和寫作都與自主性、自足性無緣。這是一種有著明顯缺陷的思維方式，因為它把由作者自己做出的寫作行為放在作者的生命經歷之外，而且認為寫作只是對經歷的表述。連認同傳記研究的佛洛德都看出了這一點，他不認為生平經歷和寫作活動之間只是因果關係。精神分析學文論把寫作視為傳記的一種昇華、轉移，屬於傳記自身的內容。作者通過寫作完成了本我對超我的反抗，就像薩特說的那樣通過寫作體驗自由。曹雪芹的寫作同樣屬於他的生命歷程的一部分，這一部分是他生命的超越和延續，絕不是用來表述另一部分生命經驗的工具性活動。

另一個問題是，文學性意義僅僅是由作者傳記來建構還是有其他元素參與？形式主義文論誕生後人們逐漸意識到，文本有不受作者意識制約的自足性，這一觀點得到了結構語言學的支援。在德里達關於「延異」的論述中，指涉性的確定意義只不過是邏各斯中心主義在意義問題上的一種表現；意義其實是能指在差異中無限延續的蹤跡而已，因而它以流動、播撒、開放的形態存在著，所以關於先在的、確定的、客觀的意義的設定，只不過是一種心造的幻影。在意義問題上，新闡釋學同樣不相信作者的單一的決定權形成所謂確定性的意義。闡釋學文論引入讀者在閱讀活動中的主體性來描述意義生成機制的多元因素；闡釋學的視野中，意義是在前理解影響下的對話和闡釋循環中形成的。現代文論流派在意義形態及其生成問題上，幾乎都反對經典傳記研究建立在作者決定論基礎之上的意義確定性觀念，這說明傳記研究的知識學出發點的設定是有問題的。

在意義問題上傳記研究還有一個嚴重的缺陷：它設定的文本意義被限制在作者傳記事件範圍之中，這違背了文學性書寫的意義創造性原則。如果《紅樓夢》真的只是像周汝昌所說的那樣僅僅記錄了曹雪芹的家事，那麼這部小說是不可能有那麼強烈的震撼力的。劉小楓曾經質疑新紅學：「曹雪芹為什麼帶著深切的悲情走進『紅樓』世界，究竟是一種什麼生命感覺使得曹雪芹要構想這個世界？這個世界構想所展示的精神過程是如何發生的？《紅樓夢》必須作為中國精神史上的重大事件來看待，真正的探佚應該是帶著精神史問題的索引。」[19]按照新紅學的「家事實錄」的說法是不可能回答這些問題的，除非我們認定文本意義中包含著大於、多於作者生平事件的內容，認定文學性寫作是對現實狀態的超越。普魯斯特駁斥聖伯夫的原因就在於他反對在作者經歷和文本意義之間劃等號，他主張寫作對有限的生平事件的超越。

從方法論層面來看，傳記研究力圖走出意義經驗描述的前現代性方法論範式，將知識的實證性引入人文科學的知識生產之中，希望在自然科學霸權化的現代性語境中保持人文科學的地位，就像十九世紀的孔德等人宣導所謂「社會物理學」一樣。但是實證主義是否適合於人文科學的知識生產卻是一個需要反思和論證的問題。

十九世紀後期，狄爾泰從闡釋學角度提出人文科學與自然科學是兩種不同的理論形態。人文科學的方法不是實驗、觀察、歸納，而是「理解」。人文科學在歷史理性的引導下通過對文本的理解形成意義經驗，這經驗使我們體悟到文本誕生時的一種生命狀態，由此人文科學提供了一種真理，即在理解中還原到生命的本真。狄爾泰意識到人文科學與自然科學處理的知識對象完全不同，因此他反對用關於自在性的自

[19] 劉小楓，《拯救與逍遙》（上海：三聯書店，二〇〇一年），頁二一一二。

然物的認知方式來對待人文科學的對象，即自主性的精神現象。現象學影響下的新闡釋學則用闡釋循環、視界融合、問答邏輯、主體間性等概念形成了一種特定的真理論，它使得人文科學區別於自然科學的知識學屬性清晰起來。福柯認為，「人」是近代文化的一個發明。當我們僅僅只是把人當作科學研究的對象時，人文科學並未誕生，而當人們面臨某種社會問題、需求或實踐性障礙需要解決時，人們對「人」的科學反思才形成了人文科學[20]。我們也可以說，當胡適有了消解「主義」回歸「問題」的思想訴求時，用實證主義方法處理人的精神現象，將「自傳說」加之於《紅樓夢》，這才成就了作為人文科學的新紅學。如此一來，實證主義就只是人文科學的一種方法論選擇而已，絕非普遍有效性的法規。

實證主義在傳記研究中的具體運用就是文獻考據。作為對文本意義闡釋的參考資料，圍繞文本及其作者的相關文獻的搜集和考證是非常必要的，但這些工作只能是意義闡釋的參考或條件而非文學研究的目的，它不能代替意義的闡釋。佛洛德在解釋達芬奇日記中一則關於夢的記載時，錯把古義大利語詞彙nibio（鳶）譯作德語詞geier（禿鷲），結果他關於達芬奇童年的戀母情結的論述遭受學術界質疑[21]。在傳記研究中，實證主義觀念使文獻考據代替了意義闡釋，所以一旦文獻考據有誤，則全部論述失真，那怕佛洛德主義的基本觀念得到人們的認可。文獻考據在文學研究中只是一個資料匯集的階段，用它作為全部研究工作的目的，將會導致文學研究學科知識屬性的異化，比如新紅學後來就異化成了文獻學或考古學。

一九六九年，福柯在提交給法蘭西哲學學會的報告《作者是什麼》中提出用「功能論」解釋作者問題。福柯並不贊同傳記研究的那種因果論的「作者—作品」關係理論，他引述貝克特的話說：「誰在說話

20 [法]蜜雪兒·福柯，莫偉民譯，《詞與物——人文科學考古學》（上海：三聯書店，二〇〇一年），頁四五〇。
21 [奧地利]佛洛德，張恆譯，《達芬奇的童年回憶·前言》（北京：新星出版社，二〇一〇年），頁八至九。

有什麼關係？」但他也不贊同形式主義主張的那種作品的自足性封閉；他認為作者與作品的複雜關係不能一概而論。重要的在於，「作者的名字表現出話語存在的一種特殊方式的特徵」。像馬克思、佛洛德那樣的偉大作者，其名字標明著一種話語方式實踐的創始，而普通的作者並未獨創一種專屬性的話語方式。作者署名與作品內涵之間的關係極為複雜，並不像傳記研究那樣在生平事件與文本意義之間劃上連接線一般簡單。福柯的「作者－功能」論更看重作者這一名稱的功能，即它怎樣以一種署名的方式肯定、傳播並擴張某種話語方式的實踐[22]。由此我們是否可以說，「《紅樓夢》作者」這一名稱表明的是「傳統的思想和寫法都打破了」，這個問題比「京華何處大觀園」重要得多。

傳記研究在學理上的正面價值是不容忽視的，它的問題主要出在一種激進化的運用當中。比如強調文學活動中作者的主體性和個性，強調作者生平事實對文本意義解讀的導引作用，等等，但這些觀念和方法一旦被極端性運用，比如作者的主體性上升為作者決定論的意義觀，生平事實的證據作用被推及為生平事實對意義的替代，那麼，傳紀研究就會步入歧路。中國學術界的新紅學就是一種典型的激進化的傳記研究，它充分地顯現了主體論哲學和實證主義方法在知識領域裡實施霸權化統治的悲劇。

[22] [法]蜜雪兒・福柯，逢真譯，《作者是什麼》，《後現代主義的突破：外國後現代主義理論》（蘭州：敦煌出版社，一九九六年），頁二七〇至二九二。

第十章　形式論：能指主義與形式化方法

對於形式主義這一稱謂而言，真正重要的不是關於文學形式——書寫技藝、言語結構、敘事模式等——的本體論定位，而是一種「形式化」的方法。形式化方法以概念的非指涉性、文字屬性自律、普適性抽象定義等方法論原則對文學現象——包括形式，也包括內容——進行超歷史超語境的邏輯界定，由此而形成具有本質主義力量的文學本體論和文學價值論定義。這種方法典型地體現了現代性的知識學訴求。

一、形式化：知識學的現代性工程

哈貝馬斯關於現代性工程的三大內涵（普遍法律與道德、實證知識和自律的藝術）[1]的論述漏掉了一個比知識的實證化更為重要的現象，即知識的形式化。瑞士哲學家J・M・波亨斯基在《當代思維方法》中認為：「近代方法論的一個最重要的成果，是人們認識到在句法層次上操作語言能使思維活動大為方便。這樣一種操作方法叫做『形式化』方法。它的要點是撇開所用符號的每個意義，只考慮符號的書面形

[1] J.Habemas, "Modernity Versus Postmodernity", *New German Critique*, 1981.No.22.

式。」[2]波亨斯基將語言運算式的意義分為「本真意義」和「操作性意義」，前者意味著指涉層面上的模態性意義，後者意味著結構層面上的符號性意義。形式化方法首先要求擺脫本真意義的限制，將意義的生產權力交給先驗理性的概念和邏輯活動。比如結構語言學以能指自身的差異性組合為語言運算式的意義之源，這就是一種典型的形式化方法實踐，它所達到的目標乃是形式意義超越指涉意義的自律；再如文學理論中的形式主義，它借助康得美學的形式遊戲概念而達成了自律的「文學性」。

形式化方法訴諸能指的非指涉性，這使得實證意義上的感覺經驗失去了知識學意義，那麼知識的普遍有效性又何以獲得呢？其實形式化方法並沒有像波亨斯基說的那樣完全「撇開符號的本真意義」，而是將這種意義進行「脫水處理」，轉化成為抽象公理。比如亞里斯多德把包含某種邏輯變項的不完善三段論規約為完善三段論，再比如歐氏幾何關於幾何形變化的概念和公理的確立，都體現了形式化方法的特徵，即：（一）簡化存在形態；（二）約定表述符號；（三）設立抽象公理；（四）構建邏輯模型。當我們用這種抽象的邏輯模型來表述知識，知識就具有了一種非指涉性、超語境性的普遍有效價值；形式化方法由此顯示出本質主義的定義力量。對於形式化而言，形式不僅是自律的，更是抽象的和普適的，它以一組抽象概念結合成一個能夠獨立生產意義的邏輯模型並將其應用於全部語言活動，從而獲得普遍有效的闡釋權力。由此觀之，黑格爾的歷史理性也可以視作一種形式化的歷史學。

形式化方法成型於數理邏輯中的希爾伯特方案。一八九九年，德國數學家D・希爾伯特出版《幾何基礎》，提出以形式化的公理系統協調歐氏幾何與非歐幾何之間的關係。一九二二年，希爾伯特正式推出以

[2] [瑞士] J・M・波亨斯基，童世駿等譯，《當代思維方法》（上海：上海人民出版社，一九八七年），頁三七至三八。

他的名字命名的「希爾伯特方案」。這一方案要求幾何推理擺脫一切直覺或關於視覺圖形的聯想，將數理邏輯建立在基本概念、公理和推理規則之上。方案致力於解決數理邏輯的一致性問題，它把基本概念甚至變元都統攝為一般性符號，並賦予其規則化的推理模型。希爾伯特方案將邏各斯中心主義——現代性的知識學源頭——表述為一種程式化的方法。一九三〇年，K・哥德爾提出「不完全性定理」，對希爾伯特的有窮主義論證提出質疑，使人們看到了形式化方法追求整一性模式的缺陷。但「不完全性定理」並不能否定希爾伯特方案所代表的那種知識學訴求的歷史地位，即現代性對知識確定性的追尋，這就好像後現代建築家R・文杜里張揚「雜糅」風格並不能否定科布西埃的單一明確風格在現代建築史上的廣泛影響。

希臘思想家們把一種超越於實在之上的簡潔而又普遍的理式或本質拿來整合存在以達到認知的有序化，這種邏各斯中心主義的思維方式要求的是知識的確定性、普遍性和明晰性。邏各斯中心主義孕育了現代性的知識學基因——形式化。

形式化的要旨在於用非指涉性的純粹符號構成抽象的公理或模型來對意義進行普遍有效的闡釋，這一做法與現代性的文化特質是相通的。在福柯看來，經歷了文藝復興時期的「相似性」和古典時期的「表象分析」後，西方知識型在十九世紀開始的「現代時期」出現了語言的獨立運動，「詞」與「物」相分離。福柯談及「我們經驗的這個一般標誌」（即「形式主義」）時說：「這個當代體驗正是在現代認識型非常嚴密的、非常融貫的構型的內部發現其可能性的；甚至正是這個現代認識型，憑藉其邏輯，使得這個當代體驗產生出來……」[3]這也就是說，詞的獨立性乃是現代知識生產的特性。在形式化方法中，我們既可以

3　[法]M・福柯，莫偉民譯，《詞與物——人文科學考古學》（上海：三聯書店，二〇〇一年），頁五〇二。

看出現代性的主體性構想——創造形式的邏輯理性乃人之先驗類屬性，也可以見出現代性的超越性構想——形式的自律是對實證事實的有限性的超越，還可以見出現代性的總體化構想——形式以抽象模型的方式實現了中心對邊緣的控制，以及現代性對存在的「界分」——形式的自律是知識的學科專業化的依據。現代性正是用這種帶有虛擬色彩的形式化知識使我們一方面躍出實證事物的限定而獲得一種主體性的自由，同時也讓我們在抽象的符號、概念、數位、邏輯中陷入虛無主義的隱憂。

以符號結構的非指涉性自律、抽象邏輯的規則化模型和普遍有效性公理為宗旨的形式化方法不僅是現代性工程中思想文化的訴求，進而更成為一種遍佈各個文化場域的共同傾向。

在哲學領域裡，伴隨著語言論轉向的思想運動，以闡述宇宙或人性之規定性為宗旨的「鏡喻哲學」逐漸結束了歷史使命，代之而起的是關於語言、邏輯、結構、話語等符號運動問題的反思。B・羅素聲稱哲學不能代替自然科學一類的知識，哲學的根本任務在於探索知識的表述形式即邏輯問題。當結構語言學進入哲學並孕育出一種形式化思維之後，現代哲學就完全擺脫了宇宙理性代言人的角色；話語和邏輯等形式問題成為哲學思維的主題。在藝術領域，印象派和野獸派摧毀了建立在還原論基礎上的寫實主義造型觀念；自立體主義始，現代藝術把純粹造型作為自己的創作目標，致力於實踐康得美學為藝術制訂的「形式遊戲」的本體論原則。無物象繪畫——純粹造型——抽象繪畫，審美現代性的這一演進軌跡讓我們看到了形式化思維怎樣將造型藝術變成一種「純形式」的造型遊戲。在文學領域，福柯談及的那種「不及物原則」從浪漫主義的天才詩學中初見端倪，經過唯美派和象徵派，最終形成了以「文本自足」為本體論定義的形式主義文學觀念。形式主義文論借助於結構語言學對文學性進行的描述——能指的差異性結構，其實就是形式化思維在文學觀念上的一種呈現。正是在這一意義上，我們可以說文學性是一個現代性的概念，因為它體現了現代性知識學的形式化訴求。

即使是在科學領域，十九世紀晚期以來也出現了邏輯優先於實驗的情況。十九世紀備受重視的實驗科學把感覺經驗當作知識生產的支點，進入二十世紀後，諸如量子論、相對論等對實驗的依賴越來越小，而思辨、推理甚至想像的成分越來越多。其方法論的形式化意味也日益彰顯。

文學研究中的形式主義乃是文化現代性語境中的一種歷史必然。對於文學研究而言，形式主義同樣顯現了現代性工程的威力，諸如文學的自主性、知識的確定性、闡釋的有效性等等，當然也充滿了現代性之隱憂，諸如虛無主義、審美烏托邦等。

二、形式化思維與文學形式

「形式」這一概念來源於黑格爾主義的辯證法。事實上，存在本身是無所謂形式也無所謂內容的，它僅僅是存在而已。邏各斯中心主義建立了一個「內容」（理式、絕對心靈、理性、本質、規律、意識、思想、命題、所指……等等）與「形式」（現象、外觀、感性、詞語、技藝、能指……等等）的二元等級秩序。其中內容是本體，具有決定力量；形式是載體，處於異質性的地位。因為內容無須證明地具有本體地位，所以我們有「形式主義」稱謂而無「內容主義」一說。

文學活動本身不可能按照「內容」、「形式」二分的秩序結構展開，因而文學研究中的「形式主義」也絕不等於對文學現象的某一構成元素（比如與「內容」相對應的「形式」）的排他性關注。文學研究的方法論並不是按照對象的構造域限設定的，這就好比新批評的技藝論與新歷史主義對敘事技藝的分析所用方法全然相異。前者運用功能主義的語義學描述修辭技藝的詩學價值，後者運用後結構主義的批判性話語分析揭示修辭技藝與權力、意識形態的聯繫。二者很難被歸為同一種研究方法——儘管它們的考察對象同為修辭技藝。形式主義同樣不能簡單地表述為對文學形式的研究。形式主義的要旨在於形式化方法，這一方法來自於形式化思維。形式主義文學理論雖然遠未達到希爾伯特方案或羅素、懷特海《數學原理》那樣的完全形式化的境界，但形式主義文論家們也在致力於用形式化方法把文學研究整合進一種科學主義的模式之中。

蔡曙山先生給形式化方法下了一個定義：「所謂形式化，就是以形式語言為基礎，以形式系統為工具，從希爾伯特方案的提出到哥德爾定理的證明所發展起來的一種重要的數學證明和推理方法。」[4]大陸理性主義關於先驗理性在認知中的決定作用的觀念是形式化方法的哲學依據，它使得這一方法上升到「普遍理性」的高度。李建華等在《形式化及其歷史發展》一文中用「實質的公理化」、「抽象公理化」、「形式公理化」三個原則描述了形式化方法的規定性[5]；這一描述中的「公理化」也就是一種普遍有效的規定性模型。

對普遍有效的規定性模型的尋找同樣也是文學研究中形式主義學派的宗旨。形式主義學派對文學現象的詮釋始於文學現象的能指化而完成於邏輯化結構模型的建立。

形式化思維對文學研究的第一道詮釋策略是建立封閉自足的「文學場」。因為只有把文學現象限定在

4　蔡曙山，《論形式化》，北京：《哲學研究》二〇〇七年第七期。
5　李建華、李紅革，《形式化及其歷史發展》，北京：《自然辯證法研究》二〇〇八年第八期。

一個自律的系統之中才有可能將序化的邏輯模型投向文學以整合其結構；倘若不切斷文學與外系統的諸種「場」的聯繫，那麼一個「淨化」的模型是永遠無法形成的，形式化的闡釋技術也就無法進入實踐。所以形式主義文論家首先要強調文學文本的意義自足、結構自足和功能自足，強調詩與「城堡上飄揚的旗幟」無關。他們或者依賴康得美學或者依賴結構語言學，為文學劃定嚴格的邊界，將文學塑造成為一個獨立王國中的君主。這一點常常被文論史家們視為形式主義的宗旨或核心，其實它只是形式主義的一個理論開端，是為形式化思維建設文學形式大廈所做的土地規劃而已。

形式化思維的第二道策略是從文學現象中提取非指涉性的結構元素並將其抽象化為符號。形式化思維不同於實證主義，它超越經驗事實而指向抽象符號的定義力量。因此形式主義文論在文學活動這一自足系統中提取一些能夠形成結構的元素——即構成模型的模組——予以抽象化，並以特定符號為之命名，如雅克布森的「隱喻與換喻」、蘭色姆的「肌質與構架」、巴爾特的「功能」與「標誌」、泰特的「內涵」與「外延」，還有諸如「故事」與「情節」、「韻律序列與意義序列」、「語境」與「反諷」等等。這些概念都不再是具體的文學現象的名稱，它們被抽象化為服務於某一個高級結構的「成員」，就像抽象繪畫中的造型是「無物象」性質的純粹造型一樣。只有超越實證事實意義上的文學現象，非指涉性的概念才能強化其普遍有效性而為最後的抽象邏輯模型擴展詮釋的覆蓋範圍。比如，雅克布森先編撰出等價分佈、選擇軸、結合軸等表述語言功能的概念，繼而提出「詩歌功能在於將等價原則由選擇軸投入結合軸」[6]這一作為普遍定義的邏輯模式。

[6] R.Jakobson, "Linguistics and Poetics", S.Chatman and S.R.Levin, 1967, "*Essays on the Language of Literature*", Boston: Houghton Mifflin.

形式化思維的第三道方法論策略是用基本概念構建普遍性的邏輯模型並以之為文學定義。形式主義的文學研究不同於實證主義、歷史主義、批判理論的根本特徵在於它以預設的抽象邏輯模型序化文學從而達成闡釋的普遍有效性，就此而言，形式主義與本質主義思維方式有相通之處，比如二者都尋求關於文學的抽象原理式的定義。T・托多羅夫認為，詩學的研究對象是一種特定類型的話語特性，「任何一部作品都只被看成是具有普遍意義的抽象結構的體現」，「詩學研究的不是現實的文學，而是可能的文學」。「可能的文學」即符合那抽象結構定義的文學[7]。於是形式主義者紛紛構想那具有最高定義力量的邏輯模式：關於文學屬性有洛特－加龍省曼的「形式特點語義化」模式，關於詩歌語言有雅克布森的「等價分佈」模式以及泰特的「張力」模式，關於敘事結構有格雷馬斯的「符號矩陣」模式，甚至在文學史問題上也出現了R・肖爾斯的「人物關係」模式，等等。抽象邏輯模式的建立將文學現象帶入了一個清晰可辨的框架，全部文學現象的屬性、功能、結構、價值、意義都可由此框架加以闡述，猶如黑格爾主義的歷史理性使歷史事實歸附於進步論的程式一樣。

用非指涉性的概念構建自律性的抽象邏輯模型，以之整合、序化全部文學現象，這就是形式化思維作為一種現代性的知識學訴求在文學研究中的表現。所以說，形式主義的要旨並不在於「重視文學形式」，而在於「形式地」關注文學。拉曼・塞爾登等人在《當代文學理論導讀》的結論部分引述一位當代理論家（John Brenkman）的話說：「對形式既有形式主義的方法也有非形式主義的方法。」[8]反過來說，對歷

---

7 參見李幼蒸，《理論符號學導論》（北京：社會科學文獻出版社，一九九九年），頁四四四。

8 [英]拉曼・塞爾登、彼得・威德森、彼得・布魯克，劉象愚譯，《當代文學理論導讀》（北京：北京大學出版社，二〇〇六年），頁三三三。

史也同樣可以形式主義地或非形式主義地進行詮釋。什克洛夫斯基的「技藝論」強調的是詞語在歷史中的「變數」式呈現，它並非一種典型的形式主義觀念，而R・肖爾斯關注的雖然是人物形象、文學史，但他卻以理性主義的邏輯程式去整合人物和文學史，其理論的形式化程度要高於什克洛夫斯基。

三、形式研究的方法論困境

形式主義以現代性的知識生產方式把關於文學的知識變成了總體化或全球化的知識，從而忽略了文學作為文化實踐的「地方性」或作為歷史的「事件性」。就像啟蒙現代性使現代社會進步繁榮但又充滿現代性之隱憂一樣，形式化思維為文學研究帶來了明晰的邏輯程式和確定的屬性定義，但卻排斥了文學經驗中的那些異質性的內涵。這也是形式化思維在其發展歷史上已經遭遇的尷尬，比如哥德爾正是用「不完備性」質疑了希爾伯特方案的理想主義。

自形式主義將形式化方法引入文學研究始，作為一種特殊的知識生產實踐的文學研究就逐漸陷入了方法論的困惑之中。

形式主義的方法論困惑首先表現為知識依據的二難處境。現代文學理論的知識依據問題甚為複雜。雖然近代以來文學一直在尋求自主性，但文學自主性的依據卻始終未能得以確定，文學研究同樣沒有完全確定自己定義文學屬性和價值的知識依據。美學、語言學、社會學、心理學等等都曾嘗試主宰文學理論，由此而形成了各種「主義」的文學理論和文學研究方法。對於形式主義來說，它為自己確立的知識依據有兩個：一是美學，尤其是康得美學；二是語言學，尤其是結構語言學。前者為形式主義提供了文學場成為自律系統的依據，後者則提供了一種將文學現象整合為符號化邏輯模型的闡釋技術。有了美學的「藝術自律」，形式化思維就可以在文學場內「合法地」、不受其他場域干涉地建立普遍有效的定義概念和結構規則。語言學作為一門「形式科學」，它致力於為語言活動構建「大憲章」。語言學成為文學研究的知識依據，意味著文學研究擺脫經驗狀態而上升為一種「約法」行為，一種普遍範式對文學事實的界定或裁量。

形式主義同時將美學和語言學設為知識依據，兩種學科的方法論差異導致形式主義文論走入方法論困境。美學雖然強調文學的自律——這使得文學研究的知識對象有了獨立的品格和確定的邊界，但美學提供給文學研究的方法是一種審美描述的方法。這一方法要求對個體心理經驗中的審美內涵進行描述。因為審美「不依賴概念」而展開，所以審美經驗描述必然是個體的、具象性的。唯美主義者佩特說：「重要的不在於批評家為知識界提出一個關於美的正確而抽象的定義，而應該具有這樣一種氣質，即在美的事物面前深受感動的能力。」[9]但是語言學則致力於將文學研究的知識對象範式化，它要求一種超越個體經驗的整體性和普遍性；這種科學主義的知識學訴求跟審美經驗描述是不相容的。所以我們看到，雅克布森的詩歌語言模型、格雷馬斯的敘事模型、蘭色姆的詩歌語義模型等，跟波德賴爾式的審美現代性描述或唯美主義者們充滿詩學激情的人生態度，很難共用於對某一文學現象的闡釋。

形式主義的方法論困境其次表現為思想資源的二難處境。形式主義文論的思想資源有二，一是審美主義，二是科學主義。在近代文明史上，審美主義和科學主義的對立是一道引人注目的景觀。為形式主義

[9] [英]W・佩特，姚永彩、左宜譯，《文藝復興・前言》，《十九世紀英國文論選》（北京：人民文學出版社，一九八六年），頁二四五。

提供思想資源的審美主義不是那種審美救世的批判理論，而是以藝術自律為宗旨的審美烏托邦觀念；雖然它沒有使審美變成「介入」的手段，但其中仍然蘊含著一種審美倫理。這一倫理理想的主旨在於建構獨立的「文學場」以保證藝術的主體性地位並維護「藝術化」生存的合法性。啟蒙現代性建造了以工業技術為基礎的總體化社會，該社會置藝術、詩等於異質性存在，這直接刺激了先鋒派的叛逆美學或抵抗詩學的產生，也造就了形式主義、純粹造型等「逃亡者」美學。「逃亡者」美學開始於英國浪漫主義的天才詩學，中經唯美主義的推波助瀾，最後在二十世紀形成形式主義的文學觀念。形式主義者之所以關注文學形式，就是因為形式具有烏托邦功能，它能夠庇佑那些被總體化的技術霸權社會排斥的另類性存在。直覺、夢幻、他者、當下性、邊緣性等等，都能夠在文學形式中合法地生存。所以，形式主義文論要把文學從歷史的「大敘事」中撤出來，撤回詩學的象牙塔，完成審美大逃亡。

但同樣為形式主義者所追求的科學主義卻與審美現代性相互對立。科學主義引導形式主義「科學地」建立文學科學。實際上，科學主義在侵入文學研究之前就以一種發端於邏各斯中心主義的形式化思維把現代社會整理序化成為了一座「形式化」大廈。由科學主義推動的現代性工程對社會生活進行「祛魅」，使之步入「形式合理化」（M・韋伯）的進程。在這一進程中，我們的知識也逐漸躍出大地，擺脫自然意象的糾纏上升成為抽象的數字、原理、概念、因果邏輯等等。知識的形式化正是科學主義的知識學訴求，它帶來了知識的確定性和普遍有效性。現代性工程的結果乃是現代社會的形式化——我們現在就生活在這樣一個由抽象模型控制著的社會結構之中。一個極為弔詭的事實是，形式主義文論家本為逃避科學主義造成的形式化社會而執意於文學形式，但他們又將形式化思維的方法加之於文學研究，於是便出現了這樣的現象：用形式化思維來研究能夠逃避形式化社會的文學形式。

我們在此看到了兩種形式主義文學觀，一種是詩人的技藝論文學觀，另一種是語言學家結構論文學觀；前者傾向於審美主義而後者傾向於科學主義。尤其是以結構語言學為理論依據的形式主義文論，本來是欲借文學性躲避形式化社會，但卻用形式化思維把文學性也給形式化了。所以巴赫金認為形式主義造成了一種「虛無主義的傾向」[10]。

形式主義的方法論困境的第三個表現是一種文學價值論的二難處境。一方面，形式主義把抽象邏輯模型作為文學的終極定義原則，因而它要用一種超越歷史的普遍範式來審視文學現象並予以價值判斷，比如雅克布森和列維－斯特勞斯依據「等價原則」對波德賴爾《貓》的分析和評價。另一方面，形式主義對表現技藝的強調使他們特別關注文學文本中的那些違反語言規則的修辭策略，這裡又見出一種對模式化的抵抗，比如C・布魯克斯在《悖論語言》中對約翰・鄧恩《聖謚》一詩的分析。

形式主義起源於審美現代性對藝術形式的抵抗功能的認可，同時它又投身結構語言學的規則化系統以尋求知識生產的確定性和普遍有效性。這樣就必然使得文學的評價機制從外部的歷史回到自足的文本。結構語言學為文學的屬性定義制訂了一個邏輯模型，該模型內在於文本的語言系統，與社會歷史無關，因此它具有超歷史超語境的定義力量。形式主義的文學價值論帶有明顯的本質主義色彩，因為它的價值座標是一個預設的抽象模型。雅克布森等關於《貓》的分析就是一種超歷史的純結構分析，他的「等價分佈」與歷史語境沒有關聯，所以裡法太爾認為雅克布森完全沒有考慮讀者的感受。但是一旦考慮讀者接受問題，形式主義就被捲入了歷史，這也就違背了他們在封閉的文本結構系統中用抽象的邏輯模型定義文學的初衷。

10 ［俄國］巴赫金，李輝凡等譯，《文藝學中的形式主義方法》（桂林：灕江出版社，一九八九年），頁八〇。

技藝論者對形式定義的主張不同於結構論者。技藝論把超常規或反體制的語言策略作為文學屬性的規定性，這就否定了被結構論者禁錮在封閉系統中的邏輯模型的定義功能。他們將「文學性」理解為一種歷史性的變數，而非靜止、純粹而超然的模型，如什克洛夫斯基的「陌生化」概念就是指向修辭策略的歷史性變異。作為評價座標，「陌生化」既取決於修辭技藝也取決於閱讀經驗，它呈現出一種開放性。尤其重要的在於，「陌生化」跟布魯克斯的「反諷」一樣都是將語言技藝放在歷史進程中觀察既往的體制或秩序怎樣被顛覆，因此在他們的眼中文學性是一個歷史變數，並非雅克布森的自在的結構模型。我們閱讀技藝論形式主義者和結構論形式主義者關於文學評價的著作時，明顯地感到他們之間的差異。

四、形式的擴張與形式化的式微

一九三〇年，哥德爾發表《論《數學原理》和相關系統I中的形式不可判定命題》，提出了「不完全性定理」。哥德爾從「大系統」概念入手表明形式系統的一致性是無法證明的；實際上哥德爾是謹慎地質疑了希爾伯特方案的理想主義和純粹性追求。在哥德爾步入學術界的時代，量子論在歐洲物理學中誕生。量子論一改牛頓力學構造井然有序的宇宙運動模式的努力，用「測不準原理」描述微觀運動，消解了以「守恆」、「對稱」、「平衡」等為特徵的經典物理學的宇宙模型。從此，形式化方法遭遇了合法性危機。

形式化思維作為一種現代性的知識學訴求，它要求將知識「純淨化」為超然於零散的現象之上的、具有整合序化現象之功能的抽象邏輯模型，這與現代性的總體化工程是相吻合的。但是在「現代性之隱憂」

日益顯露的時代裡，思想文化界對現代性的反思引導出一種解構總體化、解構邏各斯中心主義以至於解構「全球化知識」的傾向，比如後現代主義者們以異質性的名義向「宏大敘事」發起的攻擊。一元化的抽象邏輯模型恰恰就是總體性得以建立的基石和理論條件。所以張揚後現代性的人們意欲用異質、他者、混雜、不確定來反抗單純、明確、普遍性，比如用地方性知識反抗全球化知識的C・吉爾茲、用雜糅風格反抗柯布西埃式的單一明晰的建築風格的R・文杜里、用歷史的「事件性」反抗黑格爾主義的歷史理性的福柯、用「他者的面孔」反抗倫理學的一致性的列維納斯，等等。

在這樣一種思想文化背景下，曾經以抽象邏輯模型統治文學的「文學性」，再也無法抵抗全部歷史性力量——讀者、意識形態、權力關係、互文性等——對其詩學王國的君主地位的顛覆了。一九六〇年代，法國結構主義敘事學——尤其是格雷馬斯的「符號矩陣」理論——將形式化思維發揮到極致，此後，那種為文學活動構建抽象邏輯模型以保證文學研究的決定論的、確定性的詮釋地位的做法，逐漸被人們棄之不用了。隨著現代性之隱憂的日漸顯露，形式主義文論的方法論——形式化思維——其理論同一性亦日漸式微。近十餘年來，文學理論連「原理」、「概論」、「教程」都不願涉足，人們似乎不相信文學能夠用單純的邏輯模型「決定論」地予以闡述，他們更傾向於以一種「散點透視」的方法去編撰「文論關鍵字」。

奇怪的是，伴隨著形式化思維式微的卻是「形式」的擴張，即我們常常談及的「文學性的蔓延」。

文學形式為形式主義文學理論所偏愛，但作為研究對象的文學形式本身並不具有方法論的意義。也就是說，研究文學形式的理論並不等於形式主義文學理論，形式化思維才是形式主義的內核。但是形式主義畢竟是由關注形式入手來建立形式化的文學定義的，因為文學形式具有將文學從社會歷史大系統撤出、形成自主性的小系統的功能。審美現代性設想的那種遠離歷史遠離社會的「純藝術」要求文學研究者在理論上對文學的自律進行合法化論證，這種論證在形式主義文學理論那裡就結果為一種純淨而自足的文學形式的出場，即作為某種特殊的修辭技藝之表現的「文學性」獲得合法化存在的地位。結構語言學關於語言運算式內部的封閉性的結構形成了語言運算式的意義的觀點，直接為形式自律提供了學理支撐。

借助於結構語言學理論，形式主義文論賦予文學形式以絕對的自由。文學形式——修辭技藝、句法結構、敘事策略等等——成為意義的生產者或創造者，它創造了一種文學性的即非歷史的詩學意義。但是文學形式的獨立自主是一種象牙塔情結的表現，它固然提升了文學形式的地位，但還是只能「小國寡民」式地遠離社會歷史。唯美主義者將藝術形式的自律上升至一種遠離人間煙火的生存倫理，先鋒派正是借助這種審美倫理讓藝術成為抵抗世俗生活秩序的依據，而形式主義則把審美倫理轉化為一種純技藝的能指遊戲。直至阿多爾諾等馬克思主義者，被封閉在文本牢籠之中的形式得以重返歷史。在阿多爾諾那裡，藝術形式的自律非但沒有將藝術軟禁於象牙塔中，而進它以新異原則實施了顛覆資本主義社會體制的「造反」。

後結構主義者同樣也有著類似於西方馬克思主義的叛逆情結，所以他們對結構主義的封閉自足的語言模型深感不滿。德里達、巴爾特、福柯等人固然承認了話語意義的非指涉性，但他們更看重的是話語的生產功能。德里達看到，在場形而上學根源於邏各斯中心主義，它在本源上排斥著話語的遊戲性質；話語遊戲作為能指的無窮盡的延異顯示了自身的在場，並且反抗著預設的整體和中心。因此，能指在延異中播撒，其蹤跡本身就顯示了存在的現實性。對於德里達而言，話語的遊戲性質並未使話語隔絕於歷史，相反它創造著歷史。巴爾特對此心領神會，他在一九七〇年代初期放棄了封閉自足的結構整體的觀念，轉而尋找作為社會實踐的文本意義生產方式。巴爾特從文本中辨析出許多超詩學或超審美的意義，他相信這些意義都是由代碼的構成方式製造出來的。福柯更是把「詞」視作賦予「物」以秩序的一種力量。一位學者理解道：「……我們思想據其與符號組合順序的關係運動，世界就是根據這個組合順序而被揭示的，而每一次揭示都表現出語言和文化上的特性。」[11]甚至社會的權力秩序也是來自話語的秩序。由此，作為言語策略和符號結構的話語上升成為思想、理論、知識、意識形態乃至社會關係的策源地。

以福柯思想為理論資源的新歷史主義文化詩學把語言技藝進而擴展至歷史的意義生成機制。新歷史主義主張「歷史的文本化」；海頓•懷特的歷史編撰學的核心即是檔案通過敘事策略成為歷史。在這裡，我們看到作為一度「逃亡」的文學性，反而當上了主宰歷史的大君主。在文化研究中，當代學術發展出來一種「批判性話語分析」。這一方法借助形式主義對話語形式的細讀策略和佛洛德主義的症候分析，引入意識形態批判理論，使得文學形式具有了一種歷史性的統治力量。

後現代思想文化放棄了形式化思維這一現代性的知識學訴求，但又把現代性關於文學性自主的觀念推向了極致。

[11] [德]曼弗雷德•弗蘭克，陳永國譯，《論福柯的話語概念》，載汪民安等編《福柯的面孔》（北京：文化藝術出版社，二〇〇一年），頁九〇。

參考文獻

一、專著類：

《中國人民共和國國家標準・學科分類與代碼》，北京：中國標準出版社，一九九三年。
方珊，《形式主義文論》，濟南：山東教育出版社，二〇〇二年。
王一川，《大眾文化導論》，北京：高等教育出版社，二〇〇四年。
王一川，《中國現代卡里斯馬典型——二十世紀小說人物的修辭論闡釋》，昆明：雲南人民出版社，一九九五年。
王先霈、胡亞敏主編，《文學批評原理》，武漢：華中師範大學出版社，二〇〇〇年。
王春元、錢中文，《文學理論方法論研究》，長沙：湖南文藝出版社，一九八七年。
王寧，《文學與精神分析學》，北京：人民文學出版社，二〇〇二年。
王寧，《深層心理學與文學批評》，西安：陝西人民出版社，一九九二年。
王德勝，《擴張與危機——當代審美文化理論及其批評話題》，北京：中國社會科學出版社，一九九六年。
王嶽川，《目擊道存——世紀之交的文化研究散論》，武漢：湖北教育出版社，二〇〇〇年。

左玉河，《中國近代學術體制之創建》，成都：四川人民出版社，二〇〇八年。
朱光潛，《文藝心理學》，上海：復旦大學出版社，二〇〇五年。
衣俊卿，《現代化與日常生活批判：人自身現代化的文化透視》，哈爾濱：黑龍江教育出版社，一九九四年。
衣俊卿等，《二十世紀的文化批判》，北京：中央編譯出版社，二〇〇三年。
何平，《西方歷史編纂學史》，北京：商務印書館，二〇一〇年。
余虹，《革命・審美・解構——二十世紀中國文學理論的現代性與後現代性》，桂林：廣西師範大學出版社，二〇〇一年。
吳立昌，《精神分析與中西文學》，上海：學林出版社，一九八七年。
李幼蒸，《理論符號學導論》，北京：社會科學文獻出版社，一九九九年。
李建盛，《理解事件與文本意義》，上海：上海譯文出版社，二〇〇二年。
李春青，《在文本與歷史之間》，北京：北京大學出版社，二〇〇五年。
李衍柱，《經典文本與文藝學範疇研究》，廣州：暨南大學出版社，二〇〇三年。
李珺平，《西方文學評論方法論演進》，烏魯木齊：新疆大學出版社，一九九三年。
杜書瀛，《藝術的哲學思考》，瀋陽：遼寧人民出版社，二〇〇一年。
汪正龍，《西方形式美學問題研究》，哈爾濱：黑龍江人民出版社，二〇〇七年。
周小儀，《唯美主義與消費文化》，北京：北京大學出版社，二〇〇二年。

周小儀，《從形式回到歷史——二十世紀西方文論與學科體制探討》，北京：北京大學出版社，二〇一〇年。
周平遠，《文藝社會學史綱要》，北京：中國大百科全書出版社，二〇〇五年。
周汝昌，《紅樓夢新證》，上海：棠棣出版社，一九五三年。
周來祥，《文學藝術的審美特徵和美學規律——文藝美學原理》，貴陽：貴州人民出版社，一九八四年。
周憲，《中國當代審美文化研究》，北京：北京大學出版社，一九九七年。
周憲，《超越文學：文學的文化哲學思考》，上海：上海三聯書店，一九九七年。
周憲，《審美現代性批判》，北京：商務印書館，二〇〇五年。
孟繁華，《眾神狂歡——世紀之交的中國文化現象》，北京：中央編譯出版社，二〇〇三年。
林崗，《符號・心理・文學》，廣州：花城出版社，一九八六年。
金元浦，《文學解釋學》，長春：東北師範大學出版社，一九九七年。
金元浦，《接受反應文論》，濟南：山東教育出版社，一九九八年。
姚文放，《現代文藝社會學》，南京：江蘇文藝出版社，一九九三年。
姚文放，《當代審美文化批判》，濟南：山東文藝出版社，一九九九年。
洪子誠，《問題與方法》，北京：三聯書店，二〇〇二年。
胡有清，《文藝學論綱》，南京：南京大學出版社，一九九二年。
胡亞敏，《敘事學》，武漢：華中師範大學出版社，一九九八年。
胡經之、王嶽川，《文藝學美學方法論》，北京：北京大學出版社，一九九四年。

孫子威，《文藝研究新方法探索》，武漢：華中師範大學出版社，一九八五年。
徐岱，《批評美學：藝術詮釋的邏輯與範式》，上海：學林出版社，二〇〇三年。
徐岱，《基礎詩學：後形而上學藝術原理》，杭州：浙江大學出版社，二〇〇五年。
徐賁，《文化批評向何處去》，北京：文化藝術出版社，一九九五年。
徐輝富，《現象學研究方法與步驟》，上海：學林出版社，二〇〇八年。
耿占春，《敘事美學──探索一種百科全書式的小說》，鄭州：鄭州大學出版社，二〇〇二年。
高利克，《中國現代文學批評發生史》，北京：社會科學文獻出版社，二〇〇〇年。
涂紀亮，《英美語言哲學概論》，北京：人民出版社，一九八八年。
張永清，《現象學與西方現代美學問題》，北京：人民出版社，二〇一一年。
張旭東，《批評的蹤跡──文化理論與文化批評》，北京：三聯書店，二〇〇三年。
張伯偉，《中國古代文學批評方法研究》，北京：中華書局，二〇〇二年。
張志林、陳少明，《反本質主義與知識問題》，廣州：廣東人民出版社，一九九五年。
張奎志，《體驗批評：理論與實踐》，北京：人民出版社，二〇〇一年。
張國清，《中心與邊緣》，北京：中國社會科學出版社，一九九八年。
張意，《文化與符號權力》，北京：中國社會科學出版社，二〇〇五年。
張榮翼，《衝突與重建──全球化語境中的中國文學理論問題》，武漢：武漢大學出版社，二〇〇五年。
張德明，《人類學詩學》，杭州：浙江文藝出版社，一九九八年。
張德明，《批評的視野》，上海：上海社會科學院出版社，二〇〇四年。

張錦華，《公共領域、多文化主義與傳播研究》，臺北：正中書局，一九九七年。
曹俊峰，《康得美學引論》，天津：天津教育出版社，一九九九年。
莊錫華，《二十世紀的中國文藝理論》，上海：上海三聯書店，二〇〇〇年。
許紀霖，《尋求意義：現代化變遷與文化批判》，上海：上海三聯書店，一九九七年。
許鵬，《仲介的探索——文藝社會心理學研究》，北京：中國人民大學出版社，一九九二年。
郭紹虞主編，《中國歷代文論選》（四卷），上海：上海古籍出版社，一九七九年。
陳平原，《中國現代學術之建立——以章太炎、胡適之為中心》，北京：北京大學出版社，二〇一〇年。
陳平原，《作為學科史的文學史》，北京：北京大學出版社，二〇一一年。
陳永國，《文化的政治闡釋學》，北京：中國社會科學出版社，二〇〇〇年。
陳厚誠、王寧主編《西方當代文學批評在中國》，天津：百花文藝出版社，二〇〇〇年。
陳鳴樹，《文藝學方法論（第二版）》，上海：復旦大學出版社，二〇〇四年。
陸揚，《後現代性的文本闡釋：福柯與德立達》，上海：三聯書店，二〇〇〇年。
陸揚、王毅，《文化研究導論》，上海：復旦大學出版社，二〇〇六年。
陶東風，《文化研究：西方與中國》，北京：北京師範大學出版社，二〇〇二年。
陶東風，《文學史哲學》，鄭州：河南人民出版社，一九九四年。
陶東風，《文體演變及其文化意味》，昆明：雲南人民出版社，一九九四年。
陶東風，《社會轉型期審美文化研究》，北京：北京出版社，二〇〇二年。
陶東風，《社會轉型與當代知識份子》，上海：上海三聯書店，二〇〇一年。

麥永雄，《文學領域的思想遊牧：文學理論與批評實踐》，北京：中國社會科學出版社，二〇〇二年。
童慶炳，《文學理論教程（修訂版）》，北京：高等教育出版社，一九九八年。
童慶炳，《新中國文學理論五〇年》，合肥：安徽大學出版社，二〇〇〇年。
馮毓雲，《文藝學與方法論》，哈爾濱：黑龍江教育出版社，一九九八年。
馮壽農，《文本・語言・主題——尋找批評的途徑》，廈門：廈門大學出版社，二〇〇一年。
馮黎明，《走向全球化——論西方現代文論在當代中國文學理論界的傳播與影響》，北京：中國社會科學出版社，二〇〇九年。
葉易，《走向現代化的文藝學》，南京：江蘇文藝出版社，一九八八年。
葉舒憲，《文化與文本》，北京：社會科學文獻出版社，一九九九年。
葉舒憲，《文學與人類學》，北京：社會科學文獻出版社，二〇〇三年。
葉舒憲，《文學與治療》，北京：社會科學文獻出版社，一九九九年。
葉舒憲，《原型與跨文化闡釋》，廣州：暨南大學出版社，二〇〇二年。
葉舒憲編《神話——原型批評》，西安：陝西師範大學出版社，一九八七年。
廖炳慧，《形式與意識形態》，臺北：聯經出版事業公司，一九九〇年。
趙毅衡，《「新批評」文集》，天津：百花文藝出版社，二〇〇一年。
趙毅衡，《符號學文學論文集》，天津：百花文藝出版社，二〇〇四年。
趙毅衡，《新批評——種獨特的形式主義文論》，北京：中國社會科學出版社，一九八六年。
趙憲章，《文藝美學方法論問題》，廣州：暨南大學出版社，二〇〇二年。

趙憲章，《文藝學方法通論》，南京：江蘇文藝出版社，一九九〇年。
趙憲章，《文體與形式》，北京：人民文學出版社，二〇〇三年。
趙憲章，《西方形式美學：關於形式的美學研究》，南京大學出版社，二〇〇八年。
趙憲章，《形式的誘惑》，濟南：山東友誼出版社，二〇〇七年。
劉小楓，《拯救與逍遙》，上海：三聯書店，二〇〇一年。
劉介民，《比較文學方法論》，天津：天津人民出版社，一九九三年。
劉仲林，《現代交叉學科》，杭州：浙江教育出版社，一九九八年。
劉思謙，《文學研究：理論方法與實踐》，開封：河南大學出版社，二〇〇四年。
劉熙載，《藝概》，上海：上海古籍出版社，一九七八年。
劉綱紀，《藝術哲學》，武漢：湖北人民出版社，一九八六年。
歐陽友權，《網路文學本體論》，北京：中國文聯出版社，二〇〇四年。
潘一禾，《故事與解釋：世界文學經典通論》，上海：學林出版社，一九九九年。
錢中文，《文學原理發展論》，北京：社會科學文獻出版社，二〇〇七年。
錢中文，《文學理論：走向交往對話的時代》，北京：北京大學出版社，一九九九年。
錢竟等，《中國二十世紀文藝學學術史》，北京：中國社會科學出版社，二〇〇七年。
錢鍾書，《管錐編》，北京：中華書局，一九七九年。
戴錦華，《隱形書寫——九十年代中國文化研究》，南京：江蘇人民出版社，一九九九年。

二、文集類：

[法] 蜜雪兒・福柯等著，《後現代主義的突破：外國後現代主義理論》，蘭州：敦煌出版社，一九九六年。
中國社科院外文所編，《文藝學和新歷史主義》，北京：社科文獻出版社，一九九三年。
方珊等編譯，《俄國形式主義文論選》，北京：三聯書店，一九八九年。
王逢振選編，蔡新樂譯，《疆界二——國際文學與文化》，北京：人民文學出版社，二〇〇五年。
王瑤主編，《中國文學研究現代化進程》，北京：北京大學出版社，二〇〇六年。
北京大學哲學系外國哲學史教研室編譯，《西方哲學原著選讀》，北京：商務印書館，一九八一年。
北京大學哲學系美學教研室編，《中國美學史資料選編》，北京：中華書局，一九八一年。
北京大學哲學系編，《西方哲學原著選讀》，北京：商務印書館，一九九九年。
江西省文聯文藝理論研究室，《文學研究新方法論》，南昌：江西人民出版社，一九八五年。
李文俊編選，《福克納評論集》，北京：中國社會科學出版社，一九八〇年。
杜小真編，《福柯集》，上海：遠東出版社，一九九八年。
汪民安、陳永國編，《後身體：文化、權力和生命政治學》，長春：吉林人民出版社，二〇〇三年。
汪民安主編，《文化研究關鍵字》，南京：江蘇人民出版社，二〇〇七年。
汪民安等編，《福柯的面孔》，北京：文化藝術出版社，二〇〇一年。
汪暉、陳燕谷主編，《文化與公共性》，北京：三聯書店，一九九八年。

周憲主編，《文化現代性精粹讀本》，北京：中國人民大學出版社，二〇〇六年。
周憲主編，《文化現代性與美學問題》，北京：中國人民大學出版社，二〇〇五年。
金元浦主編，《文化研究：理論與實踐》，開封：河南大學出版社，二〇〇四年。
范大燦編，《作品、文學史與讀者》，北京：文化藝術出版社，一九九七年。
倪梁康編，《胡塞爾選集》，上海：三聯書店，一九九七年。
張京媛主編，《新歷史主義與文學批評》，北京：北京大學出版社，一九九三年。
許紀霖主編，《公共性與公共知識份子》，南京：江蘇人民出版社，二〇〇三年。
陳平原主編，《中國文學研究現代化進程二編》，北京：北京大學出版社，二〇〇二年。
陳修齋，《歐洲哲學史上的經驗主義和理性主義》，北京：人民出版社，一九八六年。
陶東風主編，《文化研究精粹讀本》，北京：中國人民大學出版社，二〇〇六年。
陶東風主編，《當代中國文藝思潮與文化熱點》，北京：北京大學出版社，二〇〇八年。
曾繁仁、譚好哲主編，《學科的定位與理論建構——文藝美學論文選》，濟南：齊魯書社，二〇〇四年。
舒新城編，《中國近代教育史》，北京：人民教育出版社，一九六一年。
馮黎明等編譯，《當代西方文藝批評主潮》，長沙：湖南人民出版社，一九八七年。
楊柄編，《馬克思恩格斯論文藝與美學》，北京：文化藝術出版社，一九八二年。
暢廣元主編，《文學文化學》，瀋陽：遼寧人民出版社，二〇〇〇年。
趙一凡主編，《西方文論關鍵字》，上海：外語教學與研究出版社，二〇〇六年。
趙毅衡編選，《「新批評」文集》，北京：中國社會科學出版社，一九八八年。

劉建芝等編譯，《學科‧知識‧權力》，北京：三聯書店，一九九九年。
歐陽康，《社會認識方法論》，武漢：武漢大學出版社，一九九八年。
蔣述卓主編，《批評的文化之路》，北京：中國社會科學出版社，二〇〇三年。
戴錦華主編，《書寫文化英雄——世紀之交的文化研究》，南京：江蘇人民出版社，二〇〇〇年。
羅鋼、王中忱主編，《消費文化讀本》，北京：中國社會科學出版社，二〇〇三年。
羅鋼、劉象愚編，《文化研究讀本》，北京：中國社會科學出版社，二〇〇〇年。
嚴平編，鄧安慶譯，《伽達默爾文集》，上海：上海遠東出版社，一九九七年。

三、譯著類：

陳嘉映等譯，《西方大觀念》，北京：華夏出版社，二〇〇八年。
張文傑等編譯，《現代西方歷史哲學譯文集》，上海：上海譯文出版社，一九八四年。
洪漢鼎編，《理解與解釋——詮釋學經典文選》，北京：東方出版社，二〇〇一年。
孫周興等編譯，《德法之爭——伽達默爾與德里達的對話》，上海：同濟大學出版社，二〇〇四年。
西槙光正編，《語境研究論文集》，北京：北京語言學院出版社，一九九二年。
[古希臘] 亞里斯多德、賀拉斯，羅念生譯，《詩學‧詩藝》，北京：人民出版社，一九六二年。
[古希臘] 亞里斯多德，余紀志譯，《工具論》，北京：中國人民大學出版社，二〇〇三年。
[德] 黑格爾，賀麟譯，《精神現象學》，北京：商務印書館，一九七九年。

[德] 黑格爾，賀麟、王太慶譯，《哲學史講演錄》，上海：三聯書店，一九五九年。
[德] 黑格爾，朱光潛譯，《美學》，北京：商務印書館，一九八二年。
[德] 胡塞爾，倪梁康譯，《現象學的觀念》，上海：上海譯文出版社，一九八六年。
[德] 胡塞爾，倪梁康譯，《現象學的方法》，上海：上海譯文出版社，一九九四年。
[德] 胡塞爾，何兆武、李約瑟譯，《西方哲學史》，北京：商務印書館，一九六三年。
[德] 康得，宗白華譯，《判斷力批判》，北京：商務印書館，一九六四年。
[德] 康得，何兆武譯，《歷史理性批判文集》，北京：商務印書館，一九九六年。
[德] 康得，鄧曉芒譯，《純粹理性批判》，北京：人民出版社，二〇〇四年。
[德] W・伊瑟爾，金惠敏譯，《閱讀行為》，長沙：湖南文藝出版社，一九九一年。
[德] 伽達默爾，夏鎮平譯，《哲學解釋學》，上海：上海譯文出版社，一九九四年。
[德] 伽達默爾，洪漢鼎譯，《真理與方法》，北京：商務印書館，二〇〇七年。
[德] 馬丁・海德格爾，孫周興譯，《在通向語言的途中》，北京：商務印書館，一九九七年。
[德] 馬丁・海德格爾，彭富春譯，《詩・語言・思》，北京：文化藝術出版社，一九九〇年。
[德] 馬丁・海德格爾，郜元寶譯，《人：詩意地安居——海德格爾語要》，桂林：廣西師範大學出版社，二〇〇〇年。
[德] 馬丁・海德格爾，陳嘉映等譯，《存在與時間》，北京：三聯書店，一九八七年。
[德] 漢斯・羅伯特・耀斯，《審美經驗與文學解釋學》，上海：上海譯文出版社，一九九七年。
[德] 瑙曼等，范大燦譯，《作品、文學史與讀者》，北京：文化藝術出版社，一九九七年。

[德]蓋格爾，艾彥譯，《藝術的意味》，北京：華夏出版社，一九九八年。
[德]馬克斯・韋伯，楊富斌譯，《社會科學方法論》，北京：華夏出版社，一九九九年。
[德]J・哈貝馬斯，曹衛東等譯，《公共領域的結構轉型》，上海：學林出版社，一九九九年。
[德]J・哈貝馬斯，曹衛東等譯，《現代性的哲學話語》，南京：譯林出版社，二〇〇四年。
[德]沃爾夫岡・韋爾施，陸揚 張岩冰譯，《重構美學》，上海：上海譯文出版社，二〇〇二年。
[德]彼得・比格爾，高建平譯，《先鋒派的理論》，北京：商務印書館，二〇〇二年。
[德]艾伯林，李秋零譯，《神學研究》，北京：中國人民大學出版社，二〇〇三年。
[德]彼得・比格爾，陳良梅、夏清譯，《主體的退隱》，南京：南京大學出版社，二〇〇四年。
[美]穆尼茨，吳牟人等譯，《當代分析哲學》，上海：復旦大學出版社，一九八六年。
[英]波普爾，傅季重等譯，《猜想與反駁——科學知識的增長》，上海：上海譯文出版社，一九八五年。
[美]保羅・法伊爾阿本德，周昌忠譯，《反對方法——無政府主義知識論綱要》，上海：上海譯文出版社，二〇〇七年。
[美]卡爾納普，江天驥譯，《科學哲學和科學方法論》，北京：華夏出版社，一九九〇年。
[美]C・G・亨普爾，張華夏等譯，《自然科學的哲學》，北京：三聯書店，一九八七年。
[美]魯德納，曲躍厚等譯，《社會科學的哲學》，北京：三聯書店，一九八九年。
[美]路易士・P・波伊曼，洪漢鼎譯，《知識論導論——我們能知道什麼？》，北京：中國人民大學出版社，二〇〇八年。
[美]約翰・波洛克、喬・克拉茲，陳真譯，《當代知識論》，上海：復旦大學出版社，二〇〇八年。

[美]賀伯特・施皮格伯格，王炳文等譯，《現象學運動》，北京：商務印書館，一九九五年。

[美]蘇姍・朗格，劉大基等譯，《情感與形式》，北京：中國社會科學出版社，一九八六年。

[美]布斯，華明等譯，《小說修辭學》，北京：北京大學出版社，一九八七年。

[美]韋勒克、沃倫，劉象愚等譯，《文學理論（修訂版）》，南京：江蘇教育出版社，二〇〇五年。

[美]瑪律庫塞，李小兵等譯，《現代文明與人的困境——瑪律庫塞文集》，上海：三聯書店，一九八九年。

[美]M・H・艾布拉姆斯，酈稚牛等譯，《鏡與燈》，北京：北京大學出版社，一九八九年。

[美]哈樂德・布魯姆，徐文博譯，《影響的焦慮》，北京：三聯書店，一九八九年。

[美]哈樂德・布魯姆，吳瓊譯，《批評、正典結構與預言》，北京：中國社會科學出版社，二〇〇〇年。

[美]D・貝爾，趙一凡等譯，《資本主義文化矛盾》，北京：三聯書店，一九八九年。

[美]羅德里克・麥克法誇爾，王建朗等譯，《劍橋中華人民共和國史一九四九至一九六五》，上海：上海人民出版社，一九九〇年。

[美]M・H・艾布拉姆斯，朱金鵬等譯，《歐美文學術語詞典》，北京：北京大學出版社，一九九〇年。

[美]喬納森・卡勒，盛寧譯，《結構主義詩學》，北京：中國社會科學出版社，一九九一年。

[美]喬納森・卡勒，李平譯，《文學理論》，瀋陽：遼寧教育出版社，一九九八年。

[美]喬納森・卡勒，陸揚譯，《論解構：結構主義之後的理論與批評》，北京：中國社會科學出版社，一九九八年。

[美]阿諾德・豪塞爾，陳超南等譯，《藝術史的哲學》，北京：中國社會科學出版社，一九九二年。

[美]伊恩・P・瓦特，高原、董紅鈞譯，《小說的興起》，北京：三聯書店，一九九二年。

[美]弗雷德里克・傑姆遜，錢佼汝、李自修譯，《語言的牢籠》，天津：百花文藝出版社，一九九五年。

[美]弗雷德里克・傑姆遜，胡亞敏等譯，《文化轉向》，北京：中國社會科學出版社，二〇〇〇年。

[美]弗雷德里克・傑姆遜，陳清僑等譯，《晚期資本主義的文化邏輯》，北京：三聯書店，二〇〇三年。

[美]弗雷德里克・詹姆遜，王逢振等譯，《快感：文化與政治》，北京：中國社會科學出版社，一九九八年。

[美]斯坦利・費什，文楚安譯，《讀者反應批評：理論與實踐》，北京：中國社會科學出版社，一九九八年。

[美]華勒斯坦等，劉鋒譯，《開放社會科學：重建社會科學報告書》，北京：三聯書店，一九九七年。

[美]瑪律庫斯・費徹爾，《作為文化批評的人類學》，上海：三聯書店，一九九八年。

[美]莫瑞・克里格，李自修等譯，《批評旅途——六十年代之後》，北京：中國社會科學出版社，一九九八年。

[美]華勒斯坦等，劉健芝等譯，《學科・知識・權力》，北京：三聯書店，一九九九年。

[美]柯利弗德・格爾茲，韓莉譯，《文化的解釋》，南京：譯林出版社，一九九九年。

[美]亞瑟・阿薩・伯格，姚媛譯，《通俗文化、媒介和日常生活的敘事》，南京：南京大學出版社，二〇〇〇年。

[美]理查・沃林，張國清譯，《文化批評的觀念》，北京：商務印書館，二〇〇〇年。

[美]R・洛克夫，劉豐海譯，《語言的戰爭》，北京：新華出版社，二〇〇一年。

[美]J·D·亨特，安狄等譯，《文化戰爭：定義美國的一場奮鬥》，北京：中國社會科學出版社，二〇〇〇年。

[美]馬泰·卡林內斯庫，顧愛彬 李瑞華譯，《現代性的五副面孔》，北京：商務印書館，二〇〇二年。

[美]詹姆斯·費倫，陳永國譯，《作為修辭的敘事》，北京：北京大學出版社，二〇〇二年。

[美]戴衛·赫爾曼，馬海良譯，《新敘事學》，北京：北京大學出版社，二〇〇二年。

[美]J·希利斯·米勒，申丹譯，《解讀敘事》北京：北京大學出版社，二〇〇二年。

[美]喬納森·弗里德曼，郭建如譯，《文化認同與全球化過程》，北京：商務印書館，二〇〇三年。

[美]伊曼努爾·沃勒斯坦，黃光耀、洪霞譯，《沃勒斯坦精粹》，南京：南京大學出版社，二〇〇三年。

[美]蘇珊·桑塔格，程巍譯，《反對闡釋》，上海：上海譯文出版社，二〇〇三年。

[美]蘇姍·桑塔格，程巍譯，《疾病的隱喻》，上海：上海譯文出版社，二〇〇三年。

[美]朱麗·湯普森·克萊恩，姜智芹譯，《跨越邊界：知識·學科·學科互涉》，南京：南京大學出版社，二〇〇五年。

[美]羅伯特·C·尤林，何國強譯，《理解文化》，北京：北京大學出版社，二〇〇五年。

[美]海頓·懷特，董立河譯，《形式的內容：敘事話語與歷史再現》，北京：文津出版社，二〇〇五年。

[美]海頓·懷特，陳永國等譯，《後現代歷史敘事學》，北京：中國社會科學出版社，二〇〇三年。

[美]拉塞爾·雅各比，洪潔譯，《最後的知識份子》，南京：江蘇人民出版社，二〇〇六年。

[美]卡爾·柏格斯，李俊等譯，《知識份子與現代性危機》，南京：江蘇人民出版社，二〇〇六年。

[美]理查·舒斯特曼，彭鋒譯，《生活即審美》，北京：北京大學出版社，二〇〇七年。

[美] 保羅・格羅斯、諾曼・萊維特，孫雍君、張錦志譯，《高級迷信：學術左派及其關於科學的爭論》，北京：北京大學出版社，二〇〇八年。
[美] 肯尼斯・赫文、陶德・多納，李濴非等譯，《社會科學研究的思維要素》，重慶：重慶大學出版社，二〇〇八年。
[美] 本・阿格，張喜華譯，《作為批評理論的文化研究》，開封：河南大學出版社，二〇一〇年。
[美] 拉爾夫・科恩，程錫麟譯，《文學理論的未來》，北京：中國社會科學出版社，一九九三年。
[英] 彼得・溫奇，張慶熊等譯，《社會科學的觀念及其與哲學的關係》，上海：上海人民出版社，二〇〇四年。
[英] 維特根斯坦，賀紹甲譯，《邏輯哲學》，北京：商務印書館，一九九六年。
[英] 維特根斯坦，湯潮等譯，《哲學研究》，北京：三聯書店，一九九二年。
[英] 洛克，關文運譯，《人類理解論》，北京：商務印書館，一九五九年。
[英] 休謨，關文運譯，《人性論》，北京：商務印書館，一九八〇年。
[英] 特里・伊格爾頓，伍曉明譯，《二十世紀西方文學理論》，西安：陝西師範大學出版社，一九八六年。
[英] 特里・伊格爾頓，王傑等譯，《美學意識形態》，桂林：廣西師範大學出版社，一九九七年。
[英] 特里・伊格爾頓，商正譯，《理論之後》，北京：商務印書館，二〇〇九年。
[英] W・佩特等著，姚永彩、左宜譯，《十九世紀英國文論選》，北京：人民文學出版社，一九八六年。
[英] 大衛・洛奇編《二十世紀文學評論》，上海：上海譯文出版社，一九八七年。
[英] 威廉・岡特，蕭聿譯，《美的歷險》，北京：中國文聯出版公司，一九八七年。

[英]呂西安・戈爾德曼，吳嶽添譯，《論小說的社會學》，北京：中國社會科學出版社，一九八八年。

[英]呂西安・戈爾德曼，蔡鴻濱譯，《隱蔽的上帝》，天津：白花文藝出版社，一九九八年。

[英]雷蒙德・查普曼，王士躍、于晶譯，《語言學與文學——文學文體學導論》，瀋陽：春風文藝出版社，一九八八年。

[英]艾・阿・瑞恰慈，楊自伍譯，《文學批評原理》，天津：百花文藝出版社，一九九二年。

[英]拉曼・塞爾登編，劉象愚等譯，《文學批評理論——從柏拉圖到現在》，北京：北京大學出版社，二〇〇三年。

[英]利薩・泰勒、安德魯・威利斯，吳靖譯，《媒介研究：文本、機構與受眾》，北京：北京大學出版社，二〇〇五年。

[英]R・威廉斯，劉建基譯，《關鍵字：文化與社會的詞彙》，北京：三聯書店，二〇〇五年。

[英]彼得・威德森，錢競等譯，《現代西方文學觀念簡史》，北京：北京大學出版社，二〇〇六年。

[英]拉曼・塞爾登、彼得・威德森、彼得・布魯克，劉象愚譯，《當代文學理論導讀》，北京：北京大學出版社，二〇〇六年。

[英]簡・斯托克斯，黃紅宇、曾妮譯，《媒介與文化研究方法》，上海：復旦大學出版社，二〇〇六年。

[英]吉姆・麥奎根編，李朝陽譯，《文化研究方法論》，北京：北京大學出版社，二〇一一年。

[英]丹尼・卡瓦拉羅，張衛東等譯，《文化理論關鍵字》，南京：江蘇人民出版社，二〇〇六年。

[奧地利]佛洛德，高覺敷譯，《精神分析引論》，北京：商務印書館，一九八四年。

[奧地利]佛洛德，孫愷祥譯，《佛洛德論創造力與無意識》，北京：中國展望出版社，一九八六年。

[奧地利]佛洛德，常宏等譯，《論文學與藝術》，北京：國際文化出版公司，二〇〇一年。
[奧地利]佛洛德，張恆譯，《達芬奇的童年回憶》，北京：新星出版社，二〇一〇年。
[奧地利]雷納・韋勒克，楊豈深、楊自伍譯，《近代文學批評史》，上海：上海譯文出版社，二〇〇九年。
[奧地利]雷納・韋勒克，張今言譯，《批評的概念》，杭州：中國美術學院出版社，一九九九年。
[瑞士]索緒爾，高名凱譯，《普通語言學教程》，北京：商務印書館，一九八〇年。
[瑞士]J・M・波亨斯基，童世駿等譯，《當代思維方法》，上海：上海人民出版社，一九八七年。
[瑞士]讓・皮亞傑，鄭文彬譯，《人文科學認識論》，北京：中央編譯出版社，一九九九年。
[法]列維－斯特勞斯，陸曉禾等譯，《結構人類學——巫術、宗教、藝術、神話》，北京：文化藝術出版社，一九八七年。
[法]丹納，傅雷譯，《藝術哲學》，北京：人民文學出版社，一九六三年。
[法]笛卡爾，龐景仁譯，《第一哲學沉思錄》，北京：商務印書館，一九九八年。
[法]梅洛－龐蒂，姜志輝譯，《知覺現象學》，北京：商務印書館，二〇〇一年。
[法]保羅・利科爾，《解釋學與人文科學》，石家莊：河北教育出版社，一九八七年。
[法]托多洛夫，王東亮等譯，《批評的批評》，上海：三聯書店，一九八八年。
[法]羅蘭・巴特，李幼蒸譯，《符號學原理》，北京：三聯書店，一九八八年。
[法]羅蘭・巴特，許薔薔、許綺玲譯，《神話——大眾文化詮釋》，上海：上海人民出版社，一九九九年。
[法]羅蘭・巴特，屠友祥譯，《S/Z》，上海：上海人民出版社，二〇〇〇年。

[法]羅蘭‧巴特，汪耀進、武佩榮譯，《戀人絮語——一個解構主義的文本》，上海：上海人民出版社，二〇〇四年。

[法]阿爾貝‧蒂博代，趙堅譯，《六說文學批評》，北京：三聯書店，一九八九年。

[法]戈德曼，段毅等譯，《文學社會學方法論》，北京：中國工人出版社，一九八九年。

[法]列維－斯特勞斯，陸曉禾等譯，《結構人類學》，北京：文化藝術出版社，一九八九年。

[法]普魯斯特，王道幹譯，《駁聖伯夫》，天津：百花文藝出版社，一九九二年。

[法]讓－弗郎索瓦‧利奧塔爾，車槿山譯，《後現代狀況：關於知識的報告》，北京：北京三聯書店，一九九七年。

[法]雅克‧德里達，趙興國譯，《文學行動》，北京：中國社會科學出版社，一九九八年。

[法]雅克‧德里達，汪堂家譯，《論文字學》，上海：上海譯文出版社，一九九九年。

[法]雅克‧德里達，張寧譯，《書寫與差異》，北京：三聯書店，二〇〇一年。

[法]雅克里納爾，楊令飛、吳延暉譯，《小說的政治閱讀》，長沙：湖南文藝出版社，二〇〇〇年。

[法]蜜雪兒‧福柯，莫偉民譯，《詞與物——人文科學考古學》，上海：三聯書店，二〇〇一年。

[法]蜜雪兒‧福柯，謝強等譯，《知識考古學》，北京：三聯書店，一九九八年。

[法]布林迪厄，劉暉譯，《藝術的法則：文學場的生成與結構》，北京：中央編譯出版社，二〇〇〇年。

[法]羅傑‧法約爾，懷宇譯，《批評：方法與歷史》，天津：百花文藝出版社，二〇〇二年。

[法]蒂費納‧薩莫瓦約，邵煒譯，《互文性研究》，天津：天津人民出版社，二〇〇三年。

[法]讓‧貝西埃等主編，史忠義譯，《詩學史》，天津：百花文藝出版社，二〇〇二年。

[法]居斯塔夫・朗松，徐繼曾譯，《朗松文論選》，天津：百花文藝出版社，二〇〇三年。
[法]達維德・方丹，陳靜譯，《詩學：文學形式通論》，天津：天津人民出版社，二〇〇三年。
[法]茨維坦・托多羅夫，王國卿譯，《象徵理論》，北京：商務印書館，二〇〇四年。
[法]愛德格・莫蘭，陳一壯譯，《複雜性思想導論》，上海：華東師範大學出版社，二〇〇八年。
[法]貝爾納・瓦萊特，陳豔譯，《小說：文學分析的現代方法與技巧》，天津：天津人民出版社，二〇〇九年。
[法]羅傑・法約爾，懷宇譯，《批評：方法與歷史》，天津：百花文藝出版社，二〇〇二年）
[法]A・J・格雷馬斯，吳泓緲、馮學俊譯，《論意義：符號學論文集》，天津：百花文藝出版社，二〇〇五年。
[丹麥]喬治・勃蘭兌斯，《十九世紀文學主流》，北京：人民文學出版社，一九八二年。
[日]長谷川泉，孟慶樞、谷學謙譯，《近代文學研究法》，長春：時代文藝出版社，一九九一年。
[義大利]艾柯等，王宇根譯，《詮釋與過度詮釋》，北京：三聯書店，一九九七年。
[荷蘭]佛克馬、易布思，林書武等譯，《二十世紀文學理論》，北京：三聯書店，一九八三年。
[荷蘭]佛克瑪、易布思，《文學研究與文化參與》，北京：北京大學出版社，一九九六年。
[匈牙利]阿諾德・豪澤爾，居延安譯編，《藝術社會學》，上海：學林出版社，一九八七年。
[匈牙利]盧卡奇，杜章智等譯，《歷史與階級意識》，北京：商務印書館，一九九二年。
[匈牙利]卡爾・曼海姆，徐彬譯，《卡爾・曼海姆精粹》，南京：南京大學出版社，二〇〇五年。
[波蘭]英加登，陳燕穀譯，《對文學的藝術作品的認識》，北京：中國文聯出版公司，一九八八年。

[波蘭]符‧塔達基維奇，楮朔維譯，《西方美學概念史》，北京：學苑出版社，一九九〇年。
[俄國]瓦‧葉‧哈利澤夫，周啟超等譯，《文學學導論》，北京：北京大學出版社，二〇〇六年。
[俄國]巴赫金，李輝凡等譯，《文藝學中的形式主義方法》，桂林：灕江出版社，一九八九年。
[俄國]巴赫金，李輝凡等譯，《巴赫金全集》，石家莊：河北教育出版社，一九九八年。
[俄國]巴赫金，白春仁、顧亞鈴等譯，《陀思妥耶夫斯基詩學問題》，石家莊：河北教育出版社，一九九八年。
[加拿大]斯蒂文‧托托西，馬瑞琦譯，《文學研究的合法化》，北京：北京大學出版社，一九九七年。
[加拿大]諾斯羅普‧弗萊，陳慧譯，《批評的剖析》，天津：百花文藝出版社，一九九八年。
[加拿大]諾思洛普‧弗萊，徐坤等譯，《文論三種》，呼和浩特：內蒙古大學出版社，二〇〇三年。
[加拿大]諾思洛普‧弗萊，郝振益等譯，《偉大的代碼》，北京：北京大學出版社，一九九八年。
[加拿大]C‧泰勒，韓震等譯，《自我的根源：現代認同的形成》，南京：譯林出版社，二〇〇一年。
[比利時]喬治‧布萊，郭宏安譯，《批評意識》，桂林：廣西師範大學出版社，二〇〇二年。
[比利時]布洛克曼，李幼蒸譯，《結構主義：莫斯科一布拉格一巴黎》，北京：中國人民大學出版社，二〇〇三年。

四、期刊論文類：

尤‧米‧洛特－加龍省曼、李默耘，《文藝學應當成為一門科學》，《文化與詩學》二〇一〇年第一期。

巴姆（Archie,J.Bahm），俞吾金譯，《跨學科科學：跨學科的科學》，《天津師範大學學報》一九九四年第五期。
文洪朝，《跨學科研究——當今科學發展的顯著特徵》，《西北大學學報（社會科學版）》二〇〇九年第一期。
方克強，《文藝學：反本質主義之後》，《華東師範大學學報（哲學社會科學版）》二〇〇八年第三期。
方克強，《重審學科：文藝學與文化研究》，《江蘇社會科學》二〇〇九年第六期。
方競，《關於文學理論建設的思考》，《文學評論》二〇〇五年第三期。
王元化，《關於文藝學問題的一封信》，《文藝研究》一九八七年第一期。
王元驤，《文藝本體論的現實意義與理論價值》，《浙江大學學報（人文社會科學版）》二〇〇七年第五期。
王元驤，《文藝理論：工具性的還是反思性的？》，《社會科學戰線》二〇〇八年第四期。
王元驤，《文藝理論中的「審美主義」與「文化主義」》，《文藝研究》二〇〇五年第四期。
王元驤，《文藝學強調藝術本性的研究》，《學術研究》二〇〇四年第三期。
王元驤，《探尋文藝學的綜合創新之路》，《社會科學戰線》二〇〇六年第二期。
王元驤，《論人、文學、文學理論的內在張力》，《文藝爭鳴》二〇〇七年第一一期。
王先霈，《中西文學理論對話中的概念可對應性問題》，《學術月刊》二〇〇七年第二期。
王先霈，《文本的文學性與接受的文學性》，《汕頭大學學報（人文社會科學版）》二〇〇七年第五期。
王汶成、施慶利，《論當下中國文藝理論研究方法論的重構》，《中州學刊》二〇〇九年第二期。

王坤，《經典文藝學與反本質主義》，《中山大學學報（社會科學版）》二〇〇六年第三期。
王坤、藍國橋，《經典與文藝學學科生機的反思》，《學術研究》二〇〇八年第三期。
王建華，《跨學科性與大學轉型》，《教育發展研究》二〇一一年第一期。
王春元，《文藝學方法論研究中的若干問題》，《文藝爭鳴》一九八六年第五期。
王剛，《社會學視野下的新時期文藝學知識生產問題》，《人文雜誌》二〇一〇年第二期。
王暉，《批評的四足鼎立與倫理重建》，《文學自由談》二〇〇九年第五期。
王達敏，《二〇世紀科學統一化趨勢對文學研究的影響》，《文學評論》一九九五年第四期。
王熙梅，《「文藝社會」與文藝社會學》，《上海大學學報（社會科學版）》一九八六年第一期。
王德勝，《文藝美學：定位的困難及其問題》，《文藝研究》二〇〇〇年第二期。
王德勝，《文藝美學：定位的困難及其問題》，《文藝研究》二〇〇〇年第二期。
王德勝、蕭寒，《文藝美學：理論建設及其當代問題》，《文藝爭鳴》二〇〇七年第十一期。
王曉華，《什麼是文藝學論爭的「中國問題」？》，《文藝爭鳴》二〇一一年第九期。
王曉華，《超越主體論文藝學——新整體論文藝學論綱》，《學術月刊》二〇〇二年第七期。
王嶽川，《文藝方法論與本體論研究在中國》，《廣東社會科學》二〇〇三年第二期。
王續琨、常東旭，《遠緣學科研究與交叉學科的發展》，《浙江社會科學》二〇〇九年第一期。
包忠文、張輝，《文藝批評標準的系統性和整體性》，《藝術百家》一九九二年第二期。
甘鋒、馬龍潛，《對當前文藝學轉型的幾個基本理論問題的思考》，《天津社會科學》二〇〇六年第五期。
朱立元，《馬克思主義人學理論與當代文藝學建設》，《學術研究》二〇〇九年第四期。

朱立元，《超越二元對立的思維方式——關於新世紀文藝學、美學研究突破之途的思考》，《文藝理論研究》二〇〇二年第二期。
朱立元，《對文藝學方法論更新的若干思考》，《天津社會科學》一九八六年第四期。
朱立元，《對於當前文藝學建設的幾點想法》，《西北大學學報（哲學社會科學版）》二〇一一年第五期。
朱立元、王文英，《對文藝學「文化研究轉向」論的反思》，《天津師範大學學報（社會科學版）》二〇〇五年第三期。
朱立元、張誠，《文學的邊界就是文藝學的邊界》，《學術月刊》二〇〇五年第二期。
朱壽桐，《文學的文化研究與文化的文學研究》，《社會科學戰線》二〇〇三年第二期。
朱輝軍，《藝術系統與系統方法》，《讀書》一九八六年第三期。
余虹，《理解文學的三大路徑——兼談中國文藝學知識建構的「一體化」衝動》，《文藝研究》二〇〇六年第十期。
余虹，《奧斯維辛之後——審美與入詩》，《外國文學評論》一九九五年第四期。
吳子林，《大眾文化語境中的文學批評》，《文藝理論研究》二〇〇一年第三期。
吳中傑，《文藝學研究的對象、任務和方法》，《汕頭大學學報（人文社會科學版）》一九八七年第四期。
吳元邁，《文學本體論的歷史命運》，《文藝理論與批評》一九八九年第四期。
吳炫，《文與道：百年中國文論的流變及問題》，《文藝爭鳴》二〇一一年第一期。
吳炫，《西方若干文藝學局限分析》，《文藝理論研究》二〇〇〇年第六期。
吳炫，《當前文藝學論爭中的若干理論問題》，《文學評論》二〇〇八年第四期。

吳炫，《論中國式理論原創的方法》，《社會科學戰線》二〇一一年第八期。
吳炫、劉淮南，《關於理論原創、本體論和文學性的對話》，《山花》二〇〇五年第一期。
吳福輝，《學科的發展趨向及其內在矛盾性》，《文學評論》二〇〇二年第二期。
李小海，《後理論時代文藝理論變化的再思考》，《學術交流》二〇一〇年第九期。
李世葵，《對文藝美學的「學科」誤解及其科學定位》，《社會科學論壇》二〇一〇年第三期。
李西建，《文化轉向與文藝學知識形態的構建》，《文學評論》二〇〇七年第五期。
李西建，《文藝學的身份認同與知識形態的重構——全球化語境下文藝學學科建設的基本任務》，《文學評論》二〇〇五年第二期。
李西建，《消費時代與文藝學研究的問題性》，《陝西師範大學學報（哲學社會科學版）》二〇〇五年第二期。
李西建，《解構之後：重審當代文藝學的本體論問題》，《陝西師範大學學報（哲學社會科學版）》二〇〇九年第一期。
李明濱，《世界第一部中國文學史的發現》，《北京大學學報（哲學社會科學版）》二〇〇二年第一期。
李俊，《文化研究與文學批評》，《當代文壇》二〇〇一年第五期。
李勇，《文藝學與文學理論：學科內外的知識生產》，《文藝爭鳴》二〇〇六年第一期。
李勇，《究竟什麼是文學理論——兼論文藝學邊界問題》，《廈門大學學報（哲學社會科學版）》二〇〇七年第四期。
李建華、李紅革，《形式化及其歷史發展》，《自然辯證法研究》二〇〇八年第八期。

李春青，《文學理論：徘徊於審美與意識形態之間》，《社會科學輯刊》二〇〇八年第四期。

李春青，《在消費文化面前文藝學何為？》，《北京師範大學學報（社會科學版）》二〇〇四年第二期。

李衍柱，《「認識你自己」：一個文藝學研究的根本命題》，《山東理工大學學報（社會科學版）》二〇〇二年第四期。

李衍柱，《社會轉型與文藝學建設》，《山東理工大學學報（社會科學版）》一九九九年第二期。

李衍柱，《範式革命與文藝學轉型》，《東方論壇》二〇〇五年第四期。

李國華，《關於文學批評學的學科定位》，《河北學刊》二〇〇二年第五期。

李震，《中國「新現代性」語境中的文藝學問題——以建構主義與本質主義為核心》，《文藝爭鳴》二〇〇九年第一一期。

杜書瀛，《文藝美學：內在根據與學術理路》，《理論與創作》二〇〇三年第四期。

杜書瀛，《文藝學向何處去》，《文藝爭鳴》二〇〇四年第六期。

杜書瀛，《追索中國文藝學學術研究的百年行程》，《社會科學輯刊》二〇〇〇年第五期。

杜書瀛，《從現代文藝學建設談到百年學術史研究》，《揚州大學學報（人文社會科學版）》一九九七年第二期。

杜道明，《衝破形而上學思維的怪圈——美學文藝學研究方法芻議》，《思想戰線》一九九二年第六期。

沈衛威，《現代大學的新文學空間》，《文藝爭鳴》二〇〇七年第十一期。

肖建華，《文化研究的興起與文藝學邊界的消解——反思當代中國日常生活審美化研究諸問題》，《藝術百家》二〇〇八年第六期。

肖建華，《文學理論的危機和我們的策略》，《文藝理論與批評》二〇〇六年第二期。
肖鷹，《美學與文學理論——對當前幾個流行命題的反思》，《文藝研究》二〇〇六年第十期。
周小儀，《從形式回到歷史——關於文學研究方法論的探討》，《北京大學學報（哲學社會科學版）》二〇〇一年第六期。
周平遠，《重建文藝社會學三題》，《南昌大學學報(人文社會科學版）》二〇〇五年第一期。
周秀萍，《文學理論的開放性及其邊界》，《湘潭大學學報（哲學社會科學版）》二〇一〇年第一期。
周來祥，《美學研究方法和主體辯證思維模式的建構》，《貴州大學學報（社會科學版）》一九八七年第三期。
周泓、黃劍波，《人類學視野下的文學人類學（下）》，《廣西民族學院學報（哲社版）》二〇〇三年第六期。
周泓、黃劍波，《人類學視野下的文學人類學（上）》，《廣西民族學院學報（哲社版）》二〇〇三年第五期。
周啟超，《在反思中深化文學理論研究——「後理論時代」文學研究的一個問題》，《江蘇社會科學》二〇〇九年第六期。
周憲，《文學理論：從語言到話語》，《文藝研究》二〇〇八年十一期。
孟繁華，《政治文化與中國當代文藝學》，《中國社會科學》一九九九年第六期。
於可訓，《走向科學的文學批評——論文學批評的科學性問題》，《江漢論壇》二〇一一年第五期。
易曉明，《文學研究中的文化身影——從文學研究到文化研究》，《外國文學》二〇一一年第三期。

林化，《關於建設當代中國文藝學體系問題》，《文藝爭鳴》一九八七年第四期。
林興宅，《運用象徵範疇重建文藝學體系》，《文藝理論研究》一九九三年第三期。
炎冰、宋子良，《「交叉學科」概念新解》，《科學技術與辯證法》一九九六年第四期。
金元浦，《文藝學的問題意識與文化轉向》，《中國人民大學學報》二〇〇三年第六期。
金元浦，《改革開放以來文藝學的若干理論問題探索》，《文藝研究》二〇〇八年第九期。
金元浦，《博弈時代中國文藝學的勃勃生機》，《文藝爭鳴》二〇〇五年第三期。
金元浦，《當代文學藝術的邊界的移動》，《河北學刊》二〇〇四年第四期。
金元浦，《當代文藝學的「文化的轉向」》，《社會科學》二〇〇二年第三期。
金元浦，《當代文藝學範式的轉換與話語重建》，《思想戰線》一九九四年第四期。
金惠敏，《抵抗的力量絕非來自話語層面——對霍爾編碼／解碼模式的一個批評》，《文藝理論研究》二〇一〇年第二期。
南帆，《歷史與語言：文學形式的四個層面》，《文藝爭鳴》二〇〇七年第十一期。
奎納爾・希爾貝克（Gunnar Skirbekk），《人文科學的危機？》，《華東師範大學學報（哲學社會科學版）》一九九八年第三期。
姚文放，《重寫：文學理論建構被遺忘的機制》，《西北大學學報（哲學社會科學版）》二〇一一年第五期。
姚文放，《新時期文藝美學的建設概觀》，《山東社會科學》一九九二年第六期。
姚文放，《論文藝美學的學科定位》，《學術月刊》二〇〇〇年第四期。

柯漢琳，《文藝美學的學科定位》，《文藝研究》二〇〇〇年第一期。
段吉方，《「文學性」與中國當代文學理論的價值重建》，《江西社會科學》二〇一〇年第九期。
胡友峰，《反本質主義與文學理論知識空間的重組》，《文學評論》二〇一〇年第五期。
胡亞敏，《論當今文學批評的功能》，《社會科學輯刊》二〇〇五年第六期。
胡明，《文藝學的前沿、熱點與高層》，《陝西師範大學學報（哲學社會科學版）》，二〇〇五年第二期。
胡經之，《文藝美學的反思》，《文藝理論研究》一九九九年第四期。
胡經之，《走向新世紀的當代文藝學》，《文藝理論研究》一九九六年第三期。
胡經之、王嶽川，《現代文藝學美學方法論》，《深圳大學學報（人文社會科學版）》一九九二年第四期。
范冬萍，《跨學科的系統思維與綜合創新》，《系統科學學報》二〇〇八年第三期。
范玉剛，《文藝學的理論之厄與範式轉換》，《中國文化研究》二〇〇八年第四期。
唐磊，《理解跨學科研究：從概念到進路》，《國外社會科學》二〇一一年第三期。
唐鐵惠，《文學研究的兩種取向》，《文藝爭鳴》二〇〇四年第六期。
唐鐵惠，《走向操作性的文藝學——關於當代形態文藝學建設的初步思考》，《文藝爭鳴》二〇〇八年第一一期。
夏之放，《文學本性界說》，《社會科學戰線》一九九〇年第三期。
徐其超，《系統方法對文藝研究的適用性剖析》，《社會科學研究》一九八七年第六期。
徐岱，《文學的「看法」與「見識」——對一種「批評理論」的批評》，《福建論壇（人文社會科學版）》二〇〇三年第三期。

徐亮，《泛文學時代的文藝學原則》，《文藝理論研究》二〇〇二年第一期。
徐亮，《當代文藝學中「理性—非理性」問題的討論及概念清理》，《文藝理論研究》一九九九年第二期。
徐書城，《文藝理論和美學的關係》，《文藝研究》一九九九年第四期。
徐賁，《哲學與文學研究方法論》，《文藝研究》一九八五年第四期。
袁峰，《文藝學諸根芻議》，《文學評論》二〇一一年第二期。
馬大康，《從「文學性」到「娛樂性」——一種解構文學本質觀的策略》，《文藝爭鳴》二〇一〇年第一期。
馬馳，《論藝術生產與藝術消費》，《社會科學》一九九八年第十期。
馬龍潛，《文藝美學與文藝研究諸相鄰學科之間的互動關係》，《山東社會科學》二〇〇八年第一二期。
馬龍潛，《新時期文學理論發展的回顧與反思》，《甘肅社會科學》二〇〇七年第四期。
馬龍潛，《新時期文藝學「轉型」的理論創新問題》，《西北師大學報（社會科學版）》二〇〇九年第二期。
高小康，《文藝生態與文藝理論的非經典轉向》，《文藝研究》二〇〇七年第一期。
高小康，《美學學科三十年：走向離散》，《文藝爭鳴》二〇〇八年第九期。
高小康，《從文化批判回到學術研究》，《文藝研究》二〇〇四年第一期。
高建平，《文化多樣性與中國美學的建構》，《學術月刊》二〇〇七年第五期。
高逸群，《文藝批評的主體性與方法的多樣化》，《湖北大學學報（哲學社會科學版）》一九八七年第四期。

高楠，《「西論中化」：文論建構的主體性》，《文藝爭鳴》二〇一〇年第五期。
高楠，《中國文藝學的世紀轉換》，《文藝研究》一九九九年第二期。
高楠，《走向解釋的文學批評》，《社會科學輯刊》二〇〇〇年第一期。
張大為，《體制性扭曲與意識形態修辭——當代中國「文藝美學」的元理論反思》，《文藝評論》二〇〇九年第四期。
張弘，《美學文藝學世紀進程的當代闡釋》，《學術月刊》一九九八年第七期。
張弘，《面對「審美化」的當代美學文藝學》，《文藝理論研究》二〇〇七年第五期。
張弘，《試論文藝學美學本體論研究的哲學根據——兼與於茀同志商榷》，《文藝理論研究》一九九四年第四期。
張玉能，《中國特色與文藝學的建構》，《華中師範大學學報（人文社會科學版）》一九九三年第六期。
張玉能，《反映論、創造論與文藝學的建構》，《學術月刊》一九九四年第九期。
張玉能，《欲望美學的文論與當代中國文論建設——仿象理論與真實性》，《上海師範大學學報（哲學社會科學版）》二〇一〇年第二期。
張法，《中國當前文藝學的幾個問題》，《文藝爭鳴》二〇一〇年第一期。
張法，《從中國與世界的互動看中國文學理論》，《貴州社會科學》二〇〇八年第一期。
張首映，《文藝學構架論》，《文藝研究》一九八七年第四期。
張首映，《哲學範疇與文藝學範疇——對建構文藝學體系的思維方式的思考》，《文學評論》一九八七年第一期。

張海明，《文藝美學的學科反思》，《文藝研究》二〇〇〇年第一期。
張偉，《關於文藝學創新問題的理論反思》，《文學評論》二〇一〇年第一期。
張國民，《文藝學引進自然科學橫斷科學應注意的幾個問題——兼論相關的美學研究問題》，《文學評論》一九八七年第三期。
張國民，《多樣與統一——對文藝學方法論的一點認識》，《學習與探索》一九八六年第一期。
張瑜、劉澤民，《對美學、文藝學領域實踐思想的一系列範疇的再思考》，《中南大學學報（社會科學版）》二〇〇九年第五期。
張榮翼，《文化批評：理論與方法》，《社會科學戰線》二〇〇二年第三期。
張榮翼，《文學的本源、本質和本體》，《江海學刊》一九九四年第二期。
張榮翼，《文學理論的有效性與文學對象的變遷》，《寧夏大學學報（人文社會科學版）》一九九六年一期。
張榮翼，《文藝問題——文藝之外的問題》，《思想戰線》二〇〇三年第五期。
張榮翼，《文藝學規則的學理依據——歷史原則與現實原則的對比思考》，《文藝理論研究》二〇〇三年第六期。
張榮翼，《放逐自我：文學的一種可能方式》，《廣東社會科學》二〇〇七年第三期。
張榮翼，《從批評的三條途徑來看其限度和可能》，《寧夏大學學報（人文社會科學版）》一九九七年第二期。
張榮翼，《當前文學研究的視點及問題》，《學習與探索》二〇〇一年第三期。

張榮翼，《語境・問題・思路——當前中國文藝學應予重視的基本方面》，《社會科學》二〇一〇年第一期。

張榮翼、李瀾，《文藝研究思想資源轉換的問題》，《文藝爭鳴》二〇〇四年第六期。

曹順慶、文彬彬，《多元的文學本質——對本質主義和建構主義論爭的幾點思考》，《文藝爭鳴》二〇一〇年第一期。

曹順慶、吳興明，《正在消失的烏托邦——論美學視野的解體與文學理論的自主性》，《文學評論》二〇〇三年第三期。

曹衛東，《認同話語與文藝學學科反思》，《文藝研究》二〇〇四年第一期。

曹禧修，《敘述學：從形式分析進入意義——文學研究方法論研討之二》，《文藝評論》二〇〇〇年第四期。

莫礪鋒，《重讀《古今詩選》》，《古典文學知識》二〇一〇年第三期。

許文鬱，《批評之四維——大眾文化批評的原則》，《甘肅社會科學》二〇〇一年第一期。

許明，《中國問題：文藝學研究的當代性》，《社會科學》二〇〇六年第一期。

許明，《作為科學的文藝學是否可能？》，《文藝爭鳴》二〇〇〇年第一期。

許明，《被困惑的理性與人文研究的方法探索（下）——人文研究的主體性反思》，《社會科學》二〇〇四年第四期。

許明，《被困惑的理性與人文研究的方法探索（上）——人文研究的主體性反思》，《社會科學》二〇〇四年第三期。

陳平原，《分裂的趣味與抵抗的立場——魯迅的述學文體及其接受》，《文學評論》二〇〇五年第五期。

陳平原，《學術史視野中的「關鍵字」（上）》，《讀書》二〇〇八年第四期。
陳平原，《學術視野中的「關鍵字」（下）》，《讀書》二〇〇八年第五期。
陳定家，《文藝美學：學科歷程及發展前景》，《內蒙古大學學報（人文：社會科學版）》二〇〇三年第二期。
陳定家，《關於文藝美學學科定位爭論的回顧與反思》，《文藝爭鳴》二〇〇二年第六期。
陳茂林，《新世紀西方文論展望：文化研究與生態批評》，《學術交流》二〇〇三年第四期。
陳晉，《文藝學格局的歷史演變與未來》，《文藝理論研究》一九八七年第二期。
陳傳才，《當代文化轉型與文藝學的重構——關於當代文藝學建設的思考》，《文藝爭鳴》二〇〇三年第三期。
陳鳴樹，《論文學研究方法論的歷史、現狀及其發展趨向》，《學術月刊》一九九二年第六期。
陳曉明，《絕望地回到文學本身——關於重建現當代文學研究規範的思考》，《南方文壇》二〇〇三年第一期。
陳曉明，《歷史斷裂與接軌之後：對當代文藝學的反思》，《文藝研究》二〇〇四年第一期。
陸揚，《文化研究的必然性——走出本質論》，《文藝爭鳴》二〇〇九年第十一期。
陸貴山，《宏觀文藝學的基本特徵》，《三峽大學學報（人文社會科學版）》二〇〇一年第五期。
陸貴山，《強化和優化中國當代文藝思潮研究》，《南都學壇》二〇〇五年第一期。
陸貴山，《綜合思維與文藝學宏觀研究》，《文學評論》二〇〇七年第二期。
陸貴山，《論文藝學方法論的層次結構及其相互關係》，《文藝爭鳴》一九八六年第一期。

陸濤、陶水準，《理論・反理論・後理論——關於理論的一種批判性考察》，《長江學術》二〇一〇年第三期。

陶東風，《反思社會學視野中的文藝學知識建構》，《文學評論》二〇〇七年第五期。

陶東風，《日常生活的審美化與文化研究的興起——兼論文藝學的學科反思》，《浙江社會科學》二〇〇二年第一期。

陶東風，《日常生活審美化與文藝學的學科反思》，《中南大學學報（社會科學版）》二〇〇五年第三期。

陶東風，《日常生活的審美化與文藝社會學的重建》，《文藝研究》二〇〇四年第一期。

陶東風，《走向自覺反思的文學理論》，《文藝爭鳴》二〇一〇年第一期。

陶東風，《建構中國自己的文學解釋學》，《中國社會科學》一九九九年第五期。

陶東風，《重審文學理論的政治維度》，《文藝研究》二〇〇六年第十期。

陶東風，《移動的邊界與文學理論的開放性》，《文學評論》二〇〇四年第六期。

陶東風，《跨學科文化研究對於文學理論的挑戰》，《社會科學戰線》二〇〇二年第三期。

陶東風，《論當代中國的文化批評》，《學術月刊》二〇〇七年第七期。

章輝，《反本質主義思維與文學理論知識的生產》，《文學評論》二〇〇七年第五期。

傅其林，《論哈貝馬斯關於審美領域規範性基礎的闡釋——兼及文藝學規範性之反思》，《四川大學學報（哲學社會科學版）》二〇一〇年第一期。

勞承萬，《馬克思美學文藝學體系的邏輯起點：審美的主觀形式》，《學術月刊》一九九一年第九期。

勞承萬，《當前文藝學理論研究中的幾個問題》，《學術月刊》二〇〇二年第四期。

喬國強，《文學史：一種沒有走出虛構的敘事文本》，《江西社會科學》二〇〇七年八期。

曾繁仁，《當代社會文化轉型與文藝學學科建設》，《暨南學報（人文科學與社會科學版）》二〇〇四年第二期。

曾繁仁，《當代社會文化轉型與文藝學學科建設》，《學術研究》二〇〇四年第三期。

曾繁仁，《試論當代美學、文藝學的人文學科回歸問題》，《東方叢刊》二〇〇六年第一期。

程文超，《中國流行文化中的權力關係》，《文藝研究》二〇〇一年第五期。

程正民，《文化多樣性與二〇世紀馬克思主義美學、文藝學的多種形態》，《湖北大學學報（哲學社會科學版）》二〇〇八年第六期。

程金海，《中國語境中的文化批評之反思》，《江淮論壇》二〇〇四年第一期。

童慶炳，《「文化詩學」作為文學理論的新構想》，《陝西師範大學學報（哲學社會科學版）》二〇〇六年第一期。

童慶炳，《反本質主義與當代文學理論建設》，《文藝爭鳴》二〇〇九年第七期。

童慶炳，《文學本質觀和我們的問題意識》，《社會科學》二〇〇六年第一期。

童慶炳，《文藝學邊界三題》，《社會觀察》二〇〇五年第一期。

童慶炳，《文藝學邊界應當如何移動》，《河北學刊》二〇〇四年第四期。

童慶炳，《劉洪濤：關於文學理論、文藝學學科的若干思考》，《文藝理論研究》二〇〇二年第四期。

童慶炳，《論文藝社會學及其現代形態》，《文學評論》一九九五年第三期。

童慶炳，《論文藝學研究的客體、視角、學術空間》，《學術月刊》一九九一年第九期。

童蕊，《大學跨學科學術組織的學科文化衝突分析——基於組織分析的新制度主義視角》，《教育發展研究》二〇一一年第十三／十四期。
馮黎明，《文化研究：走向後學科時代》，《浙江社會科學》二〇〇九年第二期。
馮黎明，《文學批評的學科身份問題》，《文藝爭鳴》二〇〇五年第五期。
馮黎明，《全球化語境中當代中國文論的兩難處境》，《文藝研究》二〇〇五年第七期。
馮黎明，《技術化社會與文學的意義》，《江漢論壇》二〇〇五年第一期。
馮黎明，《明天誰來招安文學理論》，《三峽大學學報》二〇〇六年第五期。
馮黎明，《論文學理論的知識學屬性》，《文藝研究》二〇〇八年第九期。
馮黎明，《論文學話語與語境的關係》，《文藝研究》二〇〇二年第六期。
馮黎明、劉科軍，《中國古代文論的現代轉換》，《湖北大學學報》二〇〇九年第四期。
馮黎明、劉科軍，《文化視域的擴展與文化觀念的轉型——對當前文化理論創新問題的考察》，《中國文化研究》二〇一〇年第一期。
塗途，《負載歷史使命的文藝學建設》，《文藝理論與批評》二〇〇六年第一期。
楊玉良，《關於學科和學科建設有關問題的認識》，《中國高等教育》二〇〇九年第十九期。
楊春時，《文學本質的言說如何可能》，《學術月刊》二〇〇七年第二期。
楊義，《文學的文化學和圖志學問題》，《西南民族大學學報（人文社科版）》二〇〇七年第一期。
楊義，《現代中國學術方法綜論》，《中國社會科學》二〇〇五年三期。
楊義，《詩學與敘事學的創新策略》，《北京聯合大學學報（人文社會科學版）》二〇〇七年第一期。

溫儒敏，《現代文學研究的「邊界」及「價值尺度」問題——對中國現代文學研究現狀的梳理與思考》，《華中師範大學學報（人文社會科學版）》二〇一一年第一期。
溫儒敏，《尊重史料研究的學術價值與地位》，《漢語言文學研究》二〇一〇年第一期。
萬水，《近年來文藝學有關「本質主義」與「建構主義」的討論》，《文藝爭鳴》二〇〇九年第三期。
董亦佳，《關於文藝研究中的價值爭論問題》，《山東社會科學》二〇〇六年第四期。
董學文，《什麼是我們文藝學的指導思想？——對幾種流行理論觀點的辨析》，《理論與創作》一九九〇年第四期。
董學文，《文學本質與審美的關係》，《文藝理論與批評》二〇〇七年第二期。
董學文，《文學的歷史觀與「新歷史主義」》，《黑龍江社會科學》二〇〇六年第一期。
董學文，《文學研究方法論的幾個問題》，《北京大學學報（哲學社會科學版）》一九八六年第五期。
董學文，《文學理論反思研究的科學性問題》，《鄭州大學學報（哲學社會科學版）》二〇〇二年第六期。
董學文，《文藝理論研究的動力和靈魂》，《藝術評論》二〇一一年第七期。
董學文，《文藝學：困境與出路》，《天津社會科學》一九八九年第一期。
董學文，《文藝學：站在世紀之交的高度》，《文學評論》一九九五年第三期。
鄒儂儉，《跨學科研究：社會科學研究的必然選擇》，《浙江社會科學》二〇〇九年第一期。
聞哲，《評文藝領域裡的多元論》，《理論與創作》一九九〇年第二期。
趙周寬，《文學和理論：「後理論」語境中的相關性》，《汕頭大學學報（人文社會科學版）》二〇一〇年第二期。

趙俊芳，《「後專業主義」與社會科學研究的當代轉向》，《吉林大學社會科學學報》二〇〇八年第三期。
趙勇，《批判・利用・理解・欣賞——知識份子面對大眾文化的四種姿態》，《探索與爭鳴》二〇一一年第一期。
趙奎英，《當代文藝學研究趨向與「語言學轉向」的關係》，《廈門大學學報（哲學社會科學版）》二〇〇五年第六期。
趙奎英，《論文藝美學的規範化與開放性》，《山東師範大學學報（人文社會科學版）》二〇〇二年第二期。
趙敏俐，《出土文獻與文學研究方法論》，《文藝研究》二〇〇〇年第三期。
趙憲章，《文藝學的學科性質、歷史及其發展趨向》，《江海學刊》二〇〇二年第二期。
趙曉春、劉仲林，《人文社會科學部類交叉學科發生狀況的計量分析》，《自然辯證法研究》二〇〇九年第三期。
劉方喜，《文藝與政治、經濟關係的重組及文論範式的轉型》，《藝術百家》二〇一〇年第四期。
劉水準，《高雅文藝在市場中的價值實現》，《新華文摘》二〇〇一年第三期。
劉再復，《論文學的主體性》，《文學評論》一九八五年第六期。
劉安良，《唐代科舉制度與詩歌繁榮的關係》，《科教文彙（中旬刊）》二〇一〇年第八期。
劉思謙，《如何綜合——文學研究方法論研討之一》，《文藝評論》二〇〇〇年第三期。
劉珙，《系統科學方法論與文學藝術》，《甘肅社會科學》二〇〇〇年第一期。

劉鋒傑，《反本質主義的「建構」：盲點摸不出大「象」來——兼論文藝學研究中的價值維度、知識維度與要素維度的共生》，《文藝理論研究》二〇一〇年第六期。
歐陽友權，《文學本體研究的方法論問題》，《湘潭大學學報（哲學社會科學版）》二〇〇四年第五期。
歐陽友權，《文學研究的範式、邊界與媒介》，《文藝爭鳴》二〇一一年第七期。
歐陽友權，《文藝邊界拓展與文論原點位移》，《廊坊師範學院學報》二〇〇七年第四期。
歐陽友權，《重建文藝理論的哲學基礎》，《學習與探索》一九九八年第六期。
歐陽友權，《路上的學人與前沿的問題》，《文藝爭鳴》二〇〇六年第二期。
歐陽友權，《數位圖像時代的文學邊界》，《中州學刊》二〇一〇年第二期。
潘智彪，《文藝學研究領域的新開拓》，《中國社會科學》一九八六年第六期。
蔣述卓，《消費時代文藝學的自身調整與建構》，《學術研究》二〇〇六年第三期。
蔣述卓，《跨學科交叉對文藝學開拓與創新的推進》，《暨南學報（人文科學與社會科學版）》二〇〇四年第二期。
蔣述卓，《跨學科交叉對文藝學開拓與創新的推進》，《學術研究》二〇〇四年第三期。
蔣原倫，《大眾文化的興起與純文學神話的破滅》，《文藝研究》二〇〇一年第五期。
蔣逸民，《作為「第三次方法論運動」的混合方法論》，《浙江社會科學》二〇一〇年第一期。
蔡曙山，《論形式化》，《哲學研究》二〇〇七年第七期。
魯樞元，《全球化境遇中的文藝學研究》，《天津師範大學學報（社會科學版）》二〇〇五年第二期。
魯興啟、王琴，《跨學科研究方法的形成機制研究》，《系統科學學報》二〇〇四年第二期。

盧衍鵬，《文藝學知識空間的理論建構與範式轉換》，《同濟大學學報（社會科學版）》二〇〇八年第六期。

盧衍鵬，《文藝學知識建構的批判性反思》，《重慶師範大學學報（哲學社會科學版）》二〇〇八年第一期。

蕭君和，《論現代人的文藝研究方法體系》，《文藝爭鳴》一九八七年第三期。

賴大仁，《當代文學批評形態重構：必要與可能》，《文藝評論》二〇〇一年第一期。

錢中文，《文化、文學中的現代性與後現代性問題》，《社會科學輯刊》二〇〇二年第一期。

錢中文，《文學理論反思與「前蘇聯體系」問題》，《文學評論》二〇〇五年第一期。

錢中文，《文藝美學：文藝科學新的增長點》，《文史哲》二〇〇一年第四期。

錢中文，《文藝學的合法性危機》，《暨南學報（人文社科版）》二〇〇四年第二期。

錢中文，《文藝學觀念和方法論問題》，《文藝理論與批評》一九八六年第一期。

錢中文，《正視中國文學理論的危機》，《社會科學》二〇〇六年第一期。

錢中文，《再談文學理論現代性問題》，《文藝研究》一九九九年第三期。

錢中文、童慶炳，《新時期文藝學的建設與展望》，《華中師範大學學報（人文社科版）》二〇〇〇年第三期。

閻鳳橋，《論知識與大學組織的歷史性和社會性》，《教育學報》二〇〇八年第六期。

薛國林，《傳播學與文藝學研究方法之比較》，《華中師範大學學報（人文社會科學版）》一九九九年第五期。

薛富興，《文化轉型與當代審美》，《文藝研究》二〇〇一年第三期。
謝泳，《「寡母撫孤」現象與對中國現代作家的影響——對胡適、魯迅、茅盾、老舍童年經歷的一種理解》，《中國現代文學研究叢刊》一九九二年第三期。
聶珍釗，《文學倫理學批評：文學批評方法新探索》，《外國文學研究》二〇〇四年第五期。
聶運偉，《模仿的歧義與西方美學的開端——兼析美學與文藝學的關係》，《三峽大學學報（人文社會科學版）》二〇〇六年第五期。
羅宏，《當代文藝批評寫作的虛擬化迷失》，《文藝研究》二〇〇三年第三期。
譚好哲，《由一元至多元 從多元到綜合——當代文藝學歷程的宏觀描述與思考》，《山東大學學報（哲學社會科學版）》一九九九年第三期。
譚好哲，《走向文藝理論研究的綜合創新》，《文史哲》二〇〇三年第六期。
譚好哲，《現代境況與文藝學研究的價值取向》，《山東大學學報（社會科學版）》一九九五年第二期。
嚴昭柱，《審美理想：文藝學失落的理論環節》，《天津社會科學》一九八九年第一期。
蘇宏斌，《認識論與本體論：主體間性文藝學的雙重視野》，《文學評論》二〇〇七年第三期。
蘇宏斌，《論文學的主體間性——兼談文藝學的方法論變革》，《廈門大學學報（哲學社會科學版）》二〇〇二年第一期。
黨聖元，《本質抑或去本質、反本質——新世紀以來中國文論研究的兩種思路論衡》，《文藝爭鳴》二〇一〇年第一期。
欒昌大，《文藝學體系變革論綱》，《文藝理論與批評》一九八七年第一期。

Murray Krieger，，單德興譯，《美國文學理論的建制化》，臺北：《中外文學》一九九二年第一期。

五、英文文獻類：

Adorno, Theodor. *The Culture Industry.* Routledge, 1972.

Adorno, Theodor. T*he Culture Industry: Selected Essays on Mass Culture*. Routledge, 1991.

Agger, Ben. *Culture Studies as Critical Theory.* The Falmer Press, 1992.

Apel, Karl-Otto. *Understanding and Explanation: A Transcendental-Pragmatic Perspective.* trans. by Georgia Warnke, Massachusetts Institute of Technology, 1984. Originally published as *Die Erklären-Verstehen-Kontroverse in Transzendental-Pragmatischer Sicht*, by Suhrkamp Verlag, Frankfurt am Main, 1979.

Arnold, Matthew. *Selected Prose.* P. J. Keating ed., Harmondsworth: PenguinBooks, 1970.

Barrat, D. *Media Sociology*. Tavistock, 1986.

Barthes, Roland. *The Pleasure of the Text,* Jonathan Cape, 1976.

Baudrillard, Jean. *Seduction. Tr. Brian Singer,* St. Martin’ s Press, 1990.

Bauman, Zygmunt. *Liquid Life*. Polity, 2005.

Berman, Marshall. *All That Is Solid Melts into Air: The Experience of Modernity.* Verso, 1983.

Bignell, Jonathan. *Postmodern Media Culture.* Peking University Press, 2006.

Bloom, Allan. *The Closing of the American Mind.* Simon & Schuster, 1987.

Bourdieu, Pierre. *Distinction: A Social Critique of Judgment of Taste.* Routledge & Kegan Paul, 1984.

Bourdieu, Pierre. *The Field of Cultural Production: Essays on Art and Literature.* Columbia University Press, 1993.

Bourdieu, Pierre. *Distinction: A Social Critique of the Judgment of Taste.* tran.Richard Nice, Cambridge: Harvard University Press,1996.

Calinescu, Matei. *Five Faces of Modernity.* Duke University Press, 1987.

Clarke, B. R. *The Higher Education System: Academic Organization in Cross-National Perspective.* Berkeley: University. of California Press.1983.

Culler, Jonathan. *Structuralist Poetics: Structuralism, Linguistics, and the Study of Literature.* Ithaca: Cornell University Press,1975.

Culler, Jonathan. *The pursuit of Signs: Semiotics, Literature, Deconstruction.* Ithaca: Cornell University Press, 1981.

Culler, Jonathan. *On Deconstruction: Theory and Criticism after Structuralism.* Ithaca: Cornell University press, 1982.

Debord, Guy. *The Society of Spectacle.* Zone,1994.

Dominick, Joseph. *The Dynamics of Mass Communication: Media in the Digital Age.* McGraw-Hill, 1996.

Durham, Meenakshi Gigi and Douglas M. Kellner eds. *Media and Cultural Studies: Key Works.* Rev. ed. Blackwell, 2006.

During, Simon ed. *The Cultural Studies Reader.* 2nd ed. Routledge, 1999.

Featherstone, Mike. *Consumer Culture and Postmodernism.* London: Sage Publications, 1991.

Fisher, J. A. *Reflecting on Art.* Mayfield, 1993.

Frisby, David. *Fragments of Modernity.* The MIT Press, 1988.

Gable, Robin ed. *Resources of Hope: Culture, Democracy, Socialism.* Verso, 1989.

Giddens, Anthony. *The Consequences of Modernity.* Stanford University Press, 1990.

Giddens, Anthony. *Modernity and Self-Identity: Self and Society in the Late Modern Age.* Polity, 1991.

Goldmann, Lucien. *Towards a Sociology of the Novel.* tran, Alan Sheridan. Tavistock Publications, 1975.

Graff, Gerald. *Professing Literature: An Institutional History.* Chicago and London: University of Chicago Press, 1987.

Gripsrud, Jostein. *Understanding Media Culture.* Oxford Press, 2002.

Guerin, Wilfred L., et al. *A Handbook of Critical Approaches to Literature.* 4th Edition. New York: Oxford University press, 1999.

Habermas, Jürgen. "Modernity Versus Postmodernity." *New German Critique*, 1981, No.22.

Hauser, Anold. *Soziolgie der Kunst.* München: Beck, 1974.

Hyman, S. E. *The Armed Vision :A Study in the Methods of Modern Literary Criticism.* Rev. ed. New York: Vintage, 1995.

Jacobs, Norman. *Mass Media in Modern Society.* Transaction Pulishers, 1992.

Jakobson, R. "Linguistics and Poetics," in S.Chatman and S.R.Levin eds, *Essays on the Language of Literature.* Boston: Houghton Mifflin.

Jameson, Fredric. *Marxism and Form: Twentieth Century Dialectical Theories of Literature.* Princeton University Press, 1971.

Jameson, Fredric: *The Political Unconscious: Narrative as a Socially Symbolic Act.* Cornell University Press, 1981.

Jameson, Fredric. *Signature of the Visible.* Routledge, Chapman & Hall, Inc.,1990.

Jameson, Fredric. *Postmodernism, or, the Cultural Logic of Late Capitalism.* Duke University press, 1991.

Kellner, Douglas. *Boundaries and Borderlines: Reflections on Jean Baudrillard and Critical Theory.* Retrieved from: http://www.uta.edu/english/dab/illuminations/kell2.html.

Kellner, Douglas. *Media Culture-Cultural Studies, Identity and Politics between the Modern and Postmodern.* Routledge, 1995.

Kroker, Author and David Cook. *The Postmodern Scene: Excremental Culture and Hyperaesthetics.* St. Martin's Press, 1986.

Lash, Scott. *Sociology of Postmodernism*. Routledge, 1990.

Lehan, Richard. "The Theoretical Limits of the New Historicism." *NLH* (21.3), Spring 1990.

Leitch, Vincent D. *Deconstructive Criticism*. New York: Columbia University Press, 1983.

Margaret Andrews and Mary M. Talbot eds. *All the World and Her Husband: Women in Twentieth Century Consumer Culture.* Cassell, 2000.

McGuigan, Jim. *Cultural Populism.* Routledge, 1992.

Miller, Andrew. *Literature, Culture and Society*. 2nd ed. Routledge, 2005.

Miller, J. Hillis. *Fiction and Repetition.* Harvard University Press, 1982.

Miroeff, Nicholas. *An Introduction to Visual Culture.* Routeldge, 1999.

Modleski, Tania ed. *Studies in Entertainment:Critical Approaches to Mass Culture.* Indian University Press, 1986.

Morley, David. *Television, Audiences and Cultural Studies.* Routledge, 1992.

O'Connor, Alan ed. *Raymond Williams on Television: Selected Writings.* Routledge, 1989.

Porter, Carolyn. "History and Literature: After the New Historicism." *NLH* (21.2), Spring 1990.

Robertson, Jennifer Ellen. *Takarazuka: Sexual Politics and Popular Culture in Modern Japan.* University of California Press, 1998.

Rosalind, Gill. *Gender and the Media.* Polity, 2007.

Rosenberg, Bernard,ed. *Mass Culture.* Free Press, 1964.

Ruddy, Andy. *Understanding Audiences: Theory and Method* .Sage, 2001.

Slater, Phil. *Origin and Significance of the Frankfurt of School: A Marxist Perspective.* London, Boston and Henley: Routledge and Kegan Paul, 1977.

Staiger, Janet. *Media Reception Studies.* New York University Press, 2005.

Straubhaar, Joseph, Robert LaRose, and Lucinda Davenport. *Media Now: Understanding Media, Culture and Technology.* Qinghua University Press, 2004.

Swingewood, Alan. *The Myth of Mass Culture.* The Macmillan Press Ltd, 1977.

Tiziana, Terranova. *Network Culture: Politics for the Information Age.* Pluto, 2004.

Touraine, Alain.*"The Idea of Revolution."* Mike Featherstone (eds.) *Global Culture.* Sage Publications, 1990.

Veese, H, A. *The New Historicism*. London: Routledge, 1989.

Voloshinov, V. N. *Marxism and the Philosophy of Language*. New York, 1973.

Wellek, Rene. *Prospeet and Retrospeet: The Anaekon Literature and Other Essays*. The University of North Carolina Press, 1982.

Welsch, Wolfgang. *Undoing Aesthetics*.London:Sage publications, 1997.

Williams, Raymond. *Culture and Society.* Chatto and Windus, 1958.

Williams, Raymond. *Modern Tragedy.* Stanford University Press, 1966.

Williams, Raymond. *The Country and City.* Oxford University Press, 1973.

Williams, Raymond. *Keywords: A Vocabulary of Culture and Society.* Fontana, 1976.

Williams, Raymond. *Marxism and Literature.* Oxford University Press, 1977.

Williams, Raymond. *Problems in Materialism and Culture: Selected Essays.* Verso, 1980.

Wise, Christopher: *The Marxian Hermeneutics of Fredric Jameson.* Peter Lang Publishing Group, 1995.

後記

一九九一年，我寫過一篇題名《語言學的文學本體論論綱》的文章，當時發表在《湖北大學學報》（一九九一年第四期）上，人大複印資料也轉載了。那是一篇很不成熟的文章，但是文中提出的一個關於文學之本質屬性的定義：「文學是人類語言能力的自由實現」，我至今仍然覺得有些道理。自一九九六年開始，我在武漢大學文學院開設面向文學專業研究生的課程《文學研究方法論》。因課程講授的需要，我接觸了許多具有典範意義的文學史研究和文學評論的學術成果。這些學術成果的知識學活動對象肯定都是文學，但是它們運用的學理方法卻五花八門，有文獻考據、有審美經驗描述、有句法分析、有作者心理分析、有意識形態批判，甚至還有數量統計、閱讀調查等等。在當今各人文學科中，大概再也找不出一個像文學研究這樣的「方法論大雜燴」的學科了。這一現象不僅增加了教學的難度，同時也引起我的思考，為什麼文學研究缺乏相對統一的方法論？事實上，在上世紀八十年代的「方法論討論」的熱潮中學者們就已經發現，為文學研究建立相對統一的方法論是一件極為困難的事情。

在課程教學中我還發現一個現象：文學研究在方法論層面的「眾語喧嘩」現象的背後是文學研究知識依據的多元化在起著作用。我們所見到的文學研究成果，大都是依循著其他學科的知識成就開展的關於文學的思考，這就形成了近代以來文學研究知識依據的「他律化」現象。比如，形式主義的知識依據是結構語言學，原型批評的知識依據是文化人類學，接受美學的知識依據是現象學哲學，其他如康得美學、精神分析心理學、批判社會學等都充當過文學研究的知識依據。為什麼近代以來的文學研究沒有自己的知識學體制而需要從外學科借取知識依據？作為學科知識活動的文學研究在現代性工程歷史上的地位似乎是一部以衰落為主題的家族史。古典時代的「第一學科」面對知識的學科化、實證化、實用化以及生活世界的世俗化和技術化，逐漸失去了為人類生產核心價值和表述共同經驗的能力。在現代學科知識體制中，文學研究是一個懷才不遇的角色，它處處顯得不合時宜。這一點就決定了文學研究在現代學科知識體制中「失去自我」和「尋找自我」的命運，由此也決定了它必然要靠從各門顯學那裡借取知識依據才能維持生計。

那麼，為什麼文學研究與現代學科知識體制格格不入？這裡我想到了當初那個定義：文學是人類語言能力的自由實現。現代語言哲學意識到，人和世界的基本關係是語言關係。我們對世界的理解、認知，世界向我們的敞開，都是在語言中完成的；一切意義都是在語言中生成的。這也就是說，人與世界的語言關係是一種本體論意義上的關係，「語言是存在的家園」。人與世界在語言中交往的那一頃刻，亦即意義發生的那一頃刻，那意義是處於原初生命的狀態，遠遠不具備它在後來的文明史上逐漸獲得的明確性、形式化、邏輯化、學科化等特性。這種原初生命狀態的意義是隱喻性語言活動的產物，因而也是詩性的意義，海德格爾說人詩意地棲居，說的就是這個意思。還有一點非常重要，即意義生成的那一頃刻語言主體的意義經驗是自由。人最重要的先驗能力——語言能力——在意義生成的那一刻得到了自由的釋放，語言主體在沒有任何先驗規定性制約下在語言活動中體驗人與大地交往的經驗。人類的語言能力，包括意義生產的能力、意義理解的能力和意義表述的能力，在這隱喻性的語言活動中都得到了實現，文學的本質屬性就隱藏在這隱喻性的語言活動之中。由此我們可以領悟到，一方面一切非文學的知識其實都起源於文學——因為意義的原生態是詩性的，另一方面文學本身是前學科性的——因為語言能力的自由實現即人不受任何前提（比如學科、邏輯等）的限定去生產、表述和理解意義。所以，就文學是人類語言能力的自由實現而言，文學研究與現代學科體制之間難以相容是必然的。

想到這裡我不禁有些恐慌。假如說學科體制化是現代知識活動的必然性歷史趨勢，而文學研究又與其格格不入，那麼文學研究這種其他學科知識的「祖先」還有活下去的機會嗎？其實在我們的周圍經常會遭遇對文學專業的學科合法性質疑的場面，「文學終結」的聲音不絕於耳。這裡的原因還是在於文學研究缺乏學科體制所規定的那種自主性素質，它導致文學研究在學科林立的現代知識生產系統中沒有專屬性的闡釋視界和分析技術。進入二十世紀後，文學理論界不斷地探索新的學科方法和新的知識視界，其中一個重要的動機就是尋找文學研究的學科自主性，完成一場學科知識的自我救贖。但是這些「義舉」大多數缺乏關於文學的前學科性、超學科性和跨學科性的認識，從外學科借取知識依據和闡釋技術也只是為了重新界定學科知識對象——文學——的自律性本質，而且是與其他學科相對應或對立的自律性本質，這種學科化意識根本不能解決文學研究的前學科知識學屬性及其特徵的問題。當我們認定文學的本質屬性是句法結構、是審美經驗、是心理昇華、是意識形態等等時，我們實際上是在學科屬性內討論問題，彷彿文學研究這一學科跟其他學科一樣有現代學科體制規定的內在屬性，只是我們肉眼凡胎未曾識得而已。

沿著文學是人類語言能力的自由實現的思路往前探索就會意識到，文學研究面臨著一個前學科性的對象，也就是說，現代學科分類根本無法應對文學研究的知識對象的屬性，我們應當超出學科分類體制來定位文學研究的知識學屬性。

既然「分科立學」是現代性工程的必然結果，是一場無法規避的歷史宿命。那麼，文學研究者該如何面對這場宿命？

令所有為文學研究在知識學科化大趨勢中的命運而憂心忡忡的人略感安慰的是，各種知識建立自主性學科屬性和功能的浪潮中，也就是文學研究因學科自主性缺失而遭遇排擠的情勢中，知識學科化導致知識的單面化和體制化的弊病開始暴露。在學科體制的規定下，現代知識的創新性逐漸下滑，一種新型的知識增長方式——學科互涉——嶄露頭角。學科互涉將數種學科知識生產機制交織在一起，創造出一種「學科間性」的知識，比如社會學中出現的批判社會學、知識社會學等就是學科互涉的產物。

文學是人類語言能力的自由實現，這從知識對象上決定了文學研究不應當受到學科分類的規訓，否則它就無法體現出知識對象的自由形態。文學研究與現代學科體制不相容的現象使我們誤以為它缺乏某種特定的知識視界因而缺乏學科屬性及功能，這一誤解使大多數學者致力於到外學科裡面去尋求能夠賦予文學研究以特定視界的知識依據。這種尋求一方面使我們感受到文學研究的知識視界的創新，另一方面讓人見出了文學研究未能揭示文學現象之豐富內涵的單面化傾向。比如引進佛洛德主義心理學給文學研究帶來了新意，但是這一知識依據又遮蔽了文學現象中其他內涵。所以說，作為人類語言能力自由實現的文學，不應當由任何單一的知識視界加以解釋，而應當將其置於全部學科知識的審視之下才能描述其超越規定性的「自由」。我們固然無法回到前學科時代的知識生產方式，但是我們可以在學科互涉中解釋文學活動之意義經驗的學科間性。這也就是說，文學研究不應當借取單一的知識依據，而應當借取所有學科知識作為依據，文學研究的知識學身份就是學科間性，這是任何其他學科所無法替代的一種特性。沒有固定的、單一的知識依據的文學研究，可以將任何學科的知識成果當作學理依據，由這眾多的學科「互涉」形成屬於文學研究自身的知識依據。從這裡看，我們大可不必為文學研究的學科身份問題而提心吊膽。漂移於各種現代學科之間、博採眾長而於「間性」中建立學科知識的自主性，這正是文學研究的「科學發展觀」。

上世紀晚期，一種新型的文學研究模式形成，即文化研究。文化研究是近代以來文學研究向外學科借取知識依據的必然結果，它聚集了所有曾經充當文學研究之知識依據的學科知識為文學研究構建知識視界，把文學研究的對象放在社會學、心理學、美學、語言學、歷史學、人類學、政治學、藝術學、闡釋學、傳播學等等知識視界的審視、解讀、詮釋的位置上，真正體現了文學文本意義的前學科性或學科間性，也讓我們看到文學研究揭示文學作為人類語言能力自由實現這一本質屬性的可能性。在文學研究的四大主題——意義論、文學史論、作者論和形式論——上，文化研究都展示了「學科間性」的新穎視界，而其中最為引人注目的乃是文化研究的主流方法——批判性話語分析。這一方法凝聚了文學研究長期「招商引資」的歷史積澱，充分體現出文學研究的學科間性特色。在我看來，經由學科知識互涉而建立的批判性話語分析，是一種真正具有構建文學研究之學科身份自主性功能的方法。

現當代華文文學研究叢書14　AG0171

學科互涉與文學研究方法論革命

作　　者／馮黎明
主　　編／宋如珊
責任編輯／廖妘甄
圖文排版／楊家齊
封面設計／陳佩蓉

發 行 人／宋政坤
法律顧問／毛國樑　律師
出版發行／秀威資訊科技股份有限公司
114台北市內湖區瑞光路76巷65號1樓
電話：+886-2-2796-3638　傳真：+886-2-2796-1377
http://www.showwe.com.tw
劃撥帳號／19563868　戶名：秀威資訊科技股份有限公司
讀者服務信箱：service@showwe.com.tw
展售門市／國家書店（松江門市）
104台北市中山區松江路209號1樓
電話：+886-2-2518-0207　傳真：+886-2-2518-0778
網路訂購／秀威網路書店：http://www.bodbooks.com.tw
國家網路書店：http://www.govbooks.com.tw

2014年9月　BOD一版
定價：390元

國家圖書館出版品預行編目

學科互涉與文學研究方法論革命 / 馮黎明著. -- 一版. --
臺北市 : 秀威資訊科技, 2014.09
面； 公分. -- (現當代華文文學研究叢書 ; AG0171)
BOD版
ISBN 978-986-326-274-9 (平裝)

1. 文學 2. 方法論

810.1 103013398

讀者回函卡

感謝您購買本書，為提升服務品質，請填妥以下資料，將讀者回函卡直接寄回或傳真本公司，收到您的寶貴意見後，我們會收藏記錄及檢討，謝謝！

如您需要了解本公司最新出版書目、購書優惠或企劃活動，歡迎您上網查詢或下載相關資料：http:// www.showwe.com.tw

您購買的書名：________________________________

出生日期：________年________月________日

學歷：□高中（含）以下　□大專　□研究所（含）以上

職業：□製造業　□金融業　□資訊業　□軍警　□傳播業　□自由業

□服務業　□公務員　□教職　□學生　□家管　□其它_____

購書地點：□網路書店　□實體書店　□書展　□郵購　□贈閱　□其他

您從何得知本書的消息？

□網路書店　□實體書店　□網路搜尋　□電子報　□書訊　□雜誌

□傳播媒體　□親友推薦　□網站推薦　□部落格　□其他__________

您對本書的評價：（請填代號　1.非常滿意　2.滿意　3.尚可　4.再改進）

封面設計____　版面編排____　內容____　文／譯筆____　價格____

讀完書後您覺得：

□很有收穫　□有收穫　□收穫不多　□沒收穫

對我們的建議：________________________________

____

____

____

請貼
郵票

11466
台北市內湖區瑞光路 76 巷 65 號 1 樓
秀威資訊科技股份有限公司 收
BOD 數位出版事業部

(請沿線對折寄回，謝謝！)

姓　　名：＿＿＿＿＿＿＿＿ 年齡：＿＿＿＿ 性別：□女 □男

郵遞區號：□□□□□

地　　址：＿＿＿＿＿＿＿＿＿＿＿＿＿＿＿＿

聯絡電話：(日)＿＿＿＿＿＿＿＿ (夜)＿＿＿＿＿＿＿＿

E-mail：＿＿＿＿＿＿＿＿＿＿＿＿＿＿＿＿